齐鲁文化
研究文库

春秋大义述

杨树达 著

齐鲁文化研究文库

学术委员会主任：陈　来

　　　　副主任：王志民

委　　员（按姓氏音序排列）：

　　　　　　程奇立　杜泽逊　方　铭　李存山

　　　　　　孙家洲　田汉云　王钧林　王震中

　　　　　　王中江　王洲明　杨朝明　杨庆存

　　　　　　郑杰文

主　　编：王志民

副 主 编：王洲明　王钧林　张　磊

出版说明

《齐鲁文化研究文库》从文化与学术两方面,精选了二十世纪以来历代学人对于齐鲁文化的研究成果,重印出版。"文库"所收之书,均为当时最能代表齐鲁文化研究水平的著作:或为一领域之集成之作;或其学说能成一家之言;或其在当时条件下于文化、学术方面有所创新、突破,而在今日看来亦能有益学林者,概均以其能反映当时文化与学术之面貌为准则。

民国时代,处中西文化、学术相碰撞与交融之时代,也是中国学术转型之滥觞;民国学人,学为通学,兼及中、西,为文渐脱清代考据之风,而汪洋恣肆、信手拈来。文意顺畅、思想通达,但以今日标准观之,于编校处问题亦多,为保其原貌,便于研读,在编辑整理中拟遵循以下之准则。

一、所收之书,原版均为繁体竖排,此次出版均改为简体横排。

二、文字繁转简及标点符号使用，均按现代汉语使用规范处理。

三、为充分尊重原著，书中原有之人名、地名、书名等，凡不影响阅读之处，对原文一仍其旧，不作改动。

四、原著中所引之文献，多有不注出处或省略更改者，但为保其原貌，倘不失原意，均以原版文献呈现，不以今本或其他底本为据修改。如确需校改者，则以"编者注"形式说明。

五、凡属原著排印错误，或系作者笔误，均做修改，但不出校记。

六、原书因书页残缺、字迹模糊等原因而不可识者，所缺字数用"□"表示；字数难以确定者，则用"（下缺）"表示。

我们虽竭力而为，但疏漏谬误，在所难免，望方家不吝指正。

目录

自　序／1

凡　例／1

卷　一／1

　　荣复仇第一／1

　　攘夷第二／8

　　贵死义第三／26

　　诛叛盗第四／37

　　贵仁义第五／43

卷　二／67

　　贵正己第六／67

　　贵诚信第七／76

　　贵让第八／88

　　贵豫第九／95

　　贵变改第十／99

　　贵有辞第十一／104

　　讥慢第十二／107

卷 三 / 116

　　明权第十三 / 116

　　谨始第十四 / 123

　　重意第十五 / 128

　　重民第十六 / 138

　　恶战伐第十七 / 145

　　重守备第十八 / 154

　　贵得众第十九 / 156

卷 四 / 163

　　尊尊第二十 / 163

　　大受命第二十一 / 182

　　录正谏第二十二 / 193

　　亲亲第二十三 / 201

　　重妃匹第二十四 / 216

卷 五 / 222

　　尚别第二十五 / 222

　　正继嗣第二十六 / 230

　　讳辞第二十七 / 239

　　录内第二十八 / 267

　　言序第二十九 / 273

自序

余自民国八年北游，居旧京将二十年，教士于清华大学者十载。二十六年夏，以亲病乞假南归，归二月而倭夷凭恃武力，挑衅卢沟。先是倭夷强据我东三省及热河，国人已中心愤怒，群思起与相抗。至是益愤寇难之逼，不能复忍。秉政因国人之怒，起率南北健儿以与夷虏周旋，伸其挞伐。盖自始战迄今，历时三十余月矣。自去岁我师大捷于鄂北，继之以湘北粤北之役，连战连胜，歼除丑虏，无虑二十万人。比者桂南之役，彼又以覆师见告矣。盖夷虏不知礼义，忘吾先民卵翼教诲之恩，寻干戈于上国。重以纲纪废坠，民生凋瘵，无以自存，暴徒专政，乃欲求逞于我以威其民。以故作战三年，民怨沸腾，士气沮丧。彼卒之俘于我者，乃至回首易面，颂我中华之盛德，诅彼暴阀之速亡。天听自民，古有明训。土崩瓦解，期在旦夕。而我则教训明于上，敌忾深于下。人怀怒心，如报私仇。视死若归，前仆后继。盖侵暴之众，不足以抗哀兵；无名之师，不足以敌义战。固天道必至之符，人事自然之理也。余时既移席于湖南大学，每念二十年都讲之所，东南财赋之区，沦为羊豕窟宅，不可卒拔。又自念荏染书生，迫于衰暮，不能执戈卫国，深用震悼于厥心。一日独居深念，忽悟先圣之述《春秋》，以复仇、攘夷为大义，爰取往业，再三孰复，粗有所明。二十八年秋，乃以是经设教，意欲令诸生严夷夏之防，切复仇之志，明义利之辨，知治己之方。又以是经大义散在诸篇，学者始习，艰于通贯。乃取诸大义之比近者，类聚而群分之。立文为纲，而以经传附著其下。欲令学者力省时约，易于通解。每习一章，即明一义。《春秋》之学，本分今古文二家。左氏古文，详事略义。今文重大义，亦有《公羊》《穀梁》二家之传。虽时有乖异，而大体从同。今以《公羊传》义为主，而以《穀梁》义副之。西汉儒生董仲舒、桓宽皆通《公羊》，而《春秋繁露》《盐铁论》多称《穀梁》说。盖两传义近，故得相通。余先民是程，非敢妄作也。其一传关涉数义者，各见于当篇。汉人言事涉及经义者，颇附著之。自知学识暗陋，不足明先圣之志于万一。顾念经术之就衰，痛岛夷之猾夏，宁敢以固陋自废，而不诵其所闻！于是绍述大义，凡得二十九篇。当世贤人君子傥能嘉其用心，匡所不逮。使圣学明而民志定，正义立而夷祸平。将国族实嘉赖之，宁独余一人之私幸也！民国二十九年二月二十五日长沙杨树达遇夫书于辰溪下马溪寓斋。

凡例

一，《孟子》曰："晋之乘，楚之《梼杌》，鲁之《春秋》，一也。其事则齐桓、晋文，其文则史。孔子曰：其义则丘窃取之矣。"是《春秋》之所重在义，圣人固早已明示后人。此书编述一以大义为主，考证之说概不录入，遵圣意也。

二，据《汉书·艺文志》，《春秋》本有五家之传。邹氏无师，夹氏无书，二家之学遂绝。今存者惟左氏、公羊、穀梁三家。左氏详于事，公羊、穀梁详于义。二家之中，公羊立义尤精。故本编述义，以《公羊传》为主，以《穀梁传》辅之。董生《繁露》、桓宽《盐铁》兼涉两传，先有典型。兹特遵循，非余妄作。其左氏言义与二传合者，亦附著之。

三，《公》《穀》二传义同者十居七八，亦间有彼此乖违者。今于其义同者尽录之，其有两义不同，可以并存不废者，仍分别录之。如纪侯大去其国，《公羊》大齐襄公之复仇，《穀梁》

贤纪侯之得众。本书录《公羊传》于荣《复仇》篇，录《穀梁传》于《贵得众》篇，并为说明，以祛疑惑。

四，《春秋》经传，文约而义博。一传之中，往往包含数义。如吴子使札来聘，《传》贤季札让国，则贵让也。又美其不杀阖庐，则贤其亲亲也。又因季札之贤而谓吴宜有君，则褒进夷狄也。又谓札称名，为许夷狄不一而足，则又外夷狄也。故本书于此《传》，既录入《贵让》，又录入《亲亲》，而《攘夷》篇且再见之。以其义博，不可但录一义，致成疏漏。文词复见，义各有归。达者会心，谅知其旨。

五，《春秋》始隐讫哀，凡二百四十二年。一经大义散在传中诸篇。学者非遍读全书，再三孰复，不易得其条贯。此书意既主述大义，故将各传之属于某一义者类聚之，即取其大义为篇名，挈各传文中要旨立文为纲，而以经传附列于其下。意欲期读者，每读一篇，得明一义，聊收节省日力之效云尔。

六，汉代大儒，首推董子。《春秋繁露》一书，今虽残缺不完，而义据精深，得未曾有。本书于董书说明经义者录之特详，以其为《春秋》先师之绪论也。此外如《荀子》《新语》《韩诗外传》《盐铁论》《新序》《说苑》《列女传》《白虎通》《法言》及其他汉儒著述，亦加采录。而前、后两《汉书》君臣论事称引本经大义者，尤备载不遗。盖汉代尤重《春秋》之学，董仲舒以之折狱，书传《汉志》；隽不疑以之处事，名重汉廷。知通经本所以致用，经义大可以治事。世人目经术为迂疏无用者，固大谬也。

七，倭奴狂狡，陵我中华，五十年于此矣。著者年方十岁，即有中倭甲午之战。于时亲睹父兄愤慨之诚，即切同仇之志。年既冠，出游倭京，益知倭奴之凶狡。晚遭大难，自恨书生，不能执戈卫国，乃编述圣文，诏示后进。故本编以《复仇》《攘夷》二篇为首，恶倭寇，明素志也。

八，《荀子》曰："人苟利之为见，若者必害；苟生之为见，若者必死。"盖人有必死之志，然后可以得生。华倭国力，本不相当。而三年以来，我方将士前仆后继，视死如归，驯致愈战愈强，而倭寇乃陷入深渊，不能自拔。环顾欧陆，最强大之国不一二月遽即沦亡。以彼例此，我国潜力强盛，顿使世界震惊。此固由国人涵濡圣教，人有忠义之心，故尔士心激厉也。本编次述《贵死义》《念国殇》，厉将士也。

九，人臣之罪，莫大于叛国。宋鱼石、齐庆封以中原之人，受夷狄之封，凭借异族之势，以胁父母之邦，固天地所不容，神人所共愤也。故楚灵虽不道，其讨庆封也，《春秋》予之伯讨。而董子亦著封罪之宜死，诚深恶而痛绝之也。倭寇鸱张，不谓今日炎黄之胄，尚有为鱼石、庆封之续，借外援以叛国者，真人类之枭獍也。故次述《诛叛盗》，明众怒，张天讨也。

十，国于天地，必有与立。与立者何？道德是已。次述《贵仁义》《贵正己》《贵诚信》《贵让》《贵豫》《贵变改》《讥慢》诸篇，皆修身养德之事也。盖根本不立，万事皆隳，虽有智能，适增罪恶尔。

十一，士必以良友自辅，国必求与国自助，故折冲樽俎者尚矣。次述《贵有辞》，明外交之重要也。

十二，孔子曰："可与共学，未可与适道。可与适道，未可与立。可与立，未可与权。"权者，儒家之最上义也。圣人秉权以应物，要非折衷至当，未易轻言。《公羊》于祭仲之事，丁宁诰诫，谓不害人以行权。杀人自生，亡人自存，君子不为。又谓权之所设，舍死亡无所设。盖早虑权之易滋流弊也。次述《明权》篇，既明权为胜义，亦示用权之当慎尔。

十三，涓涓不绝，将成江河；萌蘖不剪，将寻斧柯。履霜而知冰至，熛火可毁云台。次述《谨始》篇，明始之不可不慎也。

十四，修身齐家治国平天下，其端在于诚意。未有意不诚而能成事者也。《春秋》折狱，端视乎意。志邪者不必其恶成，首恶者论其罪特重，此也。次述《重意》，明正心诚意为入德之始事也。

十五，古之设君，所以为民也。无民则君不用。次序《重民》，明古今哲人无异训也。

十六，吾国族以和平著于世界。战争惨酷，圣人恶之。以其违天地好生之德也。然兵可百年不用，不可一日无备。故次述《恶战伐》《重守备》二篇。

十七，水所以载舟，亦所以覆舟。天视自我民视，天听自我民听。言国家贵得众也。故次述《贵得众》篇。

十八，封建之世，上有天子，下有诸侯大夫，等级较然，不可或紊。或谓今日治为民主，《春秋》尊尊之义不适于今日者，此谬说也。抑知政体虽殊，治道无改。今之中枢，犹古之天子也；各省政府犹古之诸侯也；县政府犹古之大夫也。其异者，世爵与否耳。《春秋》讥世卿，今制固胜于古，而其道则未变也。试使省政府不受制于中枢，县府不受成于省府，国事尚可为乎！昧者泥于迹象之异，达者知其事理之同。此古人所以贵好学深思心知其意也。此本书述《尊尊》《大受命》二篇之微意也。

十九，我国台谏一官，为最良之制度。古来君主政制之弊，赖此少减；民生之困，赖此少纾。故次述《录正谏》。

二十，治国始于齐家，亲亲之义尚矣。历观《春秋》所记，家与国较，则轻家而重国；天伦与大义较，则伸大义而诎天伦。曼姑许其围戚，鲁庄不与念母，季子善乎诔兄，齐桓善乎诔女弟，其明证也。故次述《亲亲》。

二十一，婚姻之道，昔苦其拘，今患其纵。拘者非也，纵也亦非也。法兰西民志存逸乐，妊妇习于杀胎，丁口因之不殖，又男女无别，举国荒淫，猝遭强敌，有同齑粉。殷鉴不远，可为悚惕。此《重妃匹》《尚别》二篇之所为述也。

二十二，古人世爵，圣人欲杜觊觎，故传国贵居正。此自为当时设制云尔。今斯制不存，其防微杜渐之心固可师也。次述《正继嗣》。

二十三,《春秋》为尊者讳,为贤者讳,为亲者讳。或疑《春秋》以褒贬明义,何以有讳辞以掩人之恶,此误说也。夫讳有二端:耻自外至者,尊者、贤者、亲者之所不欲受,故为之讳,以灭其耻。此圣人忠厚之意,所以尊尊贤贤亲亲也。恶自己出者,圣人欲直贬尊者、贤者、亲者而有所不能,欲竟隐其事而又有所不得,故宛辞微文以见之,此亦圣人忠厚之意也。讳也,所以见恶也。后之人观于圣人之辞,而事之美恶可知矣。掩恶云乎哉!

二十四,孔子,鲁人,假鲁史修《春秋》以明王制,故于鲁事独详。此犹今之某一国人述世界史,于其本国较详尔。此《录内》篇之旨也。

二十五,孔子之学,大穷天地,小极名物。读《言序》一篇,圣人用心之周,设辞之慎,可以见矣。次述《言序》一篇,以终吾业。

二十六,胜清光绪丁酉,余年十三,学于时务学堂,从新会梁先生受《公羊春秋》,为余生平治今文《春秋》之始。年在童稚,大义粗明,嗣是以来,服膺未释。吾乡当道、咸之际,邵阳魏先生默深学通群籍,广涉九流。先朝故实,海国珍闻,靡不综贯。雅怀治国之志,遂著经世之书,尤笃嗜《春秋》一经,尝欲为《董氏春秋发微》一书而未就,学者憾焉。业师平江苏厚庵先生奉手大师,斐然有作,值清末叶,专业《春秋》,尤精董义。疏证《繁露》,发明大义。沟通汉宋,精辟无伦。亦尝欲为《公羊董义述》一书,病肺奄逝,大业未成。元二之间,先生归隐长沙,余时侍坐隅,获闻绪论。日月不淹,忽焉卅载。晚丁丧乱,重理旧文。眷念前徽,心怀惭惧。绍述先哲,有志未能。粗诵昔闻,敬俟来学。

卷一

荣复仇第一

《春秋》荣复仇。

《春秋繁露·竹林》篇曰:"《春秋》之书战伐也,有恶有善也。恶诈击而善偏战,〔注一〕耻伐丧而荣复仇。〔注二〕"

复国仇者贤之。

庄四年:"纪侯大去其国。"《公羊传》曰:"大去者,何?灭也。孰灭之?齐灭之。曷为不言齐灭之?为襄公讳也。春秋为贤者讳。何贤乎襄公?复仇也。何仇尔?远祖也。哀公亨乎周,〔注三〕纪侯谮之。以襄公之为于此焉者,事祖祢之心尽矣。尽者何?襄公将复仇乎纪,卜之,曰:'师丧分焉。'〔注四〕'寡人死之,不为不吉也。'〔注五〕"

国仇不可并立于天下,虽百世可复也。

庄四年《公羊传》续曰："远祖者，几世乎？九世矣。九世犹可以复仇乎？虽百世可也。家亦可乎？曰：不可。国何以可？国君一体也。先君之耻犹今君之耻也，今君之耻犹先君之耻也。国君何以为一体？国君以国为体，诸侯世，故国君为一体也。〔注六〕今纪无罪，此非怒与？〔注七〕曰：非也。古者有明天子，则纪侯必诛，必无纪者。纪侯之不诛，至今有纪者，犹无明天子也。〔注八〕古者诸侯必有会聚之事，相朝聘之道，号辞必称先君以相接。然则齐纪无说焉，〔注九〕不可以并立乎天下。故将去纪侯者，不得不去纪也。"《春秋繁露·灭国下》篇曰："纪侯之所以灭者，乃九世之仇也。"《汉书·匈奴传》曰："汉既诛大宛，威震外国，天子意欲遂困胡，乃下诏曰：高皇帝遗朕平城之忧，高后时单于书绝悖逆。昔齐襄公复九世之仇，《春秋》大之。"《后汉书·袁绍传》："刘表以书谏袁谭曰：昔齐襄公报九世之仇，士匄卒荀偃之事，是故《春秋》美其义，君子称其信。"

复仇而战，虽败犹可伐。故内不言败，复仇败则特书。

庄九年："八月庚申，及齐师战于乾时，我师败绩。"《公羊传》曰："内不言败。此其言败，何？伐败也。曷为伐败？复仇也。"孔氏广森《公羊通义》曰："伐，夸也。虽败犹可夸，不若常败有耻当讳。"

仇者无时可与通，故与仇狩则讥。

庄四年："冬，公及齐人狩于郜。"《公羊传》曰："公曷为与微者狩？齐侯也。齐侯则其称人何？讳与仇狩也。（按：鲁桓公为齐所弑。）前此者有事矣，后此者有事矣，则曷为独于此焉讥？于仇者将壹讥而已？故择其重者而讥焉，莫重乎其与仇狩也。于仇者则曷为将壹讥而已？仇者无时焉可与通，通则为大讥。不可胜讥，故将壹讥而已。"何《注》云："礼：父母之仇不共戴天，兄弟之仇不同国，九族之仇不同乡党，朋友之仇不同市朝。"《穀梁传》曰："齐人者，齐侯也。其曰人，何也？卑公之敌，所以卑公也。何为卑公也？不复仇而怨不释，刺释怨也。"

与仇会则讥。

庄三年："春王正月，溺会齐师伐卫。"《穀梁传》曰："溺者，何也？公子溺也。其不称公子，何也？恶其会仇雠而伐同姓，故贬而名之也。〔注一〇〕"

与仇为礼则讥。

庄元年："夏，单伯逆王姬。"《穀梁传》曰："单伯者何？吾大夫之命乎天子者也。命大夫，故不名也。其不言如，何也？〔注一一〕其义不可受于京师也。其义不可受于京师，何也？曰：躬君弑于齐，〔注一二〕使之主婚姻，与齐为礼，其义固不可受也。""秋，筑王姬之馆于外。"《穀梁传》曰："筑，礼也。于外，非礼也。筑之为礼，何也？主王姬者必自公门出，于庙则已尊，于寝则已卑，〔注一三〕为之筑，节矣。〔注一四〕筑之外，变之正也。筑之外，变之为正，何也？仇雠之人，非所以接婚姻也。衰麻，非所以接弁冕也。其不言齐侯之来逆，何也？不使齐侯得与吾为礼也。"

娶仇女则讥。

庄二十四年："夏，公如齐逆女。"《穀梁传》曰："亲迎，恒事也，不志。此其志，何也？不正其亲迎于齐也。""八月丁丑，夫人姜氏入。"《穀梁传》曰："入者，内弗受也。〔注一五〕日入，恶入者也。〔注一六〕何用不受也？以宗庙弗受也。其以宗庙弗受，何也？娶仇人子弟以荐舍于前，〔注一七〕其义不可受也。"

事复仇，而无复仇之诚者，讥。

庄九年《公羊传》续曰："此复仇乎大国，曷为使微者？〔注一八〕公也。公则曷为不言公？不与公复仇也。〔注一九〕曷为不与公复仇？复仇者在下也。〔注二〇〕"何《注》云："时实为不能纳子纠伐齐，诸大夫以为不如以复仇伐之。于是以复仇伐之。非诚心至意，故不与也。"

君弑，贼不讨，不书葬。以为臣不讨贼，非臣；子不复仇，非子。

隐十一年："冬十有一月壬辰，公薨。"《公羊传》曰："何以不书葬？隐之也。〔注二一〕何隐尔？弑也。弑则何以不书葬？《春秋》君弑，贼不讨，不书葬，以为无臣子也。子沈子曰：君弑，臣不讨贼，非臣也；子不复仇，非子也。葬，生者之事也。《春秋》君弑，贼不讨，不书葬。以为不系乎臣子也。"

《穀梁传》曰："公薨不地，故也。〔注二二〕隐之，不忍地也。其不言葬，何也？君弑，贼不讨，不书葬，以罪下也。"《春秋繁露·王道》篇曰："《春秋》之义，臣不讨贼，非臣；子不复仇，非子也。故诛赵盾。贼不讨者不书葬，臣子之诛也。"又《玉杯》篇曰："是故君弑贼讨，则善而书其诛。莫之讨，则君不书葬而贼不复见矣。不书葬，以为无臣子也。贼不复见，以其宜灭绝也。"《白虎通·诛伐》篇曰："子得为父报仇者，臣子之于君父，其义一也。忠臣季子所以不能已，以恩义不可夺也。故曰：父之仇，不与共天下；兄弟之仇，不与共国；朋友之仇，不与同朝；族人之仇，不共邻。故《春秋传》曰：子不复仇，非子。"《后汉书·张敏传》："敏议曰：《春秋》之义，子不复仇，非子也。"

仇在外不能讨则书葬。

桓十八年："夏四月丙子，公薨于齐。""冬十有二月己丑，葬我君桓公。"《公羊传》曰："贼未讨，何以书葬？仇在外也。〔注二三〕仇在外何以书葬？君子辞也。"《穀梁传》曰："君弑，贼不讨，不书葬。此其言葬，何也？不责逾国而讨于是也。"

无贼可讨则书葬。

宣十年："五月癸巳，陈夏徵舒弑其君平国。"十一年："冬十月，楚人杀陈夏徵舒。"十有二年："春，葬陈灵公。"《公羊传》曰："讨此贼者非臣子也，何以书葬？君子辞也。楚已讨之矣，臣子虽欲讨之而无所讨也。"

复仇者，灭其可灭，葬其可葬。

庄四年："六月乙丑，齐侯葬纪伯姬。"《公羊传》曰："外夫人不书葬，此何以书？隐之也。何隐尔？其国亡矣，徒葬于齐尔。此复仇也，曷为葬之？灭其可灭，葬其可葬。此其为可葬奈何？复仇者，非将杀之、逐之也。以为虽遇纪侯之殡，亦将葬之也。"

家仇不可复。

庄四年："纪侯大去其国。"《公羊传》曰："家亦可（复仇）乎？曰：不可！"

父不受诛，子复仇可也。〔注二四〕

定四年："冬十有一月庚午，蔡侯以吴子及楚人战于柏莒，楚师败绩。"《公羊传》曰："吴何以称子？夷狄也而忧中国。其忧中国奈何？伍子胥父诛于楚，挟弓而去楚，以干阖庐。阖庐曰：'士之甚！勇之甚！'将为之兴师而复仇于楚。伍子胥复曰：'诸侯不为匹夫兴师。且臣闻之：事君犹事父也，亏君之义，复父之仇，臣不为也。'于是止。蔡昭公朝乎楚，有美裘焉。囊瓦求之，昭公不与。为是拘昭公于南郢，数年然后归之。于其归焉，用事乎河，〔注二五〕曰：'天下诸侯苟有能伐楚者，寡人请为之前列。'楚人闻之怒，为是兴师，使囊瓦将而伐蔡。蔡请救于吴，伍子胥复曰：'蔡非有罪也，楚人为无道，君如有忧中国之心，则若时可矣。'〔注二六〕于是兴师而救蔡。曰：事君犹事父也。此其为可以复仇奈何？曰：父不受诛，子复仇可矣。父受诛，子复仇，推刃之道也。"《穀梁传》曰："吴其称子，何也？以蔡侯之以之，举其贵者也。〔注二七〕蔡侯之以之，则其举贵者，何也？吴信中国而攘夷狄，吴进矣。其信中国而攘夷狄奈何？子胥父诛于楚也，挟弓持矢干阖庐。阖庐曰：'大之甚！勇之甚！'为是欲兴师而伐楚。子胥谏曰：'臣闻之：君不为匹夫兴师。且事君犹事父也，亏君之义，复父之仇，臣弗为也。'于是止。蔡昭公朝于楚，有美裘，囊瓦求之，昭公不与。为是拘昭公于南郢，数年然后得归。归乃用事乎汉，曰：'苟诸侯有欲伐楚者，寡人请为前列焉。'楚人闻之而怒，为是兴师而伐蔡。蔡请救于吴，子胥曰：'蔡非有罪，楚无道也。君若有忧中国之心，则若此时可矣。'为是兴师而伐楚。"《白虎通·诛伐》篇曰：'父母以义见杀，子不复仇者，为往来不止也。《春秋传》曰：父不受诛，子复仇可也。'《礼记·曲礼疏》引《五经异义》曰："凡君非礼杀臣，《公羊》说子可复仇。故子胥伐楚，《春秋》善之。《左氏》说：君命，天也，是不可复仇。郑驳之云：子思云：今之君子，退人若将队诸渊。毋为戎首，不亦善乎？子胥父兄之诛，队渊不足喻，伐楚使吴首兵，合于子思之言。"（按：郑从《公羊》义。）

朋友复仇，相卫而不相迿，〔注二八〕**古之道也。**

定四年《公羊传》曰："复仇不除害，朋友相卫而不相迿，古之道也。"

攘夷第二

《春秋》严夷夏之防。〔注二九〕内其国而外诸夏,内诸夏而外夷狄。

成十五年《公羊传》文见下。《春秋繁露·王道》篇曰:"亲近以来远,故未有不先近而致远者也。故内其国而外诸夏,内诸夏而外夷狄。"《汉书·匈奴传》赞曰:"故先王度土,中立封畿,分九州,列五服,物土贡,制外内,或修刑政,或昭文德,远近之势异也。是以《春秋》内诸夏而外夷狄。"

故钟离之会外吴。

成十五年:"冬十有一月,叔孙侨如会晋士燮、齐高无咎、宋华元、卫孙林父、郑公子鳅、邾娄人会吴于钟离。"《公羊传》曰:"曷为殊会吴?〔注三〇〕外吴也。曷为外也?《春秋》内其国而外诸夏,内诸夏而外夷狄。"《穀梁传》曰:"会,又会,外之也。"《春秋繁露·观德》篇曰:"是故吴鲁同姓也。钟离之会,不得序而称君,殊鲁而会之,为其夷狄之行也。"

柤之会外吴。

襄十年:"春,公会晋侯、宋公、卫侯、曹伯、莒子、邾子、滕子、薛伯、杞伯、小邾子、齐世子光会吴于柤。"《穀梁传》曰:"会,又会,外之也。"《春秋繁露·观德》篇曰:"吴俱夷狄也,柤之会,独先外之,为其与我同姓也。"

向之会外吴。

襄十四年："春王正月，季孙宿、叔老会晋士匄、齐人、宋人、卫人、郑公孙虿、曹人、莒人、邾人、滕人、薛人、杞人、小邾人会吴于向。"（按：殊会吴，与钟离柤二会文同。）

新城之盟外楚。

文十四年："六月，公会宋公、陈侯、卫侯、郑伯、许伯、曹伯、晋赵盾。癸酉，同盟于新城。"《穀梁传》曰："同者，有同也，同外楚也。"

断道之盟外楚。

宣十七年："六月己未，公会晋侯、卫侯、曹伯、邾子同盟于断道。"《穀梁传》曰："同者，有同也，同外楚也。"

鸡泽之盟外楚。

襄三年："六月，公会单子、晋侯、宋公、卫侯、郑伯、莒子、邾子、齐世子光。己未，同盟于鸡泽。"《穀梁传》曰："同者，有同也，同外楚也。"

平丘之盟外楚。

昭十三年："秋，公会刘子、晋侯、齐侯、宋公、卫侯、郑伯、曹伯、莒子、邾子、滕子、薛伯、杞伯、小邾子于平丘。八月甲戌，同盟于平丘。"《穀梁传》曰："同者，有同也，同外楚也。"

欑函之会外狄。

宣十一年："秋，晋侯会狄于欑函。"《穀梁传》曰："不言及，外狄也。"

中国之于夷狄，不言战而言伐。

庄三十年："齐人伐山戎。"《公羊传》曰："此盖战也。何以不言战？《春秋》敌者言战。桓公之于戎狄，驱之尔。"达按：《传》言桓公于山戎但驱逐使去而已，不足言战也。以山戎不足与齐抗等也。何《注》谓去战贬为恶不仁，非是。《春秋繁露·精华》篇曰："《春秋》慎辞，谨于名伦等物者也。是故小夷言伐不言战，大夷言战而不得言获，中国言获而不得言执，各有辞也。有小夷避大夷而不得言战，大夷避中国而不得言获，中国避天子而不得言执。名伦弗予，嫌于相臣之辞也。是故大小不逾等，贵贱如其伦，义之正也。"

或言败。

成十二年："秋，晋人败狄于交刚。"《穀梁传》曰："中国与夷狄不言战，皆曰败之。"昭十七年："楚人及吴战于长岸。"《穀梁传》曰："两夷狄曰败，中国与夷狄亦曰败。"

夷狄相诱，则君子不疾。

昭十六年："楚子诱戎曼子，杀之。"《公羊传》曰："楚子何以不名？〔注三一〕夷狄相诱，君子不疾也。曷为不疾？若不疾，乃疾之也。"《白虎通·王者不臣》篇曰："夷狄者，与中国绝域异俗，非中和气所生，非礼所能化，故不臣也。《春秋传》曰：夷狄相诱，君子不疾。"

而鲁追戎则大之。"〔注三二〕

庄十八年："夏，公追戎于济西。"《公羊传》曰："此未有言伐者。其言追，何？大其为中国追也。此未有伐中国者，则其言为中国追，何？大其未至而豫御之也。其言于济西，何？大之也。"《穀梁传》曰："其不言戎之伐我，何也？以公之追之，不使戎迩于我也。于济西者，大之也。何大焉？为公之追之也。"《汉书·辛庆忌传》："何武上封事曰：夫将不豫设，则亡以应卒；士不素厉，则难使死敌。光禄勋庆忌谋虑深远，前在边郡，数破敌获虏，外夷莫不闻；加以兵革久寝，《春秋》大灾未至而豫御之，庆忌宜在爪牙官以备不虞。"

败狄则大之。

文十一年："冬十月甲午，叔孙得臣败狄于咸。"《公羊传》曰："狄者，何？长狄也。兄弟三人，一者之齐，一者之鲁，一者之晋。其之齐者，王子成父杀之。其之鲁者，叔孙得臣杀之。则未知其之晋者也。〔注三三〕其言败，何？大之也。其日，何？〔注三四〕大之也。其地，何？〔注三五〕大之也。

齐服楚则喜之。

僖四年："楚屈完来盟于师，盟于召陵。"《公羊传》曰："屈完者，何？楚大夫也。何以不称使？尊屈完也。曷为尊屈完？以当桓公也。其言盟于师、盟于召陵，何？师在召陵也。师在召陵，则曷为再言盟？喜服楚也。何言乎喜服楚？楚有王者则后服，无王者则先叛。夷狄也，而亟病中国。南夷与北夷交，中国不绝若线。桓公救中国而攘夷狄，卒怗荆。〔注三六〕以此为王者之事也。"《春秋繁露·王道》篇曰："桓公救中国，攘夷狄，卒服楚，至为王者事，《春秋》予之为伯、诛意不诛辞之谓也。"〔注三七〕《汉书·韦玄成传》："王舜、刘歆议曰：自是之后，南夷与北夷交侵，中国不绝如线。《春秋》纪齐桓南伐楚，北伐山戎，孔子曰：微管仲，吾其被发左衽矣。是故弃桓之过而录其功，以为伯首。"

洮之盟，郑伯不慕中国而乞盟，则抑之。

僖八年："春王正月，公会王人、齐侯、宋公、卫侯、许男、曹伯、陈世子款盟于洮。郑伯乞盟。"《公羊传》曰："乞盟者，何？处其所而请与也。其处其所而请与奈何？盖酌之也。"何《注》云："酌，挹也。时郑伯欲与楚，不肯自来盟，处其国。遣使挹取其血而请与之约束，无汲汲慕中国之心，故抑之。"《穀梁传》曰："乞者，处其所而请与也，盖汋之也。"《春秋繁露·观德》篇曰："洮之会，郑处而不来，谓之乞盟。"

鸡泽之会，陈侯慕中国而与会，则喜之。

襄三年："六月，公会单子、晋侯、宋公、卫侯、郑伯、莒子、邾娄子、齐世子光。己未，同盟于鸡泽。陈侯使袁侨如会。〔注三八〕戊寅，叔孙豹及诸侯之大夫及陈袁侨盟。"《公羊传》曰："曷为殊及陈袁侨？〔注三九〕为其与袁侨盟也。"何《注》云："陈郑，楚之与国。陈侯有慕中国之心，有疾，使大夫会诸侯，欲附疏，不复备责，遂与之盟，共结和亲，故殊之。起主为与袁侨盟也。复出陈者，喜得陈国也。"

郯之会，郑僖公欲从中国而见弑，则讳之。

襄七年:"十有二月,公会晋侯、宋公、陈侯、卫侯、曹伯、莒子、邾娄子于鄬。郑伯髡原如会,未见诸侯。丙戌,卒于操。"《公羊传》曰:"操者,何?郑之邑也。诸侯卒其封内不地,此何以地?隐之也。何隐尔?弑也。孰弑之?其大夫弑之。曷为不言其大夫弑之?为中国讳也。曷为为中国讳?郑伯将会诸侯于鄬,其大夫谏曰:'中国不足归也,则不若与楚。'郑伯曰:'不可。'其大夫曰:'以中国为义,则伐我丧。以中国为强,则不若楚。'于是弑之。郑伯髡原何以名?伤而反,未至乎舍而卒也。未见诸侯,其言如会,何?致其意也。"《穀梁传》曰:"未见诸侯,其曰如会,何?致其意也。《礼》:诸侯不生名。〔注四〇〕此其生名,何也?卒之名也。卒之名,则何为加之如会之上?见以如会卒也。其见以如会卒,何也?郑伯将会中国,其臣欲从楚,不胜,其臣弑而死。其不言弑,何也?不使夷狄之民加乎中国之君也。"八年:"夏,葬郑僖公。"《公羊传》曰:"贼未讨,何以书葬?为中国讳也。"

萧鱼之会,郑服中国则喜之。

襄十一年:"公会晋侯、宋公、卫侯、曹伯、齐世子光、莒子、邾娄子、滕子、薛伯、杞伯、小邾娄子伐郑。会于萧鱼。"《公羊传》曰:"此伐郑也。其言会于萧鱼,何?盖郑与会尔。"何《注》云:"中国以郑故,三年之中五起兵,至是乃服。其后无干戈之患二十余年,故喜而详录其会,起得郑为重。"〔注四一〕"公至自会。"《穀梁传》曰:"伐而后会,不以伐郑致,

〔注四二〕得郑伯之辞也。"范《注》云:"郑与会而服中国,喜之,故以会致。"《春秋繁露·观德》篇曰:"先楚子审卒之三年,郑服萧鱼。"

鲁襄公逾年在楚,则危而特书之。

襄二十九年:"春王正月,公在楚。"《公羊传》曰:"何言乎公在楚?正月以存君也。"何《注》云:"成十一年正月,公在晋不书,在楚书者,恶襄公久在夷狄,为臣子危录之。"《穀梁传》曰:"闵公也。"《春秋繁露·王道》篇曰:"正月,公在楚,臣子思君,无一日无君之义也。观乎在楚,知臣子之思。"《盐铁论·和亲》篇曰:"《春秋》存君在楚。"

鲁以楚师伐齐,则恶之。

僖二十六年:"公子遂如楚乞师。公以楚师伐齐,取谷。公至自伐齐。"《公羊传》曰:"此已取谷矣,何以致伐?未得乎取谷也。曷为未得乎取谷?曰:患之起必自此始也。"《穀梁传》曰:"公至自伐齐,恶事不致,此其致之,何也?危之也。"范《注》云:"以蛮夷之师伐邻近大国,招祸深怨,危亡之道。"《春秋繁露·俞序》篇曰:"爱人之大者,莫大于思患而豫防之。故蔡得意于吴,鲁得意于齐,《春秋》皆不告。故次以言怨人不可迩,敌国不可狎,攘窃之国不可使久亲,皆防患为民除害之意。"《盐铁论·刑德》篇曰:"鲁以楚师伐齐,而《春秋》恶之。"《说苑·尊贤》篇曰:"季子卒后,邾击其南,齐伐其北,鲁不胜其患,将乞师于楚以取全身,故《传》曰:患之起必自此也。"

诸侯从楚伐宋，则非之。

僖二十七年："冬，楚人、陈侯、蔡侯、郑伯、许男围宋。"《穀梁传》曰："楚人者，楚子也。其曰人，何也？人楚子，所以人诸侯也。其人诸侯，何也？不正其信夷狄而伐中国也。"

从吴灭偪阳，则非之。

襄十年："春，公会晋侯、宋公、卫侯、曹伯、莒子、邾子、滕子、薛伯、杞伯、小邾子、齐世子光会吴于柤。夏五月甲午，遂灭偪阳。公至自会。"《公羊传》何《注》云："灭日者，甚恶诸侯不崇礼义以相安，反遂为不仁，开道强夷灭中国。中国之祸连蔓日及，故疾录之。"《穀梁传》曰："其曰遂，何？不以中国从夷狄也。"范《注》云："时实吴会诸侯灭传阳（按：偪阳，《穀梁经》作传阳），耻以中国之君从夷狄之主，故加甲午，使若改日诸侯自灭傅阳。"

夷狄主中国则不与。〔注四三〕

昭二十三年："秋七月戊辰，吴败顿、胡、沈、蔡、陈、许之师于鸡父。胡子髡、沈子楹灭。获陈夏啮。"《公羊传》曰："此偏战也，曷为以诈战之辞言之？不与夷狄之主中国也。"哀十三年："公会晋侯及吴子于黄池。"《公羊传》曰："吴何以称子？吴主会也。吴主会，则曷为先言晋侯？不与夷狄之主中国也。"

执中国则不与。

隐七年："冬，天王使凡伯来聘。戎伐凡伯于楚丘。以归。"

《公羊传》曰："凡伯者，何？天子之大夫也。此聘也，其言伐之，何？执之也。执之，则其言伐之，何？大之也。〔注四四〕曷为大之？不与夷狄之执中国也。"僖二十一年："秋，宋公、楚子、陈侯、蔡侯、郑伯、许男、曹伯会于霍，执宋公以伐宋。"《公羊传》曰："孰执之？楚子执之。曷为不言楚子执之？不与夷狄之执中国也。"二十七年："冬，楚人、陈侯、蔡侯、郑伯、许男围宋。"《公羊传》曰："此楚子也，其称人，何？贬。曷为贬？为执宋公贬，故终僖之篇贬也。"

获中国则不与。

庄十年："秋九月，荆败蔡师于莘，以蔡侯献舞归。"《公羊传》曰："蔡侯献舞何以名？绝。曷为绝之？获也。曷为不言其获？不与夷狄之获中国也。"《春秋繁露·精华》篇曰："《春秋》慎辞，谨于名伦等物者也。是故小夷言伐而不得言战，大夷言战而不得言获，中国言获而不得言执，各有辞也。有小夷避大夷而不得言战，大夷避中国而不得言获，中国避天子而不得言执。名伦弗予，嫌于相臣之辞也。是故大小不逾等，贵贱如其伦，义之正也。"

捷中国则不与。

僖二十一年："楚人使宜申来献捷。"《榖梁传》曰："捷，军得也。其不曰宋捷，何也？不与楚捷于宋也。"

灭中国则不与。

昭八年："葬陈哀公。"《榖梁传》曰："不与楚灭，闵之也。"

范《注》:"灭国不葬,闵楚夷狄以无道灭之,故书葬以存陈。"十三年:"蔡侯庐归于蔡,陈侯吴归于陈。"《穀梁传》曰:"此未尝有国也。使如失国辞然者,不与楚灭也。""冬,十月,葬蔡哀公。"《穀梁传》曰:"变之不葬有三:〔注四五〕失德不葬,弑君不葬,灭国不葬。然且葬之,不与楚灭,且成诸侯之事也。"庄二十六年:"曹杀其大夫。"《公羊传》曰:"何以不名?众也。曷为众杀之?不死于曹君者也。君死乎位曰灭。曷为不言其灭?为曹羁讳也。"何《注》云:"曹诸大夫与君皆敌戎战,曹伯为戎所杀,诸大夫不仗节死义,独退求生。后嗣子立而诛之,《春秋》以为得其罪。故众略之不名。"孔氏广森《通义》云:"戎杀曹君,狄灭邢、卫,经皆无文,明是不与戎狄得灭中国。"

为中国则不使。

宣十一年:"十月,丁亥,楚子入陈。"《穀梁传》曰:"入者,内弗受也。日入,恶入者也。何用弗受也?不使夷狄为中国也。"

诱杀中国之君则恶之。

昭十一年:"夏四月丁巳,楚子虔诱蔡侯般杀之于申。"《穀梁传》曰:"何为名之也?夷狄之君诱中国之君而杀之,故谨而名之也。"

虽许夷狄,不一而足。〔注四六〕

故称其大夫,名而不氏。

文九年:"冬,楚子使椒来聘。"《公羊传》曰:"椒者,何?

楚大夫也。楚无大夫，此何以书？始有大夫也。始有大夫，则何以不氏，许夷狄者不一而足也。"《穀梁传》曰："楚无大夫，其曰萩（《公羊》作椒，《穀梁》作萩），何也？以其来我褒之也。"襄二十九年："吴子使札来聘。"《公羊传》曰："吴无君无大夫。此何以有君有大夫？贤季子也。札者，何？吴季子之名也。《春秋》贤者不名，此何以名？许夷狄者不一而足也。季子者，所贤也。曷为不足乎季子？许人臣者必使臣，许人子者必使子也。"《春秋繁露·观德》篇曰："吴楚国先聘我者见贤。"《汉书·陈汤传》曰："御史大夫贡禹、博士匡衡以为《春秋》之义，许夷狄者不一而足。"

行事进于中国，则进之。

故楚少进则卒君。

宣十八年："七月甲戌，楚子吕卒。"《穀梁传》曰："夷狄不卒，〔注四七〕卒，少进也。卒而不日，日，少进也。日而不言正不正，简之也。"《公羊传》何《注》云："至此卒者，因其有贤行。"《疏》云："正以已前未有书楚子卒处故也。"

吴少进则书获。

昭二十三年："秋七月戊辰，吴败顿、胡、沈、蔡、陈、许之师于鸡父。获陈夏齿。"《公羊传》曰："不与夷狄之主中国，则其言获陈夏啮，何？吴少进也。"

进楚子，故书战。

昭十七年："楚人及吴战于长岸。"《穀梁传》曰："两夷狄曰败,中国与夷狄亦曰败。楚人及吴战于长岸,进楚子,故曰战。"

荆能聘则称人。

庄二十三年:"荆人来聘。"《公羊传》曰:"荆何以称人?始能聘也。"《穀梁传》曰:"善累而后进之。其曰人,何也?举道不待再。"

吴使贤者则称子。

襄二十九年:"吴子使札来聘。"《穀梁传》曰:"吴其称子,何也?善使延陵季子,故进之也。身贤,贤也;使贤,亦贤也。延陵季子之贤,尊君也。其名,成尊于上也。"

忧中国则称子。

定四年:"冬十有一月庚午,蔡侯以吴子及楚人战于柏莒,楚师败绩。"《公羊传》曰:"吴何以称子?夷狄也而忧中国。其忧中国奈何?伍子胥父诛于楚,挟弓而去楚以干阖庐。阖庐曰:'士之甚!勇之甚!'将为之兴师而复仇于楚。伍子胥复曰:'诸侯不为匹夫兴师。且臣闻之,事君犹事父也。亏君之义,复父之仇,臣不为也。'于是止。蔡昭公朝乎楚,有美裘焉。囊瓦求之,昭公不与。为是拘昭公于南郢,数年然后归之。于其归焉,用事乎河,曰:'天下诸侯苟有能伐楚者,寡人请为之前列。'楚人闻之怒,为是兴师,使囊瓦将而伐蔡。蔡请救于吴。子胥曰:'蔡非有罪,楚无道也。君若有忧中国之心,则若时可矣。'为是兴师而伐楚。"《穀梁传》曰:"吴其称子,何也?以蔡侯之以之,举其贵者也。蔡侯之以之,则举其贵者,何也?吴信中国而攘夷狄,吴进矣。其信中国而攘夷狄奈何?子胥父诛于楚也,挟弓持矢于阖庐,阖庐曰:'大之甚!勇之甚!'为是欲兴师而伐楚。子胥谏曰:'臣闻之:君不为匹夫兴师。且事君犹事父也,亏君之义,复父之仇,臣弗为也。'于是止。蔡昭公朝于楚,有美裘,囊瓦求之,昭公不与。为是拘昭公于南郢,数年然后得归,乃用事乎汉,曰:'苟诸侯有欲伐楚者,寡人请为前列焉。'楚人闻之而怒,为是兴师而伐蔡。蔡请救于吴。子胥曰:'蔡非有罪,楚无道也。君若有忧中国之心,则若此时可矣。'为是兴师而伐楚。"《白虎通·号》篇曰:"蔡侯无罪而拘于楚,吴有忧中国心,兴师伐楚,诸侯莫敢不至,知吴之霸也。"

尊天王则称子。

哀十三年:"公会晋侯及吴子于黄池。"《穀梁传》曰:"黄池之会,吴子进乎哉!遂子矣。吴,夷狄之国也,祝发文身,欲因鲁之礼,因晋之权,而请冠端而袭,其借于成周,以尊天王。吴进矣。吴,东方之大国也,累累致小国以合诸侯,以合乎中国。吴能为之,则不臣乎!吴进矣。王,尊称也。子,卑称也。辞尊称而居卑称,以会乎诸侯,以尊天王。吴王夫差曰:'好冠来。'孔子曰:'大矣哉夫差,未能言冠而欲冠也。'"《春秋繁露·观德》篇曰:"鸡父之战,吴不得与中国为礼。至于伯莒、黄池之行,变而反道,乃爵而不殊。"

潞子为善则记之。

宣十五年:"六月癸卯,晋师灭赤狄潞氏,以潞子婴儿归。"《公羊传》曰:"潞何以称子?潞子之为善也,躬足以亡尔。虽然,君子不可不记也。离于夷狄而未能合于中国,晋师伐之,中国不救,狄人不有,是以亡也。"《穀梁传》曰:"其曰潞子婴儿,贤也。"《春秋繁露·仁义法》篇曰:"潞子之于诸侯,无所能正。《春秋》予之有义,其身正也。"又《观德》篇曰:"潞子离夷狄而归党以得亡,《春秋》谓之子以领其意。"《汉书·景武昭宣元成功臣表》曰:"《春秋》列潞子之爵,许其慕诸夏也。"

楚子为礼则与之。

宣十二年:"楚子围郑。六月乙卯,晋荀林父帅师及楚子战于邲,晋师败绩。"《公羊传》曰:"大夫不敌君,此其称名氏以敌楚子,何?不与晋而与楚子为礼也。曷为不与晋而与楚子为礼也?庄王伐郑,胜乎皇门,放乎路衢。郑伯肉袒,左执茅旌,右执鸾刀,以逆庄王,〔注四八〕曰:'寡人无良边垂之臣,以干天祸,是以使君王沛焉辱到敝邑。君如矜此丧人,锡之不毛之地,使帅一二耋老而绥焉,请唯君王之命。'庄王曰:'君之不令臣交易为言,是以使寡人得见君之玉面,而微至乎此。'庄王亲自手旌,左右㧑军,退舍七里。将军子重谏曰:'南郢之与郑,相去数千里。诸大夫死者数人,厮役扈养死者数百人。今君胜郑而不有,无乃失民臣之力乎!'庄王曰:'古者杅不穿、皮不蠹,则不出乎四方。〔注四九〕是以君子笃于礼而薄于利,要其人而不要其土。告从,不赦不详。〔注五〇〕吾以不详导民，灾及吾身，何日之有？'既则晋师之救者至，曰：'请战。'庄王许诺。将军子重谏曰：'晋，大国也。王师淹病矣，君请勿许也。'庄王曰：'弱者吾威之，强者吾辟之，〔注五一〕是以使寡人无以立乎天下。'令之还师而逆晋寇。庄王鼓之，晋师大败。晋众之走者，舟中之指可掬矣。庄王曰：'嘻！吾两君不相好，百姓何罪！'令还师而佚晋寇。"〔注五二〕《春秋繁露·竹林》篇曰："《春秋》之常辞也，不与夷狄而与中国为礼。至邲之战，偏然反之，何也？曰：《春秋》无通辞，从变而移，晋变而为夷狄，楚变而为君子，故移其辞以从其事。夫庄王之舍郑，有何贵之美。晋人不知其善而欲击之。所救已解，如挑与之战，〔注五三〕此无善善之心，而轻救民之意也。是以贱之而不得使与贤者为礼。"又《观德》篇曰："《春秋》常辞，夷狄不得与中国为礼。至邲之战，夷狄反道，〔注五四〕中国不得与夷狄为礼，避楚庄也。"

行乎夷狄，〔注五五〕**则仍反之于夷狄。**

定四年："十一月庚辰，吴入楚。"《公羊传》曰："吴何以不称子？反夷狄也。其反夷狄奈何？君舍于君室，大夫舍于大夫室，盖妻楚王之母也。"《穀梁传》曰："何以谓之吴也？狄之也。〔注五六〕何谓狄之也？君居其君之寝而妻其君之妻，大夫居其大夫之寝而妻其大夫之妻，盖有欲妻楚王之母者，不正乘败人之绩而深为利，居人之国，故反其道也。"《春秋繁露·仁义法》篇曰："阖庐能正楚蔡之难矣，而《春秋》夺之义辞,以其身不正也。"《越绝书·叙外传记》曰:"子胥妻楚王母,无罪而死于吴。其行如是,何义乎?曰:孔子固贬之矣。贤其复仇,恶其妻楚王母也。"

中国行乎夷狄,则亦夷狄之。

昭二十三年:"秋七月戊辰,吴败顿、胡、沈、蔡、陈、许之师于鸡父。"《公羊传》曰:"然则曷为不使中国主之?中国亦新夷狄也。"何《注》云:"中国所以异乎夷狄者,以其能尊尊也。王室乱,莫肯救,君臣上下坏败,亦新有夷狄之行,故不使主之。"

故秦袭郑,则夷狄之。

僖三十三年:"夏四月辛巳,晋人及姜戎败秦于殽。"《公羊传》曰:"其谓之秦何?夷狄之也。曷为夷狄之?秦伯将袭郑,百里子与蹇叔子谏曰:'千里而袭人,未有不亡者也。'秦伯怒曰:'若尔之年者,宰上之木拱矣。〔注五七〕尔曷知?'师出,百里子与蹇叔子送其子而戒之曰:'尔即死,必于殽之嵚岩,是文王之所辟风雨者也,吾将尸尔焉。〔注五八〕子揖师而行,百里子与蹇叔子从其子而哭之。秦伯怒曰:'尔曷为哭吾师?'对曰:'臣非敢哭君师,哭臣之子也。'弦高者,郑商也。遇之殽,矫以郑伯之命而犒师焉。或曰:往矣;或曰:反矣。然而晋人与姜戎要之殽而击之,匹马只轮无反者。"《穀梁传》曰:"不言战而言败,何也?狄秦也。其狄之,何也?秦越千里之险入虚国,进不能守,退败其师徒,乱人子女之教,无男女之别，秦之为狄，自殽之战始也。"《白虎通·诛伐》篇曰："袭者，何谓也？行不假途，掩人不备也。《春秋传》曰：其谓之秦，何？夷狄之也。曷为夷狄之？秦伯将袭郑，入国，掩人不备，行不假途，人衔枚，马缰勒，昼伏夜行为袭也。"

邾娄、牟、葛朝鲁，则夷狄之。

桓十五年："邾娄人、牟人、葛人来朝。"《公羊传》曰："皆何以称人？夷狄之也。"何《注》云："桓公行恶，而三人俱朝事之。三人为众，众足责，故夷狄之。"《春秋繁露·王道》篇曰："夷狄邾娄人、牟人、葛人，为其天王崩而相朝聘也，此其诛也。"（按：董、何二义不同。）

晋伐鲜虞，则夷狄之。

昭十二年："晋伐鲜虞。"《穀梁传》曰："其曰晋，狄之也。其狄之，何也？不正其与夷狄交伐中国，故狄称之也。"《公羊》无传。何《注》云："谓之晋者，中国以无义，故为夷狄所强。今楚行诈灭陈蔡，诸夏惧然，去而与晋会于屈银；不因以大绥诸侯，先之以博爱，而先伐同姓，从亲亲起。欲以威行霸，故狄之。"《春秋繁露·楚庄王》篇曰："《春秋》曰：晋伐鲜虞。奚恶乎晋而同夷狄也？曰：《春秋》尊礼而重信。信重于地，礼尊于身。何以知其然也？宋伯姬疑礼而死于火，齐桓公疑信而亏其地，〔注五九〕《春秋》贤而举之，以为天下法。曰：礼而信，礼无不答，施无不报，天之数也。今我君臣同姓遇女，女无良心，礼已不答，又恐畏我，何其不夷狄也？公子庆父之乱，鲁危殆亡，而齐侯安之。于彼无亲，尚来忧我。今晋不以同姓忧我，而强大厌我，〔注六〇〕我心望焉。〔注六一〕故言之不好，谓之晋而已，婉辞也。"

郑伐许则夷狄之。

成三年："郑伐许。"《公羊》无传。何《注》云："谓之郑者，恶郑襄公与楚同心，数侵伐诸侯。自此之后，中国会盟无已，兵革数起，夷狄比周为党，故夷狄之。"《春秋繁露·竹林》篇曰："《春秋》曰：郑伐许。奚恶于郑而夷狄之也？曰：卫侯遬卒，郑师侵之，是伐丧也。郑与诸侯盟于蜀，已盟而归诸侯，于是伐许，是叛盟也。伐丧无义，叛盟无信。无信无义，故大恶之。"《穀梁》无传。范《注》云："郑从楚而伐卫之丧，又叛诸侯之盟，故狄之。"

蔡世子般夺父政，则夷狄之。

襄三十年："夏四月，蔡世子般弑其君固。"《穀梁传》曰："其不日，子夺父政，是谓夷之。"

郑弃其师则夷狄之。

闵二年："郑弃其师。"《公羊传》曰："郑弃其师者，何也？恶其将也。郑伯恶高克，使之将，逐而不纳，弃师之道也。"《穀梁传》曰："恶其长也，兼不反其众，则是弃其师也。"《说苑·君道》篇曰："天之生人也，盖非以为君也。天之立君也，盖非以为位也。夫为人君行其私欲而不顾其人，是不承天意，忘其位之所以宜也。如此者，《春秋》不予能君而夷狄之，郑伯恶一人而兼弃其师，故有夷狄不君之辞。人主不以此自省，惟既以失实，心奚由知之！故曰：有国者不可以不学《春秋》，此之谓也。"陈立《义疏》云："郑弃其师，与晋伐鲜虞、郑伐许同辞，明为狄郑之义。《说苑》此言，可补三《传》之阙。"

卫伐凡伯，则直称为戎。

隐七年："冬，天王使凡伯来聘。戎伐凡伯于楚丘，以归。"《穀梁传》曰："凡伯者，何也？天子之大夫也。国而曰伐，此一人而曰伐，何也？大天子之命也。戎者，卫也。戎卫者，为其伐天子之使，贬而戎之也。"

郑大夫欲从楚，则视为夷狄之民。

襄七年："十有二月，公会晋侯、宋公、陈侯、卫侯、曹伯、莒子、邾子于鄬，郑伯髡原如会。丙戌，卒于操。"《穀梁传》曰："郑伯将会中国，其臣欲从楚，不胜其臣，弑而死。其不言弑，何也？不使夷狄之民加乎中国之君也。"

呜乎，可不戒哉！

贵死义第三

《春秋》贵死义。

《春秋繁露·玉英》篇曰："《春秋》贤死义。"

国君之死者：莱君死国则正之。

襄六年："十有二月，齐侯灭莱。"《公羊传》曰："曷为不言莱君出奔？国灭，君死之，正也。"《春秋繁露·竹林》篇曰："夫冒大辱以生，其情无乐，故贤人不为也。而众人疑焉，《春秋》以为人之不知义而疑也，故示之以义。曰：国灭，君死之，正也。正也者，正于天之为人性命也。天之为人性命，使行仁义而羞可耻，非若鸟兽然苟为生苟为利而已。"《礼记·曲礼下》篇曰："国君死社稷。"郑《注》云："死其所受于天子也，谓见侵伐也。《春秋传》曰：国灭，君死之，正也。"《疏》引《五经异义》曰："《公羊》说，国灭，君死，正也。故《礼运》曰：君死社稷，无去国之义。《左氏》说：昔太王居邠，狄人攻之，乃逾梁山，邑于岐山，故知是有去国之义也。许慎谨案：《易》曰：系遯有疾厉，畜臣妾，吉。知诸侯无去国之义。"（按：郑无驳，亦从许君用《公羊》义。）

纪侯死国则贤之。

庄三年："秋，纪季以酅入于齐。"《公羊传》曰："纪季者，何？纪侯之弟也。何以不名？贤也。〔注六二〕何贤乎纪季？服罪也。其服罪奈何？鲁子曰：请后五庙以存姑姊妹。"《穀梁传》曰："酅，纪之邑也。入于齐者，以酅事齐也。"四年："纪侯大去其国。"《穀梁传》曰："大去者，不遗一人之辞也。言民之从者四年而后毕也。纪侯贤而齐侯灭之，不言灭而曰大去其国者，不使小人加乎君子。"《春秋繁露·玉英》篇曰："难纪季曰：《春秋》之法，大夫不得专地。又曰：公子无去国之义。又曰：君子不避外难。纪季犯此三者，何以为贤？贤者故盗地以下敌，弃君以辟难乎？曰：贤者不为是。是故托贤于纪季以见季之弗为也。纪季弗为，而纪侯使之，可知矣。《春秋》之书事，时诡其实，以有避也。其书人，时易其名，以有讳也。故诡晋文得志之实以狩，讳避致王也；诡莒子号谓之人，避隐公也；易庆父之名谓之仲孙，变盛谓之成，讳大恶也。然则说《春秋》者随其委曲而后得之。今纪季受命乎君，而经书专，无善之名，而文见贤。此皆诡辞，不可不察。《春秋》之于所贤也，固顺其志而一其辞，章其义而贬其美。今纪侯，《春秋》之所贵也，是以听其入齐之志，而诡其服罪之辞也，移之纪季。故告籴于齐者，实庄公为之，而《春秋》诡其辞，以予臧孙辰，以酅入于齐者，实纪侯为之，而《春秋》诡其辞，以予纪季。所以诡之不同，其实一也。难者曰：有国家者，人欲立之，固尽不听。国灭，君死之，正也。何贤乎纪侯？曰：齐将复仇，纪侯自知力不如而志距之，故谓其弟曰：'我，宗庙之主，不可以不死也。汝以酅往服罪于齐，请以立五庙，使我先君岁时有所依归，率一国之众以卫九世之主。'襄公逐之，不去。求之，弗予。上下同心而俱死之，故谓之大去。《春秋》贤死义，且得众心也，故为讳灭。以为之讳，见其贤之也。以其贤之也，见其中仁义也。"《史记·秦始皇本纪赞》曰："纪季以酅，《春秋》不名。吾读《秦纪》，至于子婴车裂赵高，未尝不健其决，怜其志。婴死生之义备矣。"树达按：纪侯大去其国，《公羊》谓贤齐襄，《穀梁》董生谓贤纪侯，义若相反。

然齐襄灭纪以复先祖之仇，纪侯死国以尽人君之道，义各有所归，固可并存而不悖也。

人臣之死者：孔父义形于色而死，则贤之。

桓二年："春王正月戊申，宋督弑其君与夷及其大夫孔父。"《公羊传》曰："此何以书？贤也。何贤乎孔父？孔父可谓义形于色矣。其义形于色奈何？督将弑殇公，孔父生而存，则殇公不可得而弑也。故于是先攻孔父之家，殇公知孔父死已必死，趋而救之，皆死焉。孔父正色而立于朝，则人莫敢过而致难于其君者，孔父可谓义形于色矣。"《穀梁传》曰："孔父先死，其曰及，何也？书尊及卑，《春秋》之义也。孔父之先死，何也？督欲弑君而恐不立，于是乎先杀孔父。孔父闲也。〔注六三〕何以知先杀孔父也？曰：子既死，父不忍称其名；臣既死，君不忍称其名。以是知君之累之也。孔，氏；父，字谥也。或曰：其不称名，盖为祖讳也，孔子故宋也。〔注六四〕"《春秋繁露·服制象》篇曰："孔父义形于色，而奸臣不敢容邪！"《后汉书·孔融传论》曰："是以孔父正色，不容弑虐之谋。"

仇牧不畏强御而死，则贤之。

庄十二年："秋八月甲午，宋万弑其君接及其大夫仇牧。"《公羊传》曰："此何以书？贤也。何贤乎仇牧？仇牧可谓不畏强御矣。其不畏强御奈何？万尝与庄公战，获乎庄公。庄公归，散舍诸宫中，数月然后归之。归反为大夫于宋。与闵公博，妇人皆在侧，万曰：'甚也鲁侯之淑，鲁侯之美也。天下诸侯宜为君者,唯鲁侯尔。'闵公矜此妇人,妒其言,顾曰:'此虏也,尔虏焉故。鲁侯之美恶乎至?'万怒,搏闵公,绝其脰。仇牧闻君弑,趋而至,遇之于门,手剑而叱之。万臂摋仇牧,碎其首,齿着乎门阖。仇牧可谓不畏强御矣。"

荀息不食其言而死,则贤之。

僖十年:"晋里克弑其君卓子及其大夫荀息。"《公羊传》曰:"此何以书?贤也。何贤乎荀息?荀息可谓不食其言矣。其不食其言奈何?奚齐卓子著,骊姬之子也,荀息傅焉。〔注六五〕骊姬者,国色也,献公爱之甚,欲立其子,于是杀世子申生。申生者,里克傅之。献公病将死,谓荀息曰:'士何如则可谓之信矣?'荀息对曰:'使死者反生,生者不愧乎其言,则可谓信矣。'献公死,奚齐立,里克谓荀息曰:'君杀正而立不正,废长而立幼,如之何?愿与子虑之。'荀息曰:'君尝讯臣矣,臣对曰:使死者反生,生者不愧乎其言,则可谓信矣。'里克知其不可与谋,退弑奚齐。荀息立卓子,里克弑卓子,荀息死之。荀息可谓不食其言矣。"《春秋繁露·玉英》篇曰:"晋荀息死而不听,卫曼姑拒而弗内,〔注六六〕事异而同心,其义一也。荀息死之,贵先君之命。曼姑拒之,亦贵先君之命也。事虽相反,所为同,俱贵先君之命耳。难者曰:荀息、曼姑所欲恃者,皆不宜立者,何以得载乎义?曰:《春秋》之法,君立不宜立,不书。大夫立则书。书之者,弗予大夫之得立不宜立者也。不书,予君之得立之也。君之立不宜立者,非也。既立之，大夫奉之，是也。荀息、曼姑之所以得为义也。"又《王道》篇曰："仇牧、孔父、荀息之死节，皆行正世之义，守拳拳之心，《春秋》嘉义气焉，故皆见之，复正之谓也。"

女子之死者：宋伯姬守礼而死，则贤之。

襄三十年："五月甲午，宋灾。伯姬卒。秋七月，叔弓如宋，葬宋共姬。"《公羊传》曰："外夫人不书葬，此何以书？隐之也。何隐尔？宋灾，伯姬卒焉。其称谥，何？贤也。何贤尔？宋灾，伯姬存焉。有司复曰：'火至矣，〔注六七〕请出。'伯姬曰：'不可。吾闻之也，妇人夜出，不见傅、母，不下堂。'傅至矣，母未至也，逮乎火而死。〔注六八〕《穀梁传》曰："取卒之日加之灾上者，见以灾卒也。其见以灾卒奈何？伯姬之舍失火，左右曰：'夫人少辟火乎！〔注六九〕'伯姬曰：'妇人之义，傅、母不在，宵不下堂。'左右又曰：'夫人少辟火乎！'伯姬曰：'妇人之义，保母不在，宵不下堂。'遂逮乎火而死。妇人以贞为行者也，伯姬之妇道尽矣。详其事，贤伯姬也。"《春秋繁露·王道》篇曰："观乎宋伯姬，知贞妇之信。"《淮南子·泰族训》曰："宋伯姬坐烧而死，《春秋》大之，取其不逾礼而行也。"《新序·杂事一》篇曰："禹之兴也以涂山，桀之亡也以末喜，汤之兴也以有莘，纣之亡也以妲己，文武之兴也以任姒，幽王之亡也以褒姒。是以《诗》正《关雎》，而《春秋》褒伯姬也。"

贵死义，故贱苟生。

国君见获不能死位，则绝之。

《春秋繁露·竹林》篇曰:"《春秋》推天地而顺人理,以至尊为不可以加于大辱至羞,故获者绝之。"

故蔡侯献舞名。〔注七〇〕

庄十年:"秋九月,荆败蔡师于莘,以蔡侯献舞归。"《公羊传》曰:"蔡侯献舞何以名?绝。曷为绝之?获也。曷为不言其获?不与夷狄之获中国也。"《穀梁传》曰:"蔡侯何以名也?绝之也。何为绝也?获也。中国不言败,此其言败,何也?中国不败,蔡侯其见获乎?其言败,何也?释蔡侯之获也。以归,犹愈乎执也。"

沈子嘉名。

定四年:"夏四月庚辰,蔡公孙归姓帅师灭沈,以沈子嘉归,杀之。"《公羊》无传。何《注》云:"不举灭为重,书以归杀之者,责不死位也。"树达按:沈子嘉名,亦绝也。

邾娄子益名。

哀七年:"秋,公伐邾娄。八月,己酉,入邾娄,以邾娄子益来。"《公羊传》曰:"邾娄子益何以名?绝。曷为绝之?获也。曷为不言其获?内大恶讳也。〔注七一〕"《疏》云:"诸侯之礼当死位,今不能死位而生见获,书其名,起其绝也。"《穀梁传》曰:"益之名,恶也。"范《注》云:"恶其不能死社稷。"

曹伯阳名。

哀八年:"春王正月,宋公入曹,以曹伯阳归。"《公羊传》曰:"曹伯阳何以名?绝。曷为绝之?灭也。曷为不言其灭?

讳同姓之灭也。"树达按：此亦以见获绝。

隗子之不名，以小国故不详耳。

僖二十六年："秋，楚人灭隗，以隗子归。"《公羊》无传。何《注》云："不言获者，举灭为重。书以归者，恶不死位。"

国君失国不能死位，亦绝之。

故榖伯绥、邓侯吾离名。

桓七年："夏，榖伯绥来朝，邓侯吾离来朝。"《公羊传》曰："皆何以名？失地之君也。"《榖梁传》曰："其名，何也？失国也。"《春秋繁露·灭国上》篇曰："邓榖失地而朝鲁桓，邓榖失地，不亦宜乎？"《礼记·曲礼下》篇曰："诸侯不生名，诸侯失地，名。"

郑忽名。

桓十一年："郑忽出奔卫。"《榖梁传》曰："郑忽者，世子忽也。其名，失国也。"

邾子益名。

哀八年："归邾子益于邾。"《榖梁传》曰："益之名，失国也。"范《注》云："于王法当绝故。"树达按：此与前邾娄子益为一人，《榖梁》止作邾耳。《公羊传》就其见获言，《榖梁》就其失国言，故分列之耳。

郜子盛伯之不名，以鲁同姓故耳。

僖二十年："夏，郜子来朝。"《公羊传》曰："郜子者何？失地之君也。何以不名？兄弟辞也。"何《注》云："郜，鲁之同姓，故不忍言其绝贱。明当尊遇之，异于邓穀也。"文十二年："春王正月，盛伯来奔。"《公羊传》曰："盛伯者，何？失地之君也。何以不名？兄弟辞也。"何《注》云："与郜子同义。"《春秋繁露·观德》篇曰："盛伯、郜子俱当绝，而独不名，为其与我同姓兄弟也。"

此国君之见贱者也。

郑祭仲不能死难，故见恶于《春秋》。

桓十一年："宋人执郑祭仲，突归于郑。"《穀梁传》曰："曰突，贱之也。曰归，易辞也。祭仲易其事，权在祭仲也。死君难，臣道也。今立恶而黜正，恶祭仲也。"树达按：《公羊》谓祭仲知权，《穀梁》责祭仲不能死难，各明一义，并存之可也。

曹大夫不能死义，故众杀而不名。

庄二十六年："曹杀其大夫。"《公羊传》曰："何以不名？众也。曷为众杀之？不死于曹君者也。君死乎位曰灭，曷为不言其灭？为曹羁讳也。"何《注》云："曹诸大夫与君俱敌戎战，曹伯为戎所杀，诸大夫不仗节死义，独退求生，后嗣子立而诛之，《春秋》以为得其罪，故众略之不名。"

楚公子比不能死义，故加以弑君之罪。

昭十三年："夏四月，楚公子比自晋归于楚，弑其君虔于干溪。"《公羊传》曰："此弑其君，其言归，何？归无恶于弑立也。归无恶于弑立者，何？灵王为无道，作干溪之台，三年不成。楚公子弃疾胁比而立之，然后令于干溪之役曰：'比已立矣，后归者不得复其田里。'众罢而去之，灵王经而死。""楚公子弃疾弑公子比。"《公羊传》曰："比已立矣，其称公子，何？其意不当也。其意不当，则曷为加弑焉尔？比之义宜乎效死不立。"《春秋繁露·王道》篇曰："观乎楚公子比，知臣子之道，效死之义。"

凡伯不能死义，故书以归以见其辱命。

隐七年："冬，天王使凡伯来聘，戎伐凡伯于楚丘，以归。"《公羊传》曰："凡伯者，何？天子之大夫也。此聘也，其言伐之，何？执之也。执之，则其言伐之，何？大之也。曷为大之？不与夷狄之执中国也。其地，何？大之也。"何《注》云："录以归者，恶凡伯不死位以辱王命也。"

此人臣之见贱者也。

逢丑父代齐顷公之死，可谓能舍身矣，而《春秋》非之者，以其使顷公苟生，置其君于人之所甚贱故也。

成二年："秋七月，齐侯使国佐如师。己酉，及国佐盟于爰娄。"《公羊传》曰："君不使乎大夫，此其行使乎大夫，何？佚获也。〔注七二〕其佚获奈何？师还齐侯，晋郤克投戟逡巡，再拜稽首马前。逢丑父者，顷公之车右也。面目与顷公相似，衣服与顷公相似，代顷公当左，使顷公取饮，顷公操饮而至，曰：'革取清者。〔注七三〕'顷公用是佚而不反。逢丑父曰：'吾赖社稷之神灵，吾君已免矣。'郤克曰：'欺三军者其法奈何？'曰：'法斫。'于是斫逢丑父。"何《注》云："佚获者，已获而逃亡也。当绝贱，使与大夫敌体以起之，丑父死君，不贤之者，于王法顷公当绝，如贤丑父，是赏人臣之绝其君也。若以丑父故不绝顷公，是开诸侯战不能死难也。"《春秋繁露·竹林》篇曰："逢丑父杀其身以生其君，何以不得谓知权？丑父欺晋，祭仲许宋，俱枉正以存其君。然其丑父之所为，难于祭仲。祭仲见贤，而丑父犹见非，何也？曰：是非难别者在此。此其嫌疑相似而不同理者，不可不察。夫去位而避兄弟者，君子之所甚贵；获虏逃遁者，君子之所甚贱。祭仲措其君于人所甚贵以生其君，《春秋》以为知权而贤之。丑父措其君于人所甚贱以生其君，《春秋》以为不知权而简之。其俱枉正以存君，相似也。其正君荣之与使辱，不同理。故凡人之有为也，前枉而后义者，谓之中权。虽不能成，《春秋》善之，鲁隐公、郑祭仲是也。前正而后有枉者，谓之邪道。虽能成立，《春秋》不爱，齐顷公、逢丑父是也。夫冒大辱以生，其情无乐，故贤人不为也；而众人疑焉，《春秋》以为人不知义而疑也，故示之以义，曰：国灭，君死之，正也。正也者，正于天之为人性命也。天之为人性命，使行仁义而羞可耻，非若鸟兽然苟为生苟为利而已。是故《春秋》推天施而顺人理，以至尊为不可以生于大辱至羞，故获者绝之。丑父大义宜言于顷公曰：君慢侮而怒诸侯，是失礼大矣。今被大辱而弗能死，是无耻也，而获重罪。请俱死，无辱宗庙，无羞社稷。如此，虽陷其身，尚有廉名。当此之时，死贤于生。故君子生以辱，不如死以荣，正是之谓也。

天施之在人者，使人有廉耻者不生大辱。大辱莫甚于去南面之位而束获为房也。曾子曰：辱若可避，避之而已；及其不可避，君子视死如归。谓如顷公者也。"

诛叛盗第四

宋鱼石受楚封，则系彭城于宋以正其叛国之罪。

成十五年："宋鱼石出奔楚。"十八年："夏，楚子、郑伯伐宋。宋鱼石复入于彭城。"襄元年："仲孙蔑会晋栾黡、宋华元、卫宁殖、曹人、莒子、邾娄人、滕人、薛人围宋彭城。"《公羊传》曰："宋华元曷为与诸侯围宋彭城？为宋诛也。其为宋诛奈何？鱼石走之楚，楚为之伐宋，取彭城，以封鱼石。鱼石之罪奈何？以入是为罪也。楚已取之矣，曷为系之宋？不与诸侯专封也。"《穀梁传》曰："系彭城于宋者，不与鱼石正也。"范《注》："彭城已属鱼石，今犹系宋者，崇君抑叛臣也。"《左氏传》曰："围宋彭城。非宋地，追书也。于是为宋讨鱼石，故称宋，且不登叛人也。"杜《注》："登，成也。不与其专邑叛君，故使彭城还系宋。"

齐庆封受吴封，则书楚子执齐庆封以正其胁国之罪。

昭四年："秋七月，楚子、蔡侯、陈侯、许男、顿子、胡子、沈子、淮夷伐吴。执齐庆封，杀之。"《公羊传》曰："此伐吴也，其言执齐庆封，何？为齐诛也。其为齐诛奈何？庆封走之吴，吴封之于防。然则曷为不言伐防？不与诸侯专封也。庆封之罪何？胁齐君而乱齐国也。"《穀梁传》曰："此入而杀，其不言入，何也？庆封封乎吴钟离，其不言伐钟离，何也？不与吴封也。庆封，其以齐氏，何也？为齐讨也。"《春秋繁露·楚庄王》篇曰："楚庄王杀陈夏徵舒，《春秋》贬其文，不予专讨也。灵王杀齐庆封，而直称楚子，何也？曰：庄王之行贤，而徵舒之罪重，以贤君讨重罪，其于人心善。若不贬，孰知其非正经！《春秋》常于其嫌得者见其不得也。是故齐桓不予专地而封，晋文不予致王而朝，楚庄弗予专杀而讨。三者不得，则诸侯之得殆此矣。此楚灵之所以称子而讨也。问者曰：不予诸侯之专封，复见于陈蔡之灭，不予诸侯之专讨，独不复见庆封之杀，何也？曰：《春秋》之用辞，已明者去之，未明者著之。今诸侯之不得专讨，固已明矣。而庆封之罪未有所见也，故称楚子以伯讨之，著其罪之宜死，以为天下大禁。曰：人臣之行，贬主之位，乱国之臣，虽不篡杀，其罪皆宜死。比于此，其云尔也。"

人臣挟他国之威以陵胁己国，其罪已大矣，况楚与吴，春秋时之蛮夷也。鱼石、庆封以中国之人受蛮夷之封，凭借其力以胁中原，故《春秋》谓其罪宜死也。

卫孙林父据戚则书叛。

襄十四年："卫侯衎出奔齐。"《公羊》无传。何《注》："为孙氏、宁氏所逐。"十九年："夏，卫孙林父帅师伐齐。"二十五年：

"卫侯入于陈仪。"二十六年:"春王二月辛卯,卫宁喜弑其君剽。"《公羊》无传。何《注》:"宁喜为卫侯衎弑剽。""卫孙林父入于戚,以叛。"《公羊》无传。何《注》:"林父本逐衎,衎入,故叛。"《左氏传》曰:"书曰入于戚以叛,罪孙氏也。臣之禄,君实有之。义则进,否则奉身而退。专禄以周旋,戮也。"

宋华亥、向宁、华定据南里则书叛。

昭二十年:"冬十月,宋华亥、向宁、华定出奔陈。"二十一年:"宋华亥、向宁、华定自陈入于宋南里,以叛。"《穀梁传》曰:"自陈,陈有奉焉尔。入者,内弗受也。其曰宋南里,宋之南鄙也。"

宋公子辰、仲佗、石彄、公子池据萧则书叛。

定十年:"秋,宋公子地出奔陈。冬,宋公之弟辰暨宋仲佗、石彄出奔陈。"十一年:"春,宋公之弟辰及仲佗、石彄、公子地自陈入于萧,以叛。"《穀梁传》曰:"自陈,陈有奉焉尔。入于萧以叛,入者,内弗受也。"

晋荀寅、范吉射据朝歌则书叛。

定十三年:"冬,晋荀寅及士吉射入于朝歌,以叛。"

晋赵鞅之入晋阳而兴兵也,以讨君侧之恶人也。然以无君命故亦书叛。

定十三年:"秋,晋赵鞅入于晋阳,以叛。冬,晋赵鞅归于晋。"《公羊传》曰:"此叛也,其言归,何?以地正国也。〔注七四〕其以地正国奈何?晋赵鞅取晋阳之甲以逐荀寅与士吉射。荀寅与士吉射者，曷为者也？君侧之恶人也。此逐君侧之恶人，曷为以叛言之？无君命也。"《穀梁传》曰："此叛也，其以归言之，何也？贵其以地反也。贵其以地反，则是大利也？非大利也，许悔过也。许悔过，则何以言叛也？以地正国也。以地正国，则何以言叛？其入无君命也。"《春秋繁露·顺命》篇曰："臣不奉君命，虽善以叛言。晋赵鞅入于晋阳以叛是也。"《史记·赵世家》曰："晋定公之十四年，范、中行作乱。明年春，简子即鞅谓邯郸大夫午曰：'归我卫士五百家，吾将置之晋阳。'午许诺，归而其父兄不听，倍言。赵鞅捕午，囚之晋阳。遂杀午。荀寅、范吉射与午善，谋作乱。十月，范、中行氏伐赵鞅，鞅奔晋阳。孔子闻赵简子不请晋君而执邯郸午，保晋阳。故书《春秋》曰：赵鞅以晋阳畔。"

《春秋》于窃地叛国之臣，又何其严也！

至邾娄庶其之以漆、闾邱来奔。

襄二十一年："邾娄庶其以漆、闾丘来奔。"《公羊传》曰："邾娄庶其者何？邾娄大夫也。邾娄无大夫，此何以书？重地也。"〔注七五〕何《注》："恶受叛臣邑，故重而书之。"《左氏传》曰："庶其非卿也，以地来，虽贱必书，重地也。"杜《注》："重地，故书其人。其人书，则恶名彰以惩不义。"

莒牟夷之以牟娄及防兹来奔。

昭五年："夏，莒牟夷以牟娄及防兹来奔。"《公羊传》曰："莒牟娄者何？莒大夫也。莒无大夫，此何以书？重地也。"

《穀梁传》曰:"莒无大夫,其曰牟夷,何也?以地来也。以地来则何以书也?重地也。"

邾黑肱之以滥来奔。

昭三十一年:"黑肱以滥来奔。"《穀梁传》曰:"其不言邾黑肱,何也?别乎邾也。其不言滥子,何也?非天子所封也。来奔,内不言叛也。"《左氏传》曰:"邾黑肱以滥来奔,贱而书名,重地故也。君子曰:名之不可不慎也如是。夫有所有名而不如其已。以地叛,虽贱,必书地,以名其人,终为不义,弗可灭已。是故君子动则思礼,行则思义,不为利回,不为义疚。或求名而不得,或欲盖而名章,惩不义也。齐豹为卫司寇,守嗣大夫,作而不义,其书为盗。邾庶其、莒牟夷、邾黑肱以土地出,求食而已;不求其名,贱而必书。此二物者,所以惩肆而去贪也。若艰难其身,以险危大人,而有名章彻,攻难之士,将奔走之。若窃邑叛君,以徼大利而无名,贪冒之民,将寘力焉。是以春秋书齐豹曰盗,三叛人名,以惩不义,数恶无礼,其善志也。故曰:《春秋》之称,微而显,婉而辨。上之人能使昭明,善人劝焉,淫人惧焉,是以君子贵之。"

此以纳窃地叛国之臣者为鲁国,《春秋》为鲁讳,故不以叛书耳,实则与书叛者罪无二也。若纪季以酅入于齐,《春秋》贤之者,以季奉纪侯之命为之,以存宗庙之祀,非叛者所得借口也。

庄三年:"秋,纪季以酅入于齐。"《公羊传》曰:"纪季者何?纪侯之弟也。何以不名?贤也。何贤乎纪季?服罪也。其服罪奈何?鲁子曰:请后五庙以存姑姊妹。"《春秋繁露·玉英》篇曰:"难纪季曰:《春秋》之法,大夫不得专地。又曰:公子无去国之义。又曰:君子不避外难。纪季犯此三者,何以为贤?贤者故盗地以下敌,弃君以辟难乎?曰:贤者不为是。是故托贤于纪季以见季之弗为也。纪季弗为,而纪侯使之,可知矣。《春秋》之书事,时诡其实,以有避也。其书人,时易其名,以有讳也。故诡晋文得志之实以狩,讳避致王也。诡莒子号谓之人,避隐公也。易庆父之名谓之仲孙,变盛谓之成,讳大恶也。然则说《春秋》者随其委曲而后得之。今纪季受命乎君,而经书专,无善之名,而文见贤。此皆诡辞,不可不察。《春秋》之于所贤也,固顺其志而一其辞,章其义而褒其美。今纪侯,春秋之所贵也。是以听其入齐之志,而诡其服罪之辞也,移之纪季。故告籴于齐者,实庄公为之,而《春秋》诡其辞,以予臧孙辰。以酅入于齐者,实纪侯为之,而《春秋》诡其辞,以予纪季。所以诡之不同,其实一也。难者曰:有国家者,人欲立之,固尽不听。国灭,君死之,正也。何贤乎纪侯?曰:齐将复仇,纪侯自知力不如而志距之,故谓其弟曰:'我宗庙之主,不可以不死也。汝以酅往服罪于齐,请以立五庙,使我先君岁时有所依归,率一国之众以卫九世之主。'襄公逐之,不去。求之,弗予。上下同心而俱死之,故谓之大去。《春秋》贤死义,且得众心也,故为讳灭。以为之讳,见其贤之也。以其贤之也，见其中仁义也。"

贵仁义第五

《春秋》贵仁义。

楚庄仁而佚晋寇。

宣十二年："楚子围郑。六月乙卯，晋荀林父帅师及楚子战于邲，晋师败绩。"《公羊传》曰："大夫不敌君，此其称名氏以敌楚子，何？不与晋而与楚子为礼也。曷为不与晋而与楚子为礼？庄王伐郑，胜乎皇门，放乎路衢。郑伯肉袒，左执茅旌，右执鸾刀，以逆庄王，曰：'寡人无良边垂之臣，以干天祸，是以使君王沛焉辱到敝邑。君如矜此丧人，锡之不毛之地，使帅一二耋老而绥焉，请唯君王之命。'庄王曰：'君之不令臣交易为言，是以使寡人得见君王之玉面，而微至乎此。'庄王亲自手旌，左右挥军，退舍七里。将军子重谏曰：'南郢之与郑，相去数千里。诸大夫死者数人，厮役扈养死者数百人，今君胜郑而不有，无乃失民臣之力乎！'庄王曰：'古者杆不穿、皮不蠹，则不出乎四方。是以君子笃于礼而薄于利，要其人而不要其土。告从不赦，不详。吾以不详导民，灾及吾身，何日之有。'既则晋师之救郑者至，曰：'请战。'庄王许诺。将军子重谏曰：'晋，大国也。王师淹病矣，君请勿许也。'庄王曰：'弱者吾威之，强者吾辟之，是以使寡人无以立于天下.'令之还师而逆晋寇。庄王鼓之,晋师大败。晋众之走者,舟中之指可掬矣。庄王曰:'嘻!吾两君不相好,百姓何罪!'令还师而佚晋寇。"《春秋繁露·竹林》篇曰:"夫庄王之舍郑,有可贵之美。晋人不知善而欲击之。所救已解,如挑与之战,如与而同。此无善善之心,而轻救民之意也。"《白虎通·号》篇曰:"楚胜郑而不有,告从而赦之。又令还师而佚晋寇。围宋,宋因而与之平,引师而去。知楚庄之霸也。"

子反仁而矜宋民。

宣十五年:"夏五月,宋人及楚人平。"《公羊传》曰:"外平不书,此何以书?大其平乎己也。何大乎其平乎己?庄王围宋,军有七日之粮尔,尽此不胜,将去而归尔。于是使司马子反乘堙而窥宋城,宋华元亦乘堙而见之。司马子反曰:'子之国何如?'华元曰:'惫矣!'曰:'何如?'曰:'易子而食之,析骸而炊之。'司马子反曰:'嘻,甚矣惫!虽然,吾闻之也,围者柑马而秣之,〔注七六〕使肥者应客,是何子之情也!'〔注七七〕华元曰:'吾闻之:君子见人之厄则矜之,小人见人之厄则幸之。吾见子之君子也,是以告情于子也。'司马子反曰:'诺,勉之矣。吾军亦有七日之粮尔,尽此不胜,将去而归尔。'揖而去之,反于庄王。庄王曰:'何如?'司马子反曰:'惫矣。'曰:'何如?'曰:'易子而食之,析骸而炊之。'庄王曰:'嘻,甚矣惫!虽然,吾今取此然后而归尔。'司马子反曰:'不可!臣已告之矣,军有七日之粮尔。'庄王怒曰:'吾使子往视之,子曷为告之?'司马子反曰:'以区区之宋,犹有不欺人之臣,可以楚而无乎?是以告之也。'庄王曰:'诺,舍而止。虽然,吾犹取此然后归尔。'司马子反曰:'然则君请处于此,臣请归尔。'庄王曰:'子去我而归,吾孰与处于此?吾亦从子而归尔。'引师而去之。故君子大其平乎已也。"《春秋繁露·竹林》篇曰:"司马子反为其君使,废君命,与敌情。从其所请,与宋平。是内专政而外擅名也。专政则轻君,擅名则不臣,而《春秋》大之,奚由哉?曰:为其有惨怛之恩,不忍饿一国之民使之相食,推恩者远之而大,为仁者自然而美,今子反出己之心,矜宋之民,无计其闲,故大之也。难者曰:《春秋》之法,卿不忧诸侯,政不在大夫。子反为楚臣而恤宋民,是忧诸侯也;不复其君而与敌平,是政在大夫也。溴梁之盟,信在大夫,而《春秋》刺之,为其夺君尊也;平在大夫,亦夺君尊,而《春秋》大之,此所闲也。且《春秋》之义,臣有恶,擅名义,故忠臣不显谏,欲其为君出也。书曰:'尔有嘉谋嘉猷,入告尔君于内,尔乃顺之于外,曰:此谋此猷,惟我君之德。'此为人臣之法也。古之良大夫,其事君皆若是。今子反去君近而不复,庄王可见而不告,皆以其解二国之难为不得已也。奈其夺君名美何?此所惑也。曰:《春秋》之道,固有常有变。变用于变,常用于常,各止其科,非相妨也。今诸子所称,皆天下之常,雷同之义也。子反之行,一曲之变,独修之意也。夫目惊而体失其容,心惊而事有所忘,人之情也。通于惊之情者，取其一美，不尽其失。《诗》云：'采葑采菲，无以下体。'此之谓也。今子反往视宋，闻人相食，大惊而哀之，不意之至于此也。是以心骇目动而违常礼。礼者，庶于仁，文质而成体者也。今使人相食，大失其仁，安著其礼？方救其质，奚恤其文？故曰当仁不让。此之谓也。今让者，《春秋》之所贵。虽然，见人相食，惊人相爨，救之忘其让，君子之道，有贵于让者也。故说《春秋》者无以平定之常义疑变故之大，则义几可论矣。"《后汉书·王望传》曰："昔华元、子反，楚、宋之良臣。不禀君命，擅平二国，《春秋》之义，以为美谈。"

曹公子喜时仁而免其君之罪。

成十六年："曹伯归自京师。"《公羊传》曰："执而归者名，曹伯何以不名？而不言复归于曹，何？易也。其易奈何？公子喜时在内也。公子喜时在内，则何以易？公子喜时者，仁人也。内平其国而待之，外治诸京师而免之。其言自京师，何？言甚易也，舍是无难矣。"何《注》云："执归书者，贤喜时为兄所篡，终无怨心。而复深推精诚，忧免其难，非至仁莫能行之，故书，起其功也。"树达按：负刍篡，喜时让，详《贵让》篇。

鲁季孙行父仁而代其君之执。

成十六年："九月，晋人执季孙行父，舍之于招丘。"《公羊传》曰："执未有言舍之者，此其言舍之，何？仁之也。曰：在招丘，惓矣。〔注七八〕执未有言仁之者，此其言仁之，何？代公执也。其代公执奈何？前此者，晋人来乞师而不与。公会晋侯,将执公。季孙行父曰:'此臣之罪也。'于是执季孙行父。成公将会厉公,会不当期,将执会。季孙行父曰:'臣有罪,执其君;子有罪,执其父,此听失之大者也。今此臣之罪也,舍臣之身而执臣之君,吾恐听失之为宗庙羞也。'于是执季孙行父。"

晋士匄不伐齐丧。

襄十九年:"秋七月辛卯,齐侯环卒。晋士匄帅师侵齐,至穀,闻齐侯卒,乃还。"《公羊传》曰:"还者何?善辞也。何善尔?大其不伐丧也。此受命乎君而伐齐,则何大乎其不伐丧?大夫以君命出,进退在大夫也。"《穀梁传》曰:"受命而诛生,死无所加其怒,不伐丧,善之也。"《左氏传》曰:"晋士匄侵齐,及穀,闻丧而还,礼也。"《汉书·萧望之传》曰:"五凤中,匈奴大乱。议者多曰匈奴为害日久,可因其坏乱,举兵灭之。诏问望之计策,望之对曰:'《春秋》晋士匄帅师侵齐,闻齐侯卒,引师而还。君子大其不伐丧,以为恩足以服孝子,谊足以动诸侯。前单于慕化乡善称弟,遣使请求和亲,海内欣然,夷狄莫不闻;未终奉约,不幸为贼臣所杀;今而伐之,是乘乱而幸灾也,彼必奔走远遁。不以义动兵,恐劳而无功。宜遣使者吊问,辅其微弱,救其灾患,四夷闻之,咸贵中国之仁义。如遂蒙恩得复其位,必称臣服从,此德之盛也。'上从其议。后竟遣兵护辅呼韩邪单于定其国。"《白虎通·诛伐》篇曰:"诸侯有三年之丧,有罪且不诛,何?君子恕己,哀孝子之思慕，不忍加刑罚。《春秋传》曰：晋士匄帅师侵齐，至穀，闻齐侯卒，乃还。传曰：大其不伐丧也。"

鲁季友不纳庆父。

僖元年："冬十月壬午，公子友帅师败莒师于郦，获莒挐。"《公羊传》曰："莒挐者何？莒大夫也。莒无大夫，此何以书？大季子之获也。何大乎季子之获？季子治内难以正，御外难以正。其御外难以正奈何？公子庆父弑闵公，走而之莒，莒人逐之。将由乎齐，齐人不纳。却反，舍于汶水之上。使公子奚斯入请。季子曰：'公子不可以入，入则杀矣。'奚斯不忍反命于庆父，自南涘北面而哭。庆父闻之，曰：'嘻，此奚斯之声也。'诺，已。〔注七九〕曰：'吾不得入矣！'于是抗辀经而死。莒人闻之，曰：'吾已得子之贼矣。'以求赂乎鲁，鲁人不与。为是兴师而伐鲁，季子待之以偏战。"

吴季札不入吴国。

襄二十九年："吴子使札来聘。"《公羊传》曰："吴无君，无大夫，此何以有君，有大夫？贤季子也。何贤乎季子？让国也。其让国奈何？谒也，余祭也，夷昧也，与季子同母者四。季子弱而才，兄弟皆爱之，同欲立之以为君。谒曰：'今若是迮而与季子国，〔注八〇〕季子犹不受也。请无与子而与弟，弟兄迭为君，而致国乎季子。'皆曰：'诺。'故诸为君者皆轻死为勇，饮食必祝，曰：'天苟有吴国，尚速有悔于予身。〔注八一〕'故谒也死，余祭也立；余祭也死，夷昧也立。夷昧也死，则国宜之季子者也。季子使而亡焉。〔注八二〕僚者,庶长也,即之。〔注八三〕季子使而反,至而君之尔。阖庐曰:'先君之所以不与子国而与弟者,凡为季子故也。将从先君之命与?则国宜之季子者也;如不从先君之命与?则我宜立者也。僚恶得为君乎!'于是使专诸刺僚,而致国乎季子。季子不受,曰:'尔弑吾君,吾受尔国,是吾与尔为篡也;尔杀吾兄,吾又杀尔,是父子兄弟相杀终身无已也。'去之延陵,终身不入吴国。故君子以其不受为义,以其不杀为仁。贤季子则吴何以有君有大夫?以季子为臣,则宜有君者也。"《说苑·至公》篇曰:"君子以其不杀为仁,以其不取国为义。夫不以国私身,捐千乘而不恨,弃尊位而无怨,可以庶几矣。"

鲁叔肸不食宣公之食。

宣十七年:"冬十有一月壬午,公弟叔肸卒。"《穀梁传》曰:"其曰公弟叔肸,贤之也。其贤之,何也?宣弑而非之也。〔注八四〕非之则胡为不去也?曰:兄弟也,何去而之?与之财,则曰:我足矣。织屦而食,终身不食宣公之食,君子以是为通恩也,以取贵乎《春秋》。"《公羊》无传。何《注》云:"称字者,贤之。宣公篡位,叔肸不仕其朝,不食其禄,终身于贫贱。故孔子曰:'笃信好学,守死善道。危邦不入,乱邦不居。天下有道则见,无道则隐。'此之谓也。《礼》:盛德之士不名。"〔注八五〕《盐铁论·论儒》篇曰:"阖庐杀僚,公子札去而之延陵,终身不入吴国。鲁公杀子赤,叔肸退而隐之。士食其禄，亏义得尊，枉道取容，效死不为也。"《新序·节士》篇曰："宣公杀子赤而胖非之。宣公与之禄，则曰：我足矣，何以兄之食为食？织屦而食，终身不食宣公之食。其仁恩厚矣，其守节固矣，故《春秋》美而贵之。"《白虎通·王者不臣》篇曰："盛德之士不名，尊贤也。《春秋》曰：公弟叔肸。"

卫公子鱄不履卫地。

襄二十七年："卫杀其大夫宁喜。卫侯之弟鱄出奔晋。"《公羊传》曰："卫杀其大夫宁喜，则卫侯之弟鱄曷为出奔晋？为杀宁喜出奔也。曷为为杀宁喜出奔？卫宁殖与孙林父逐卫侯而立公孙剽。宁殖病将死，谓喜曰：'黜公者，非吾意也，孙氏为之。我即死，女能固纳公乎？'喜曰：'诺。'宁殖死，喜立为大夫。使人谓献公曰：'黜公者，非宁氏也，孙氏为之。吾欲纳公，何如？'献公曰：'子苟纳我，吾请与子盟。'喜曰：'无所用盟，请使公子鱄约之。〔注八六〕'献公谓公子鱄曰：'宁氏将纳我，吾欲与之盟。其言曰：无所用盟，请使公子鱄约之。子固为我与之约矣。'公子鱄辞曰：'夫负羁絏，执铁锧，从君东西南北，则是臣仆庶孽之事也。若夫约言为信，则非臣仆庶孽之所敢与也。'献公怒，曰：'黜我者，非宁氏与孙氏，凡在尔。'公子鱄不得已而与之约。已约，归，至，杀宁喜。公子鱄挈其妻子而去之。将济于河，携其妻子而与之盟，曰：'苟有履卫地食卫粟者，昧雉彼视。'"《穀梁传》曰："专，其曰弟，何也？专有是信者。君赂不入乎喜而杀喜，是君不直乎喜也，故出奔晋，织絇邯郸，终身不言卫。专之去，合乎《春秋》。"（按：鱄《穀梁》作专。）何休《穀梁废疾》曰："宁喜本弑君之家，献公过而杀之，小负也。专以君之小负自绝，非大义也，何以合乎《春秋》？"郑玄《起废疾》曰："宁喜虽弑君之家，本专与约纳献公尔。公由喜得入，已与喜以君臣从事矣。《春秋》拨乱，重盟约，今献公背之而杀忠于己者，是献公恶而难亲也。献公既恶而难亲，专又与喜为党，惧祸将及。君子见几而作，不俟终日。微子去纣，孔子以为三仁。专之去卫，其心若此。合于《春秋》，亦不宜乎？"

此皆《春秋》所贵者也。

贵仁则恶暴。

邾娄人用鄫子以血社。

僖十九年："六月己酉，邾娄人执鄫子，用之。"《公羊传》曰："恶乎用之？用之社也。其用之社奈何？盖叩其鼻以血社也。"何《注》云："恶无道也。"《穀梁传》曰："小国之君因邾以求与之盟。人因已以求与之盟，已迎而执之，恶之，故谨而日之也。用之者，叩其鼻以衈社也。"

楚人用蔡世子有以筑防。

昭十一年："冬十有一月丁酉，楚师灭蔡。执蔡世子有以归，用之。"《公羊传》曰："恶乎用之？用之防也。其用之防奈何？盖以筑防也。"何《注》云："持其足，以头筑防，恶不以道。"

邾娄人之戕鄫子。

宣十八年:"秋七月,邾娄人戕鄫子于鄫。"《公羊传》曰:"戕鄫子于鄫者,何?残贼而杀之也。"何《注》云:"支解而节断之,故变杀言戕。戕则残贼,恶无道也。"《穀梁传》曰:"戕犹残也,梡杀之。〔注八七〕"

晋灵公之杀膳宰。

宣六年:"晋赵盾、卫孙免侵陈。"《公羊传》曰:"灵公为无道,使诸大夫皆内朝,然后处乎台上,引弹而弹之,己趋而辟丸,是乐而已矣。赵盾已朝而出,与诸大夫立于朝。有人荷畚自闺而出者,赵盾曰:'彼何也?夫畚曷为出乎闺?'呼之,不至,曰:'子大夫也,欲视之,则就而视之。'赵盾就而视之,则赫然死人也。赵盾曰:'是何也?'曰:'膳宰也。能踏不熟,公怒,以斗擎而杀之,支解,将使我弃之。'赵盾曰:'嘻!'"

皆不待贬绝而罪恶见者也。

昭元年《公羊传》曰:"《春秋》不待贬绝而罪恶见者,不贬绝以见罪恶也。"

贵义则贱利。

无骇入极则贬之。

隐二年:"无骇帅师入极。"《公羊传》曰:"无骇者何?展无骇也。何以不氏?贬。曷为贬?疾始灭也。始灭昉于此乎?前此矣。前此则曷为始乎此?托始焉尔。曷为托始焉尔?《春秋》之始也。此灭也，其言入，何？内大恶，讳也。"《穀梁传》曰："入者，内弗受也。极，国也。苟焉以入人为志者，人亦入之矣。不称氏者，灭同姓，贬也。"八年："冬十有二月，无骇卒。"《公羊传》曰："此展无骇也。何以不氏？疾始灭也。故终其身不氏。"《春秋繁露·王道》篇曰："无骇灭极不能诛，诸侯得以大乱，篡弑无已。"又曰："诛犯始者，省刑绝恶疾始也。"《后汉书·李固传》："固奏记梁商曰：《春秋》襃仪父以开义路，贬无骇以闭利门。"

取郜取防，则甚之。

隐十年："六月壬戌，公败宋师于菅。辛未，取郜。辛巳，取防。"《公羊传》曰："取邑不日，此何以日？一月而再取也。何言乎一月而再取？甚之也。"何《注》云："甚鲁因战见利生事，利心数动。"《穀梁传》曰："取邑不日，此其日，何也？不正其乘败人而深为利，故谨而日之也。"

伐莒取向，则讥之。

宣四年："春，王正月，公及齐侯平莒及郯。莒人不肯。"《穀梁传》曰："及者，内为志焉尔。平者，成也。不肯者，可以肯也。公伐莒取向，伐犹可，取向甚矣。莒人辞不受治也，伐莒，义兵也；取向，非也，乘义而为利也。"

周桓王求车则讥。

桓十五年："春二月，天王使家父来求车。"《公羊传》曰："何以书？讥。何讥尔？王者无求，求车，非礼也。"《穀梁传》

曰:"古者诸侯时献于天子以其国之所有,故有辞让而无征求。求车,非礼也;求金甚矣。"《左氏传》曰:"天王使家父来求车,非礼也。诸侯不贡车服,天子不私求财。"

求赗则讥。

隐三年:"秋,武氏子来求赗。"《公羊传》曰:"武氏子者何?天子之大夫也。武氏子来求赗,何以书?讥。何讥尔?丧事无求,求赗,非礼也。"《穀梁传》曰:"归死者曰赗,归生者曰赗。曰归之者,正也;求之者,非正也。周虽不求,鲁不可以不归。鲁虽不归,周不可以求之。求之为言,得不得未可知之辞也。交讥之。"

顷王求金则讥。

文九年:"春,毛伯来求金。"《公羊传》曰:"毛伯者何?天子之大夫也。……毛伯来求金,何以书?讥。何讥尔?王者无求,求金,非礼也。然则是王者与?曰:非也。非王者则曷为谓之王者?王者无求,曰:是子也,继文王之体,守文王之法度;文王之法无求,而求,故讥之也。"《穀梁传》曰:"求车犹可,求金甚矣。"《左氏传》曰:"毛伯卫来求金,非礼也。"《春秋繁露·玉英》篇曰:"天王使人求赗求金,皆为大恶而书。"又《王道》篇曰:"刺家父求车,武氏、毛伯求赗金。"《说苑·贵德》篇曰:"周天子使家父、毛伯求金于诸侯,《春秋》讥之。故天子好利则诸侯贪,诸侯贪则大夫鄙,大夫鄙则庶人盗。上之变下,犹风之靡草也。"

鲁隐公张鱼则讳。

隐五年:"春,公观鱼于棠。"《公羊传》曰:"何以书?讥。何讥尔?远也。公曷为远而观鱼?登来之也。百金之鱼公张之,登来之者何?美大之之辞也。"何《注》云:"实讥张鱼,而言观讥远者,耻公去南面之位,下与百姓争利,匹夫无异,故讳若使以远观为讥也。"《春秋繁露·玉英》篇曰:"公观鱼于棠,何恶也?凡人之性莫不善义,然而不能义者,利败之也。故君子终日言不及利,欲以勿言愧之而矣。愧之,以塞其源也。夫处位动风化者,徒言利之名尔,犹恶之。况求利乎!故天王使人求赙求金,皆为大恶而书。今非直使人也,亲自求之,是为甚恶。讥,何故言观鱼?犹言观社也。皆讳大恶之辞也。"《说苑·贵德》篇曰:"故人君者,明贵德而贱利以道下。下之为恶,尚不可止,今隐公贪利,而身自渔济上而行八佾,以此化于国人,国人安得不解于义?解于义而纵于欲,则灾害起而臣下僻矣。"

虞公受赂,则疾为首恶。

僖二年:"虞师、晋师灭夏阳。"《公羊传》曰:"虞,微国也,曷为序乎大国之上?使虞首恶也。曷为使虞首恶?虞受赂,假灭国者道以取亡焉。其受赂奈何?献公朝诸大夫问焉,曰:'寡人夜者寝而不寐,其意也何?'诸大夫有进对者,曰:'寝不安与?其诸侍御有不在侧者与?'献公不应。荀息进曰:'虞、郭见与?'献公揖而进之,遂与之入而谋曰:'吾欲攻郭,则虞救之，攻虞则郭救之，如之何？愿与子虑之。'荀息对曰：'君若用臣之谋，则今日取郭而明日取虞尔。君何忧焉！'献公曰：'然则奈何？'荀息曰：'请以屈产之乘与垂棘之白璧往，必可得也；则宝出内藏藏之外府，马出内厩系之外厩尔，君何丧焉！'献公曰：'诺。虽然，宫之奇存焉，如之何？'荀息曰：'宫之奇知则知矣，虽然，虞公贪而好宝。见宝，必不从其言。请终以往。'于是终以往。虞公见宝，许诺。宫之奇果谏：'《记》曰：唇亡则齿寒。虞、郭之相救，非相为赐，则晋今日取郭，〔注八八〕而明日虞从而亡尔。君请勿许也。'虞公不从其言，终假之道以取郭。还四年，反取虞。虞公抱宝牵马而至。荀息见曰：'臣之谋何如？'献公曰：'子之谋则已行矣。宝则吾宝也，虽然，吾马之齿则已长矣。'盖戏之也。"《穀梁传》曰："非国而曰灭，重复阳也。虞无师，其曰师，何也？以其先晋，不可以不言师也。其先晋，何也？为主乎灭夏阳也。夏阳者，虞、虢之塞邑也。灭夏阳而虞、虢举矣。虞之为主乎灭夏阳，何也？晋献公欲伐虢，荀息曰：'君何不以屈产之乘、垂棘之璧而借道乎虞也。'公曰：'此晋国之宝也。如受吾币而不借吾道，则如之何？'荀息曰：'此小国之所以事大国也；彼不借吾道，必不敢受吾币。如受吾币而借吾道，则是我取之中府而藏之外府，取之中厩而藏之外厩也。'公曰：'宫之奇存焉，必不使受之也。'荀息曰：'宫之奇之为人也，达心而懦，又少长于君。达心则其言略，懦则不能强谏。少长于君，则君轻之。且夫玩好在耳目之前,而患在一国之后,此中知以上乃能虑之,臣料虞君中知以下也。'公遂借道而伐虢。宫之奇谏曰:'晋国之使者其辞卑而币重,必不便于虞。'虞公弗听,遂受其币而借之道。宫之奇谏曰:'《语》曰:唇亡则齿寒。其斯之谓与!'挈其妻子以奔曹。献公亡虢,五年而后举虞。荀息牵马操璧而前曰:'璧则犹是也,而马齿加长矣。'"《左氏传》曰:"先书虞,贿故也。"《春秋繁露·王道》篇曰:"虞公贪财不顾其难,快耳悦目,受晋之璧、屈产之乘,假晋师道,还以自灭。宗庙破毁,社稷不祀,身死不葬,贪财之所致也。故《春秋》以此见物不空来,宝不虚出,自内出者无匹不行,自外至者无主不止,此其应也。"《汉书·孙宝传》曰:"宝自劾矫制,奏囂商为乱首。《春秋》之义,诛首恶而已。"《后汉书·梁商传》:"商上疏曰:《春秋》之义,功在元帅,罪止首恶。"

鲁桓受赂,则讥其非礼。

桓二年:"夏四月,取郜大鼎于宋。戊申,纳于大庙。"《公羊传》曰:"何以书?讥。何讥尔?遂乱受赂,纳于大庙,非礼也。"《穀梁传》曰:"桓内弑其君,外成人之乱,受赂而退,以事其祖,非礼也。其道以周公弗受也。"《左氏传》曰:"以郜大鼎赂公。夏四月,取郜大鼎于宋。戊申,纳于大庙,非礼也。"

齐人受赂,则恶其取邑。

宣元年:"六月,齐人取济西田。"《公羊传》曰:"外取邑不书,此何以书?所以赂齐也。曷为赂齐?为弑子赤之赂也。"何《注》云:"子赤,齐外孙。宣公篡弑之,恐为齐所诛,为是赂之。故讳使若齐自取之者,亦因恶齐取篡者赂,当坐取邑。"《穀梁传》曰:"内不言取。言取,授之也。以是为赂齐也。"

若梁以求财不足而自亡。

僖十九年:"梁亡。"《公羊传》曰:"此未有伐者,其言梁亡,何?自亡也。其自亡奈何?鱼烂而亡也。"《穀梁传》曰:"自亡也。湎于酒,淫于色,心昏,耳目塞。上无正长之治,大臣背叛,民为寇盗。梁亡,自亡也。"《春秋繁露·王道》篇曰:"梁内役民无已,其民不能堪,使民比地为伍,一家亡,五家杀刑。其民曰:先亡者封,后亡者刑。君者,将使民以孝于父母,顺于长老,守丘墓,承宗庙,世世祀其先;今求财不足,行罚如将不胜,杀戮如屠,仇雠其民,鱼烂而亡,国中尽空。《春秋》曰:梁亡。亡者,自亡也,非人亡之也。观乎梁亡,知枉法之穷。"又《仁义法》篇曰:"故王者爱及四夷,伯者爱及诸侯,安者爱及封内,危者爱及旁侧,亡者爱及独身。《春秋》不言伐梁而言梁亡,盖爱独及其身者也。"

楚以欲得美裘而丧国。

定四年:"冬十有一月庚午,蔡侯以吴子及楚人战于伯莒,楚师败绩。"《公羊传》曰:"蔡昭公朝乎楚,有美裘焉。

囊瓦求之，昭公不与。为是拘昭公于南郢，数年然后归之。于其归焉，用事乎河，曰：'天下诸侯苟有能伐楚者，寡人请为之前列。'楚人闻之，怒，为是兴师，使囊瓦将而伐蔡。蔡请救于吴。伍子胥复曰：'蔡非有罪也，楚人为无道。君如有忧中国之心，则若时可矣。'于是兴师而救蔡。"《穀梁传》曰："蔡昭公朝于楚，有美裘。囊瓦求之，昭公不与。为是拘昭公于南郢，数年然后得归。乃用事乎汉，曰：'苟诸侯有欲伐楚者，寡人请为前列焉。'楚人闻之而怒，为是兴师而伐蔡。蔡请救于吴。子胥曰：'蔡非有罪，楚无道也。君若有忧中国之心，则若此时可矣。'为是兴师而伐楚。""庚辰，吴入楚。"《公羊传》曰："吴何以不称子？反夷狄也。其反夷狄奈何？君舍于君室，大夫舍于大夫室，盖妻楚王之母也。"《穀梁传》曰："何以谓之吴也？狄之也。何谓狄之也？君居其君之寝而妻其君之妻，大夫居其大夫之寝而妻其大夫之妻，盖有欲妻楚王之母者。不正乘败人之绩而深为利，居人之国，故反其狄道也。"《春秋繁露·王道》篇曰："楚平王行无度，杀伍子胥父兄。蔡昭公朝之，因请其裘。昭公不与。吴王非之，举兵加楚，大败之。君舍乎君室，大夫舍乎大夫室，妻楚王之母。贪暴之所致也。"

固《春秋》之大戒也。

〔注一〕恶诈击而善偏战。约结期日而后战，谓之偏战，诈战则反是,诈击即诈战也。倭奴之犯我辽宁,侵我卢沟,袭击美国之珍珠港,皆诈战也。若先宣战而后战者,则庶乎偏战矣。倭奴之诈,世界正义之国无不恶之。而《春秋》则早已标恶诈战之义。世人或以《春秋》为迂远不切事情之学,观此可恍然大悟矣。

〔注二〕耻伐丧而荣复仇。他国有丧而伐之,为不义之事,《春秋》所耻。复仇之师,则《春秋》以为荣。

〔注三〕哀公亨乎周。亨与今烹字同。

〔注四〕卜之,曰:师丧分焉。此卜者之辞。分,半也。

〔注五〕寡人死之,不为不吉也。此襄公答卜者之辞。师丧其半,国君死,犹为吉者,以能复仇故也。此见襄公复仇之决心。

〔注六〕诸侯世,故国君为一体也。世谓世世相传。

〔注七〕今纪无罪,此非怒与!怒,迁怒也。

〔注八〕犹无明天子也。犹与由同。

〔注九〕然则齐纪无说焉。无说谓无辞可以相接。

〔注一〇〕恶其会仇雠而伐同姓,故贬而名之也。名之,谓直称溺之名。

〔注一一〕其不言如,何也。如,往也。

〔注一二〕躬君弑于齐。躬谓鲁庄公本身。君弑于齐,谓桓公为齐所弑。

〔注一三〕于庙则已尊,于寝则已卑。已尊已卑,谓太尊太卑。

〔注一四〕为之筑,节矣。节,谓适宜。

〔注一五〕入者,内弗受也。弗受,犹今言不接受。凡不合义之事言之。

〔注一六〕日入,恶入者也。说《春秋》者,有日月例。以《春秋》所书月日,皆有褒贬之意存乎其间。此说不甚可信。然传文屡言之。此文日入,谓夫人姜氏入上记有丁丑日子也。

〔注一七〕娶仇人子弟以荐舍于前。范《注》云:荐,进也。舍,置也。

〔注一八〕此复仇乎大国,曷为使微者。微者谓士,以非卿大夫故为微也。此经书及齐师战于乾时。及上无主名。不书谁及之,有似乎微者,故传发问也。

〔注一九〕不与公复仇也。不与犹今言不许,不许者谓其无诚意也。

〔注二〇〕复仇者在下也。下指诸大夫。

〔注二一〕何以不书葬?隐之也。隐,痛也。

〔注二二〕公薨不地,故也。他公之薨皆记其地,如言公薨于路寝是也。不地谓不记地,故谓变故。

〔注二三〕仇在外也。桓公为齐所弑,故云仇在外。

〔注二四〕父不受诛,子复仇可也。何《注》云:不受诛,罪不当诛也。

〔注二五〕用事乎河。用事谓祭。

〔注二六〕则若时可矣。若，此也。

〔注二七〕以蔡侯之以之，举其贵者也。举贵谓称子。

〔注二八〕相卫而不相徇。徇与狥同。《史记·韩世家》注云：狥，从死也。言朋友复仇，义当保卫之，而不得以己身从之死也。何休训徇为先，非是。

〔注二九〕《春秋》严夷夏之防。夷谓夷狄，夏谓中国。

〔注三〇〕曷为殊会吴？叔孙侨如……会吴于钟离，将吴特别提出，故云殊。

〔注三一〕楚子何以不名？不名，不称其名。《春秋》以称名为贬，此问其何以不贬称名。

〔注三二〕而鲁追戎则大之。大犹言褒美。

〔注三三〕则未知其之晋者也。言不知之晋者谁杀之。

〔注三四〕其日，何？日谓书其日子，甲午是也。下凡云日者，义同。

〔注三五〕其地，何？地谓书其地，咸是也。下凡云地者，同。

〔注三六〕卒怗荆。怗，服也。

〔注三七〕诛意不诛辞之谓也。诛意犹言诛心，不诛辞，谓于文辞不诛之。

〔注三八〕陈侯使袁侨如会。如，往也。

〔注三九〕曷为殊及陈袁侨。殊及谓特别单独提出及陈袁侨盟。与上言殊会意同也。

〔注四〇〕礼：诸侯不生名。诸侯生时不称名，故云不生名。

〔注四一〕起得郑为重。起犹今言表示或暗示。

〔注四二〕不以伐郑致。凡书公至自某者为致。不以伐郑致，谓不以公至自伐郑书于经也。

〔注四三〕夷狄主中国则不与。不与，不许也。犹今言不承认。

〔注四四〕执之则其言伐之，何？大之也。此大之谓张大其辞，与褒美之意不同。

〔注四五〕变之不葬有三。不葬谓不书葬。

〔注四六〕虽许夷狄，不一而足。不一而足，谓不一次完全充足许之。

〔注四七〕夷狄不卒。不卒谓不书卒。

〔注四八〕以逆庄王。逆，迎也。下文逆晋寇，同。

〔注四九〕古者杆不穿、皮不蠹，则不出乎四方。言储积不充足万分，则不向外发展也。

〔注五〇〕告从不赦，不详。详与祥同。人告服从而不赦其过，不善也。

〔注五一〕强者吾辟之。辟与避同。

〔注五二〕今还师而佚晋寇。佚谓使之逸去。

〔注五三〕如挑与之战。如与而同。

〔注五四〕夷狄反道。反犹言归，谓归于道。次条反夷狄也，反字义同。

〔注五五〕行乎夷狄。谓为夷狄之行为。

〔注五六〕何以谓之吴也？狄之也。狄之谓当作夷狄看。

〔注五七〕宰上之木拱矣。宰谓坟冢。拱谓用手对抱。

〔注五八〕吾将尸尔焉。尸谓收其尸骸。

〔注五九〕宋伯姬疑礼而死于火，齐桓公疑信而亏其地。疑礼疑信谓恐或失礼失信。

〔注六〇〕而强大厌我，厌与压同。

〔注六一〕我心望焉。望，怨也。

〔注六二〕纪季者何？纪侯之弟也。何以不名？贤也。不名，谓不书其名。季是字，故曰不名。

〔注六三〕孔父闲也。闲，今云抵抗。

〔注六四〕孔子故宋也。谓孔子原来是宋国人。

〔注六五〕荀息傅焉。傅谓为奚齐卓子之师傅。下文里克傅之，义同。

〔注六六〕卫曼姑拒而弗内。内与纳同。此事详《大受命》及《亲亲》二篇。

〔注六七〕有司复曰：火至矣。复，今云报告。

〔注六八〕逮乎火而死。逮，及也。言为火所及。

〔注六九〕夫人少辟火乎。辟与避同。

〔注七〇〕故蔡侯献舞名。名谓直书其名。

〔注七一〕内大恶讳也。内谓鲁国，讳谓避讳不言。

〔注七二〕君不使乎大夫，此其行使乎大夫，何？佚获也。君不使乎大夫，谓君不当见驱使于大夫。逢丑父使公取饮，是君使乎大夫也。何休不明此义，故注说不明。佚获谓使见获者逃去。

〔注七三〕革取清者。革，改也。此故意使之逃去也。

〔注七四〕以地正国也。谓借地方之力以匡正中央。

〔注七五〕重地也。以地来奔，其事重大，故云重地也。

〔注七六〕围者拑马而秣之。围者谓被围者，拑马之口而以刍草秣之，表示尚有刍粮也。实则刍粮不足，故拑马口，不使之食也。

〔注七七〕是何子之情也。情，实也。今言实在。

〔注七八〕在招丘，悕矣。悕，悲也。

〔注七九〕诺，已。诺谓允许，已谓拒不许。

〔注八〇〕今若是迮而与季子国。迮，迫也。

〔注八一〕天苟有吴国，尚速有悔于予身。有吴国，谓爱吴国也。悔，咎也。此求速死以便传国于季子也。

〔注八二〕季子使而亡焉。使谓出使，亡谓不在国。

〔注八三〕即之。即君位。

〔注八四〕宣弑而非之也。宣公弑君，叔肸心非其事。

〔注八五〕礼：盛德之士不名。叔肸是字非名，故何《注》

云尔。

〔注八六〕请使公子鱄约之。约谓以言相要约。

〔注八七〕梲杀之。梲,杖也。

〔注八八〕则晋今日取郭。则犹若也。

卷二

贵正己第六

《春秋》贵正己。

潞子身正，则与之有义。

宣十五年："六月，癸卯，晋师灭赤狄潞氏，以潞子婴儿归。"《公羊传》曰："潞何以称子？潞子之为善也，躬足以亡尔。虽然，君子不可不记也。离于夷狄，而未能合于中国，晋师伐之，中国不救，狄人不有，是以亡也。"《穀梁传》曰："灭国有三术：中国谨日，卑国月，夷狄不日。其日潞子婴儿，贤也。"《春秋繁露·仁义法》篇曰："潞子之于诸侯，无所能正，《春秋》予之有义，其身正也。故曰：我在正我，不在正人。此其法也。"

齐桓公不正而讨陈袁涛涂，则不能予伯讨。〔注一〕

僖四年："齐人执陈袁涛涂。"《公羊传》曰："涛涂之罪何？辟军之道也。其辟军之道奈何？涛涂谓桓公曰：'君既服南夷矣，何不还师滨海而东，服东夷，且归！'桓公曰：'诺。'于是还师滨海而东，大陷于沛泽之中。顾而执涛涂。执者曷为或称侯、或称人？称侯而执者，伯讨也。称人而执者，非伯讨也。此执有罪，何以不得为伯讨？古者周公东征则西国怨，西征则东国怨。桓公假涂于陈而伐楚，则陈人不欲其反由己者，〔注二〕师不正故也。不修其师而执涛涂，古人之讨则不然也。"《春秋繁露·精华》篇曰："春秋之听狱也，必本其事而原其志。志邪者不待成，首恶者罪特重，本直者其论轻。故逄丑父当斫，而袁涛涂不宜执。"《汉书·五行志》下之下曰：僖五年，日食。董仲舒以为齐桓不内自正，而外执陈大夫。法言先知篇曰："老人老、孤人孤、病者养、死者葬、男子亩、妇人桑之谓思。若污人老、屈人孤、病者独、死者逋、田亩荒、杼轴空之谓斁。齐桓公欲径陈，陈不果内，〔注三〕执袁涛涂，其斁矣夫！"

楚灵王不正而讨齐庆封，则不与楚讨。

昭四年："秋七月，楚子、蔡侯、陈侯、许男、顿子、胡子、沈子、淮夷伐吴，执齐庆封，杀之。"《穀梁传》曰："此入而杀，其不言入，何也？庆封封乎吴钟离，其不言伐钟离，何也？不与吴封也。庆封，其以齐氏，何也？为齐讨也。灵王使人以庆封令于军中，曰：'有若齐庆封弑其君者乎！'庆封曰：'子一息，我亦且一言，曰：有若楚公子围弑其兄之子而代之为君者乎！'

军人粲然皆笑。庆封弑其君而不以弑君之罪罪之者,庆封不为灵王服也,不与楚讨也。《春秋》之义,用贵治贱,用贤治不肖,不以乱治乱也。孔子曰:'怀恶而讨,虽死不服。'其斯之谓与!"

灭陈则以诈谖见恶。

昭八年:"冬十月壬午,楚师灭陈。执陈公子招放之于越,杀陈孔奂。"《穀梁传》曰:"恶楚子也。"

"葬陈哀公。"《穀梁传》曰:"不与楚灭,闵之也。"《公羊传》何《注》云:"日者,疾诈谖灭人也。不举灭为重,复书三事言执者,疾谖托义,故列见之。"

讨蔡则以书名示绝。

昭十一年:"夏四月丁巳,楚子虔诱蔡侯般,杀之于申。"《公羊传》曰:"楚子虔何以名?绝。曷为绝之?为其诱讨也。此讨贼也,虽诱之,则曷为绝之?怀恶而讨不义,君子不予也。""冬十有一月丁酉,楚师灭蔡,执蔡世子有以归,用之。"《穀梁传》曰:"此子也,其曰世子,何也?不与楚杀也。一事注乎志,所以恶楚子也。"《春秋繁露·仁义法》篇曰:"《春秋》之所治,人与我也。所以治人与我者,仁与义也。以仁安人,以义正我。故仁之为言人也,义之为言我也。言名已别矣。是故《春秋》为仁义法,仁之法在爱人,不在爱我;义之法在正我,不在正人。我不自正,虽能正人,弗与为义;人不被其爱,虽厚自爱,不予为仁。昔者楚灵王讨陈、蔡之贼,齐桓公执袁涛涂之罪，非不能正人也，然而《春秋》弗予，不得为义者，我不正也。夫我无之，求诸人，我有之而诽诸人，人之所不能受也。其理达矣，何可为义！义者，谓宜在我者。宜在我者而后可以称义。故言义合我与宜以为一言。君子求仁义之别，以纪人我之闲，然后辨乎内外之分，而着于顺逆之处也。是故内治反理以正身，据礼以劝福；外治推恩以广施，宽制以容众。"

吴王阖庐正蔡难，以不正而反夷。

定四年："冬十有一月庚午，蔡侯以吴子及楚人战于伯莒，楚师败绩。"《公羊传》曰："吴何以称子？夷狄也而忧中国。其忧中国奈何？伍子胥父诛于楚，挟弓而去楚以干阖庐。阖庐曰：'士之甚！勇之甚！'将为之兴师而复仇于楚。伍子胥复曰：'诸侯不为匹夫兴师。且臣闻之：事君犹事父也，亏君之义，复父之仇，臣不为也。'于是止。蔡昭公朝乎楚，有美裘焉。囊瓦求之，昭公不与。为是拘昭公于南郢，数年然后归之。于其归焉，用事乎河，曰：'天下诸侯苟有能伐楚者，寡人请为之前列。'楚人闻之怒，为是兴师，使囊瓦将而伐蔡。蔡请救于吴。伍子胥复曰：'蔡非有罪也，楚人为无道。君如有忧中国之心，则若时可矣。'于是兴师而救蔡。"《穀梁传》曰："吴其称子，何也？以蔡侯之以之，举其贵者也。蔡侯之以之，则举其贵者，何也？吴信中国而攘夷狄，吴进矣。其信中国而攘夷狄奈何？子胥父诛于楚也，挟弓持矢干阖庐。阖庐曰：'大之甚！勇之甚！'为是欲兴师而伐楚，子胥谏曰：'臣闻之：

君不为匹夫兴师。且事君犹事父也，亏君之义，复父之仇，臣弗为也。'于是止。蔡昭公朝于楚，有美裘，囊瓦求之，昭公不与。为是拘昭公于南郢，数年然后得归。乃用事乎汉，曰：'苟诸侯有欲伐楚者，寡人请为前列焉。'楚人闻之而怒，为是兴师而伐蔡。蔡请救于吴。子胥曰：'蔡非有罪，楚无道也。君若有忧中国之心，则若此时可矣。'为是兴师而伐楚。""庚辰，吴入楚。"《公羊传》曰："吴何以不称子？反夷狄也。其反夷狄奈何？君舍于君室，大夫舍于大夫室，盖妻楚王之母也。"《穀梁传》曰："何以谓之吴也？狄之也。何谓狄之也？君居其君之寝而妻其君之妻，大夫居其大夫之寝而妻其大夫之妻，盖有欲妻楚王之母者。不正乘败人之绩而深为利，居人之国，故反其狄道也。"《春秋繁露·仁义法》篇曰："阖庐能正楚、蔡之难矣，而《春秋》夺之义辞，以其身不正也。"

身不正者，不能正人也。

宋襄公不正而见执于盂。

僖二十一年："秋，宋公、楚子、陈侯、蔡侯、郑伯、许男、曹伯会于盂，执宋公，以伐宋。"二十二年："冬十有一月己巳，朔，宋公及楚人战于泓，宋师败绩。"《穀梁传》曰："盂之耻，宋襄公有以自取之。伐齐之丧，执滕子，围曹，为盂之会，不顾其力之不足而致楚成王，成王怒而执之。"

齐顷公不正而见辱于鞌。

成二年："六月癸酉，季孙行父、臧孙许、叔孙侨如、公孙婴齐帅师会晋郤克、卫孙良夫、曹公子手及齐侯战于鞌,齐师败绩。秋七月,齐侯使国佐如师。己酉,及国佐盟于袁娄。"《公羊传》曰:"君不使乎大夫,此其行使乎大夫,何?佚获也。其佚获奈何?师还齐侯,晋郤克投戟逡巡再拜稽首马前。逢丑父者,顷公之车右也。面目与顷公相似,衣服与顷公相似,代顷公当左,使顷公取饮,顷公操饮而至,曰:'革取清者。'顷公用是佚而不反。逢丑父曰:'吾赖社稷之神灵,吾君已免矣。'郤克曰:'欺三军者其法奈何?'曰:'法斫。'于是斫逢丑父。己酉,及齐国佐盟于袁娄。曷为不盟于师而盟于袁娄?前此者,晋郤克与臧孙许同时而聘于齐。萧同侄子者,齐君之母也。踊于棓而窥客,则客或跛或眇。于是使跛者迓跛者,〔注四〕使眇者迓眇者。二大夫出,相与倚闾而语,移日然后相去。齐人皆曰:'患之起必自此始。'二大夫归,相与率师为鞌之战,齐师大败。齐侯使国佐如师,郤克曰:'与我纪侯之甗,反鲁卫之侵地,使耕者东亩,且以萧同侄子为质,则吾舍子矣。'国佐曰:'与我纪侯之甗,请诺。反鲁卫之侵地,请诺。使耕者东亩,是则土齐也。萧同侄子者,齐君之母也。齐君之母犹晋君之母也,不可,请战。壹战不胜,请再。再战不胜,请三。三战不胜,则齐国尽子之有也,何必以萧同侄子为质?'揖而去之。郤克眣鲁卫之使,〔注五〕使以其辞而为之请,然后许之。逮于袁娄而与之盟。"成元年《穀梁传》曰:"冬十月,季孙行父秃,晋郤克眇,卫孙良夫跛,曹公子手偻,同时而聘于齐。齐使秃者御秃者，使眇者御眇者，使跛者御跛者，使偻者御偻者。萧同侄子处台上而笑之。闻于客，客不悦而去。相与立胥间而语，移日不解。齐人有知之者，曰：'齐之患必自此始矣。'"二年，《穀梁传》曰："蚕去国五百里，爰娄去国五十里，壹战绵地五百里，焚雍门之茨，侵车东至海。君子闻之，曰：夫甚甚之辞焉，齐有以取之也。齐之有以取之，何也？败卫师于新筑，侵我北鄙，敖郤献子，齐有以取之也。爰娄在师之外。郤克曰：'反鲁卫之侵地，以纪侯之甗来，以萧同侄子之母为质，使耕者皆东其亩，然后与子盟。'国佐曰：'反鲁卫之侵地，以纪侯之甗来，则诺。以萧同侄子之母为质，则是齐侯之母也。齐侯之母犹晋君之母也，晋君之母犹齐侯之母也。使耕者尽东其亩，则是终土齐也。不可，请壹战。壹战不克，请再。再不克，请三。三不克，请四。四不克，请五。五不克，举国而授。'于是而与之盟。"《春秋繁露·竹林》篇曰："《春秋》记天下之得失，而见所以然之故，甚幽而明，无传而著，不可不察也。夫泰山之为大，弗察弗见，而况微眇者乎！故案《春秋》而适往事，穷其端，视其故，得志之君子，有喜之人，不可不慎也。齐顷公，亲齐桓公之孙，国固广大而地势便利矣，又得霸主之余尊，而志加于诸侯。以此之故，难使会同而易使骄奢。即位九年，未尝肯一与会同之事，有怒鲁卫之志，而不从诸侯于清丘断道。春往伐鲁，入其北郊；顾返伐卫，败之新筑。当是时也，方乘胜而志广，大国往聘，慢而弗敬其使者。晋鲁俱怒，内悉其众，外得党与曹卫，四国相辅，大困之鞌，获齐顷公，斩逢丑父。深本顷公之所以大辱，身几亡国，为天下笑，其端乃从慑鲁胜卫起。伐鲁，鲁不敢出。击卫，大败之。因得气而无敌，国以兴患也。故曰：得志有喜，不可不戒。此其效也。"《说苑·敬慎》篇曰："夫福生于隐约，而祸生于得意，齐顷公是也。齐顷公，桓公之子孙也。地广民众，兵强国富，又得伯者之余尊，骄蹇怠傲，未尝出会同诸侯，乃兴师伐晋，反败卫师于新筑。轻小慢大之行甚。俄而晋鲁往聘，以使者戏。二国怒归，求党与助，得卫及曹，四国相辅，期战于鞌，大败齐师，获齐顷公，斩逢丑父。于是惧然大恐。赖逢丑父之欺，奔逃得归。"

鲁昭公不正而见逐于鲁。

昭二十三年："冬，公如晋，至河，公有疾，乃复。"《公羊传》曰："何言乎公有疾乃复？杀耻也。"何《注》云："因有疾以杀畏晋之耻。〔注六〕"《春秋繁露·玉杯》篇曰："问者曰：晋恶而不可亲，公往而不敢至，乃人情耳。君子何耻而称公有疾也？曰：恶无故自来，君子不耻。内省不疚，何忧于志，是已。今《春秋》耻之者，昭公有以取之也。臣陵其君，始于文而甚于昭。公受乱陵夷而无惧惕之心，嚣嚣然轻计妄讨，犯大礼而取同姓，接不义而重自轻也。人之言曰：国家治则四邻贺，国家乱则四邻散。是故季孙专其位，而大国莫之正。出走八年，死乃得归，身亡子危，困之至也。君子不耻其困而耻其所以穷。昭公虽逢此时,苟不取同姓,讵至于是?虽取同姓,能用孔子自辅,亦不至于是。时难而治简,行枉而无救,是其所以穷也。"又《随本消息》篇曰:"鲁昭公以事楚之故,晋人不入。楚国强而得意,伐强吴,为齐诛乱臣。鲁得其威以灭鄫。先晋昭卒一年,楚国内乱,吴大败楚之党六国于鸡父,公如晋而大辱。《春秋》为之讳而言有疾。由此观之,所从不足恃,所事者不可不慎,此亦存亡荣辱之要也。"

己不正则有致祸之道也。

幽之会,卫以丧父不与,虽见伐而无罪。

庄二十七年:"夏六月,公会齐侯、宋公、陈侯、郑伯同盟于幽。"二十八年:"春王三月甲寅,齐人伐卫,卫人及齐人战,卫人败绩。"《公羊传》曰:"《春秋》伐者为主,伐者为客。故使卫主之也。曷为使卫主之?卫未有罪尔。"何《注》云:"盖为幽之会父丧未终而不至故。"《穀梁传》曰:"其曰人,何也?微之也。何为微之也?今授之诸侯,而后有侵伐之事,故微之也。其人卫,何也?以其人齐,不可不人卫也。卫小齐大,其以卫及之,何也?以其微之,可以言及也。"

沙随之会,鲁成公以幼不见见而不耻。〔注七〕

成十六年:"秋,公会晋侯、齐侯、卫侯、宋华元、邾娄人于沙随。不见公,公至自会。"《公羊传》曰:"不见公者,何?公不见见也。公不见见,大夫执,何以致会?不耻也。曷为不耻?公幼也。"《穀梁传》曰:"不见公者,可以见公也。

可以见公而不见公,讥在诸侯也。"《白虎通·爵》篇曰:"童子当受爵命者,使大夫就其国命之。明王者不与童子为礼也。以《春秋》鲁成公幼少与诸侯会,不见公,经不以为鲁耻,明不与童子为礼也。"

平丘之盟,鲁昭公不见与盟而不耻。

昭十三年:"秋,公会刘子、晋侯、齐侯、宋公、卫侯、郑伯、曹伯、莒子、邾娄子、滕子、薛伯、杞伯、小邾娄子于平丘。八月甲戌,同盟于平丘。公不与盟,晋人执季孙隐如以归。公至自会。"《公羊传》曰:"公不与盟者,何?公不见与盟也。公不见与盟,大夫执,何以致会?不耻也。曷为不耻?诸侯遂乱,反陈蔡。君子不耻不与焉。"何《注》云:"时诸侯将征弃疾,弃疾乃封陈、蔡之君,使说诸侯。诸侯从陈、蔡之君言还反,不复讨楚。楚乱遂成,故云尔。诸侯实不与公盟,而言公不与盟者,遂乱,虽见与,公犹不宜与也。"

己无致辱之道,虽见外而不耻也。

贵诚信第七

《春秋》贵诚信。

《春秋繁露·楚庄王》篇曰:"《春秋》尊礼而重信。"又《对胶西王越大夫不得为仁》篇曰:"《春秋》之义,贵信而贱诈。诈人而胜之,虽有功,君子弗为也。"

大上不盟。〔注八〕

《春秋繁露·竹林》篇曰:"故盟不如不盟,然而有所谓善盟。"《礼疏》引《五经异义》曰:"礼,约盟否。今《春秋公羊》说:古者不盟,结言而退,故《穀梁传》曰:诰誓不及五帝,〔注九〕盟诅不及三王,交质子不及二伯。诅盟非礼。"

故齐卫胥命则善之。

桓三年:"夏,齐侯、卫侯胥命于蒲。"《公羊传》曰:"胥命者何?相命也。何言乎相命?近正也。此其为近正奈何?古者不盟,结言而退。"《穀梁传》曰:"胥之为言犹相也,相命而信谕,谨言而退,以是为近古也。是必一人先,其以相言之,何也?不以齐侯命卫侯也。"《荀子·大略》篇曰:"不足于行者说过,不足以信者诚言。故《春秋》善胥命而诗非屡盟,其心一也。"《春秋繁露·王道》篇曰:"《春秋》纪纤芥之失,反之王道,追古贵信结言而已,不至用牲盟而后成约。故曰:齐侯、卫侯胥命于蒲。《传》曰:古者不盟,结言而退。"

齐桓无歃血之盟则纪之。

庄二十七年:"夏六月,公会齐侯、宋公、陈侯、郑伯同盟于幽。"《穀梁传》曰:"桓盟不日,信之也。衣裳之会十有一,未尝有歃血之盟也,信厚也。"僖三年:"秋,齐侯、宋公、江人、黄人会于阳谷。"《公羊传》曰:"此大会也,曷为末言尔?桓公曰:无障谷,无贮粟,无易树子,无以妾为妻。"何《注》云:"末者,浅尔。但言会,不言盟。此四者,皆时人所患。时桓公功德隆盛，诸侯咸曰：无言不从，曷为用盟哉？故告誓而已。"《穀梁传》曰："阳谷之会，桓公委端搢笏而朝诸侯，诸侯皆谕乎桓公之志。"僖九年："夏，公会宰周公、齐侯、宋子、卫侯、郑伯、许男、曹伯于葵丘。九月戊辰，诸侯盟于葵丘。"《穀梁传》曰："桓公不日，此何以日？美之也。为见天子之禁，故备之也。葵丘之盟，陈牲而不杀，读书加于牲上，壹明天子之禁。曰：毋雍泉，毋讫籴，毋易树子，毋以妾为妻，毋使妇人与国事。"《孟子·告子下》篇曰："五霸，桓公为盛，葵丘之会，诸侯束牲载书而不歃血。初命曰：诛不孝，无易树子，无以妾为妻。再命曰：尊贤育才，以彰有德。三命曰：敬老慈幼，无忘宾旅。四命曰：士无世官，官事无摄，取士必得，无专杀大夫。五命曰：无曲防，无遏籴，无有封而不告。曰：凡我同盟之人，既盟之后，言归于好。"《春秋繁露·王道》篇曰："桓公曰：无贮粟，无鄐谷，无易树子，无以妾为妻。此《春秋》之救文以质也。"

宋、齐、卫参盟则志之。〔注一〇〕

隐八年："秋七月庚午，宋公、齐侯、卫侯盟于瓦屋。"《穀梁传》曰："外盟不日，此其日，何也？诸侯之参盟于是始，故谨而日之也。诰誓不及五帝，盟诅不及三王，交质子不及二伯。"

其次不渝盟。〔注一一〕

郑玄《起穀梁废疾》曰："春秋拨乱，重盟约。"

故齐桓不背柯之盟则贤之。

庄十三年："冬，公会齐侯盟于柯。"《公羊传》曰："何以不日？易也。其易奈何？桓之盟不日，其会不致，信之也。〔注一二〕其不日何以始乎此？庄公将会乎桓，曹子进曰：'君之意何如？'庄公曰：'寡人之生则不若死矣。'曹子曰：'然则君请当其君，臣请当其臣。'庄公曰：'诺。'于是会乎桓。庄公升坛，曹子手剑而从之。管子进曰：'君何求乎？'曹子曰：'城坏压境，君不图与？'管子曰：'然则君将何求？'曹子曰：'愿请汶阳之田。'管子顾曰：'君许诺。'桓公曰：'诺。'曹子请盟。桓公下，与之盟。已盟，曹子摽剑而去之。要盟可犯，而桓公不欺；曹子可仇，而桓公不怨。桓公之信著乎天下，自柯之盟始焉。"《穀梁传》曰："曹刿之盟也，信齐侯也。桓盟虽内与，〔注一三〕不日，信也。"《春秋繁露·楚庄王》篇曰："《春秋》尊礼而重信，信重于地，礼重于身。何以知其然也？宋伯姬疑礼而死于火，齐桓公疑信而亏其地，《春秋》贤而举之，以为天下法，曰礼而信。"又《玉英》篇曰："齐桓非直弗受之先君也，乃率弗宜为君者而立，罪亦重矣。然而知恐惧，敬举贤人而以自覆盖，知不背要盟以自湔浣也。遂为贤君而霸诸侯。使齐桓被恶而无此美，得免杀戮乃幸已，何霸之有？"又《精华》篇曰："齐桓挟贤相之能，用大国之资，即位五年，不能致一诸侯，于柯之盟见其大信，一年而近国之君毕至，鄄、幽之会是也。"

鲁成不背柯陵之盟则称之。

成十七年:"夏,公会尹子、单子、晋侯、齐侯、宋公、卫侯、曹伯、邾人伐郑。六月乙酉,同盟于柯陵。"《穀梁传》曰:"柯陵之盟,谋复伐郑也。""秋,公至自会。"《穀梁传》曰:"不曰至自伐郑,何?曰:公不周乎伐郑也。〔注一四〕何以知公之不周乎伐郑?以其以会致也。何以知其盟复伐郑也?以其后会之人尽盟者也。不周乎伐郑,则何为日也?言公之不背柯陵之盟也。""冬,公会单子、晋侯、宋公、卫侯、曹伯、齐人、邾人伐郑。"《穀梁传》曰:"言公之不背柯陵之盟也。"

此以守盟见称者也。

鲁隐渝眜之盟则恶之。

隐元年:"三月,公及邾仪父盟于眜。"《穀梁传》曰:"不日,其盟渝也。"七年:"秋,公伐邾。"

鲁庄渝暨之盟则恶之。

庄九年:"公及齐大夫盟于暨。"《穀梁传》曰:"公不及大夫,大夫不名,无君也,盟纳子纠也。不日,其盟渝也。当齐无君,制在公矣。当可纳而不纳,故恶内也。"范《注》云:"变盟立小白。"

齐、宋渝鄄之盟则恶之。

庄十九年:"秋,公子结媵陈人之妇于鄄,遂及齐侯、宋公盟。"《穀梁传》曰:"媵,事也。不志。此其志,何也?辟要盟也。何以见其辟要盟也?媵,礼之轻者也。盟,国之重也。以轻事遂乎国重,无说。其不日,数渝,恶之也。""冬,齐人、宋人、陈人伐我西鄙。"二十年:"冬,齐人伐我。"(按:《左传》《公羊》经文为"齐人伐戎。")

郑渝蜀之盟则恶之。

成二年:"十有一月,公会楚公子婴齐于蜀。丙申,公及楚人、秦人、宋人、陈人、卫人、郑人、齐人、曹人、邾娄人、薛人、鄫人盟于蜀。"成三年:"郑伐许。"《春秋繁露·竹林》篇曰:"《春秋》曰郑伐许,奚恶于郑而夷狄之也?曰:卫侯遫卒,郑师侵之,是伐丧也。郑与诸侯盟于蜀,已盟而归诸侯,于是伐许,是叛盟也。伐丧,无义。叛盟,无信。无信无义,故大恶之。"

鲁渝虫牢之盟则恶之。

成五年:"十有二月己丑,公会晋侯、齐侯、宋公、卫侯、郑伯、曹伯、邾娄子、杞伯同盟于虫牢。"六年:"取鄟。"《公羊传》曰:"鄟者,何?邾娄之邑也。曷为不系于邾娄?讳亟也。"何《注》云:"讳鲁背信亟也。属相与为虫牢之盟,旋取其邑。"

渝萧鱼之盟则恶之。

襄十一年:"公会晋侯、宋公、卫侯、曹侯、齐世子光、莒子、邾娄子、滕子、薛伯、杞伯、小邾娄子伐郑,会于萧鱼。"十三年:"夏,取诗。"《公羊传》曰:"诗者何?邾娄之邑也。曷为不系乎邾娄?讳亟也。"

以此渝盟见贬者也。

至于平居言行，不涉盟誓者。

宋华元、楚子反不欺则大之。

宣十五年："夏五月，宋人及楚人平。"《公羊传》曰："外平不书，此何以书？大其平乎己也。〔注一五〕何大乎其平乎己？庄王围宋，军有七日之粮尔。尽此不胜，将去而归尔。于是使司马子反乘堙而窥宋城，宋华元亦乘堙而见之。司马子反曰：'子之国何如？'华元曰：'惫矣！'曰：'何如？'曰：'易子而食之，析骸而炊之。'司马子反曰：'嘻，甚矣惫！虽然，吾闻之也，围者柑马而秣之，使肥者应客。是何子之情也？'华元曰：'吾闻之：君子见人之厄则矜之，小人见人之厄则幸之。吾见子君子也。是以告情于子也。'司马子反曰：'诺，勉之矣！吾军亦有七日之粮尔，尽此不胜，将去而归尔。'揖而去之。反于庄王。庄王曰：'何如？'司马子反曰：'惫矣！'曰：'何如？'曰：'易子而食之，析骸而炊之。'庄王曰：'嘻，甚矣惫！虽然，吾今取此然后而归尔。'司马子反曰：'不可！臣已告之矣，军有七日之粮尔。'庄王怒曰：'吾使子往视之，曷为告之？'司马子反曰：'以区区之宋，犹有不欺人之臣，可以楚而无乎！是以告之也。'庄王曰：'诺，舍而止。虽然，吾犹取此然后归尔。'司马子反曰：'然则君请处于此，臣请归尔。'庄王曰：'子去我而归，吾孰与处于此？吾亦从子而归尔。'引师而去之。故君子大其平乎己也。"《韦诗外传二》曰："楚庄王围宋，有七日之粮。曰：'尽此而不克，将去而归。'于是使司马子反乘堙而窥宋城，宋使华元乘堙而应之。子反曰：'子之国何若矣？'华元曰：'惫矣！易子而食之，析骸而爨之。'子反曰：'嘻，甚矣惫！虽然，吾闻围者之国，拑马而秣之，使肥者应客。今何吾子之情也？'华元曰：'吾闻君子见人之困则矜之，小人见人之困则幸之。吾望见吾子似于君子，是以情也。'子反曰：'诺，子其勉之矣。吾军有七日粮尔。'揖而去。子反告庄王，庄王曰：'若何？'子反曰：'惫矣！易子而食之，析骸而爨之。'庄王曰：'嘻，甚矣惫！今得此而归尔。'子反曰：'不可！吾已告之矣，曰：军亦有七日粮尔。'庄王怒曰：'吾使子视之，子曷为而告之？'子反曰：'区区之宋犹有不欺之臣，可以楚国而无乎？吾是以告之也。'庄王曰：'虽然，吾今得此而归尔。'子反曰：'王请处此，臣请归耳。'王曰：'子去我而归，吾孰与处乎此？吾得从子而归。'还师而归。君子善其平已也，华元以诚告子反，得以解围，全二国之命。《诗》云：'彼姝者子，何以告之。'君子善其以诚相告也。"

晋荀息不食其言，则贤之。

僖十年："晋里克弑其君卓子及其大夫荀息。"《公羊传》曰："何贤乎荀息？荀息可谓不食其言矣。其不食其言奈何？奚齐卓子者，骊姬之子也。荀息傅焉。骊姬者，国色也，献公爱之甚，欲立其子。于是杀世子申生。申生者，里克傅之。献公病将死，谓荀息曰：'士何如则可谓之信矣？'荀息对曰：'使死者反生，生者不愧乎其言，则可谓信矣。'献公死，奚齐立。

里克谓荀息曰：'君杀正而立不正，废长而立幼，如之何？愿与子虑之。'荀息曰：'君尝讯臣矣，臣对曰：使死者反生，生者不愧乎其言，则可谓信矣。'里克知其不可与谋，退弑奚齐。荀息立卓子，里克弑卓子，荀息死之。荀息可谓不食其言矣。"

以此信见称者也。

卫鱄耻失信而去卫，则以合乎《春秋》见称。

襄二十七年："卫杀其大夫宁喜。卫侯之弟鱄出奔晋。"《公羊传》曰："卫杀其大夫宁喜，则卫侯之弟鱄曷为出奔晋？为杀宁喜出奔也。曷为为杀宁喜出奔？卫宁殖与孙林父逐卫侯而立公孙剽。宁殖病将死，谓喜曰：'黜公者，非吾意也，孙氏为之。我即死，女能固纳公乎？'喜曰：'诺。'宁殖死，喜立为大夫。使人谓献公曰：'黜公者，非宁氏也，孙氏为之。吾欲纳公，何如？'献公曰：'子苟纳我，吾请与子盟。'喜曰：'无所用盟，请使公子鱄约之。'献公谓公子鱄曰：'宁氏将纳我，吾欲与之盟，其言曰：无所用盟，请使公子鱄约之。子固为我与之约矣。'公子鱄辞曰：'夫负羁绁执铁锧，从君东西南北，则是臣仆庶孽之事也。若夫约言为信，则非臣仆庶孽之所敢与也。'献公怒曰：'黜我非宁氏与孙氏，凡在尔。'公子鱄不得已而与之约。已约，归，至，杀宁喜。公子鱄挈其妻子而去之。将济于河，携其妻子而与之盟，曰：'苟有履卫地食卫粟者，昧雉彼视。'"《穀梁传》曰："专其曰弟，何也？专有是信者，君赂不入乎喜而杀喜，是君子不直乎喜也，故出奔晋。织绚邯郸，终身不言卫。专之去，合乎《春秋》。"《穀梁传》注引何休《穀梁废疾》曰："甯喜本弑君之家，献公过而杀，小负也。专以君之小负自绝，非大义也。何以合乎《春秋》？"郑玄《起废疾》曰："甯喜虽弑君之家，本专与约纳献公尔。公由喜得入，已与喜以君臣从事矣。《春秋》拨乱，重盟约。公背之，而杀忠于己者，是献公恶而难亲也。献公既恶而难亲，专又与喜为党，惧祸将及。君子见几而作，不俟终日。微子去纣，孔子以为三仁。专之去卫，其心若此。合于《春秋》，不亦宜乎？"

此耻失信而见许者也。

其以谖诈不信见贬者。

楚成诈宋而捷，则贬之。

僖二十一年："楚人使宜申来献捷。"《公羊传》曰："此楚子也，其称人，何？贬。曷为贬？为执宋公贬。曷为为执宋公贬？宋公与楚子期以乘车之会。公子目夷谏曰：楚，夷国也，强而无义。请君以兵车之会往。宋公曰：不可，吾与之约以乘车之会。自我为之，自我堕之，曰：不可！终以乘车之会往。楚人果伏兵车，执宋公以伐宋。"何《注》云："诈谖劫质诸侯，求其国，当绝，故贬。"

卫献公谖君以弑，则恶之。〔注一六〕

襄二十五年："卫侯入于陈仪。"《公羊传》曰："陈仪者何？卫之邑也。曷为不言入于卫？谖君以弑也。"何《注》云："时卫侯为剽所篡逐，不能以义自复，诈愿居是邑为剽臣，然后候间伺便，使甯喜弑之。君子耻其所为，故就为臣以谖君，恶之。"襄二十六年："二月甲午，卫侯衎复归于卫。"《公羊传》曰："此谖君以弑也，其言复归，何？恶剽也。曷为恶剽？剽之立于是未有说也。然则曷为不言剽之立？不言剽之立者，以恶卫侯也。"《春秋繁露·随本消息》篇曰："卫侯衎据陈仪而为谖，中国之行，亡国之迹也。"

楚子虔诱讨蔡侯则绝之。

昭十一年："夏四月丁巳，楚子虔诱蔡侯般，杀之于申。"《公羊传》曰："楚子虔何以名？绝。曷为绝之？为其诱讨也。此讨贼也，虽诱之，则曷为绝之？怀恶而讨不义，君子不予也。"《穀梁传》曰："何为名之也？夷狄之君诱中国之君而杀之，故谨而名之也。"

此国君之见贬者也。

齐陈乞为谖以立君，则恶之。

哀六年："齐阳生入于齐。齐陈乞弑其君舍。"《公羊传》曰："弑而立者，不以当国之辞言之。此其以当国之辞言之，何？为谖也。此其为谖奈何？景公谓陈乞曰：'吾欲立舍，何如？'陈乞曰：'所乐乎为君者，欲立之则立之，欲不立则不立。君如欲立之，则臣请立之。'阳生谓陈乞曰：'吾闻子盖将不欲立我也。'陈乞曰：'夫千乘之主，将废正而立不正，必杀正者。吾不立子者，所以生子者也。走矣。'与之玉节而走之。景公死而舍立，陈乞使人迎阳生于诸其家。除景公之丧，诸大夫皆在朝，陈乞曰：'常之母有鱼菽之祭，愿诸大夫之化我也。'诸大夫皆曰：'诺。'于是使力士举巨囊而至于中霤，诸大夫见之，皆色然而骇。开之，则闯然公子阳生也。陈乞曰：'此君也已。'诸大夫不得已，皆逡巡北面再拜稽首而君之尔。自是往弑舍。"

晋阳处父为谖以救江，则讥之。

文三年："晋阳处父帅师伐楚，救江。"《公羊传》曰："此伐楚也，其言救江，何？为谖也。其为谖奈何？伐楚为救江也。"何《注》云："救人之道，当指其所之。实欲救江而反伐楚，以为其势必当引围江兵当还自救也，故云尔。孔子曰：自古皆有死，民无信不立。"

宋皇瑗诈败郑师，则讥之。

哀九年："宋皇瑗帅师取郑师于雍丘。"《公羊传》曰："其言取之，何？易也。其易奈何？诈之也。"何《注》云："兵者，为征不义，不为苟胜而已。"《春秋繁露·竹林》篇曰："《春秋》之书战伐也，有恶有善也。恶诈击而善偏战，耻伐丧而荣复仇。"

郑轩达诈反宋师，则讥之。

哀十三年："春，郑轩达帅师取宋师于岩。"《公羊传》曰："其言取之，何？易也。其易奈何？诈反也。"何《注》云："前宋行诈取郑师，今郑复行诈取之。苟相报偿，不以君子正道，故传言诈反。反犹报也。"

此人臣之见贬者也。

贵让第八

《春秋》贵让。

定元年《穀梁传》曰:"人之所以为人者,让也。"《春秋繁露·竹林》篇曰:"让者,《春秋》之所贵。"

吴季札让国,则谓吴宜有君。

襄二十九年:"吴子使札来聘。"《公羊传》曰:"吴无君,无大夫,此何以有君,有大夫?贤季子也。何贤乎季子?让国也。其让国奈何?谒也,馀祭也,夷昧也,与季子同母者四。季子弱而才,兄弟皆爱之,同欲立之以为君。谒曰:'今若是迮而与季子国,季子犹不受也,请无与子而与弟。弟兄迭为君而致国乎季子。'皆曰:'诺。'故诸为君者,皆轻死为勇,饮食必祝,曰:'天苟有吴国,当速有悔于予身。'故谒也死,余祭也立;余祭也死,夷昧也立;夷昧也死,则国宜之季子者也。季子使而亡焉。僚者,庶长也,即之。季子使而反,至而君之尔。阖庐曰:'先君之所以不与子国而与弟者,凡为季子故也。将从先君之命与?则国宜之季子者也;如不从先君之命与?则我宜立者也。僚恶得为君乎!'于是使专诸刺僚,而致国乎季子。季子不受,曰:'尔弑吾君,吾受尔国,是吾与尔为篡也;尔杀吾兄,吾又杀尔,是父子兄弟相杀终身无已也。'去之延陵，终身不入吴国。故君子以其不受为义，以其不杀为仁。贤季子则吴何以有君；有大夫？以季子为臣，则宜有君者也。"《说苑·至公》篇曰："君子以其不杀为仁，以其不取国为义。夫不以国私身，捐千乘而不恨，弃尊位而无忿，可谓庶几矣。"

曹喜时让国，则为其子孙讳畔。

昭二十年："夏，曹公孙会自鄸出奔宋。"《公羊传》曰："奔未有言自者，此其言自，何？畔也。畔则曷为不言其畔？为公子喜时之后讳也。《春秋》为贤者讳。何贤乎公子喜时？让国也。其让国奈何？曹伯庐卒于师，则未知公子喜时从与？公子负刍从与？或为主于国，或为主于师。公子喜时见公子负刍当主也，逡巡而退。贤公子喜时，则曷为为会讳？君子之善善也长，恶恶也短。恶恶止其身，善善及子孙，故君子为之讳也。"《新序·节士》篇曰："子臧（喜时字子臧）。遂以国致成公（成公即负刍）。成公为君，子臧不出，曹国乃安。子臧让千乘之国，可谓贤矣。故《春秋》贤而褒其后。"

邾娄叔术让国，则许其子孙宜有地。

昭三十一年："冬，黑弓以滥来奔。"《公羊传》曰："文何以无邾娄？通滥也。〔注一七〕曷为通滥？贤者子孙宜有地也。贤者孰谓？谓叔术也。何贤乎叔术？让国也。其让国奈何？当邾娄颜之时，邾娄女为鲁夫人者，则未知其为武公与？懿公与？孝公幼，颜淫九公子于宫中，因以纳贼。则未知其为鲁公子与？邾娄公子与？臧氏之母，养公者也。君幼，则宜有养者。大夫之妾,士之妻,则未知臧氏之母者曷为者也。养公者必以其子入养,臧氏之母闻有贼,以其子易公,抱公以逃。贼至,凑公寝而弑之。臣有鲍管父与梁买子者,闻有贼,趋而至。臧氏之母曰:'公不死也,在是。吾以吾子易公矣。'于是负孝公之周,诉天子。天子为之诛颜而立叔术,反孝公于鲁。颜夫人者,妪盈女也,国色也。其言曰:'有能为我杀杀颜者,吾为其妻。'叔术为之杀杀颜者,而以为妻。有子焉,谓之盱。夏父者,其所为有于颜者也。〔注一八〕盱幼,而皆爱之。食,必坐二子于其侧而食之。有珍怪之食,盱必先取足焉。夏父曰:'以来!人未足而盱有余。'叔术觉焉,曰:'嘻,此诚尔国也夫。'起而致国于夏父。夏父受而中分之,叔术曰:'不可!'三分之,叔术曰:'不可!'四分之,叔术曰:'不可!'五分之,然后受之。公扈子者,邾娄之父兄也,习乎邾娄之故,其言曰:'恶有言人之国贤若此者乎!'诛颜之时,天子死;叔术起而致国于夏父。当此之时,邾娄人常被兵于周,曰:"何故死吾天子!"通滥则文何以无邾娄?天下未有滥也。天下未有滥,则其言以滥来奔,何?叔术者,贤大夫也。绝之,则为叔术不欲绝;不绝,则世大夫也。大夫之义不得世,故于是推而通之也。《汉书·王莽传》曰:"《春秋》善善及子孙,贤者之后宜有土地。"又《梅福传》:"福复上书曰:今成汤不祀,殷人亡后。《春秋经》曰:宋杀其大夫。《穀梁传》曰:其不称名姓,以其在祖位,尊之也。此言孔子故殷后也,虽不正统,封其子孙以为殷后，礼亦宜之。《传》曰：贤者子孙宜有位土，而况圣人，又殷之后哉！"《白虎通·封公侯》篇曰："大夫功成，未封而死，子得封者，善善及子孙也。《春秋传》曰：贤者子孙宜有土地也。"《后汉书·卢植传》："建安中，曹操北讨柳城，过涿郡，告守令曰：故北中郎将卢植，名著海内，学为儒宗，士之楷模，国之桢干也。昔武王入殷，封商容之闾；郑丧子产，仲尼陨涕。孤到此州，嘉其余风。《春秋》之义，贤者之后，宜有殊礼。亟遣丞掾除其坟墓，存其子孙，并致薄醊，以彰厥德。"《蜀志·秦宓传》曰："夫能制礼造业，移风易俗，非礼所秩有益于世者乎！虽有王孙之累，犹孔子大齐桓之霸，《公羊》贤叔术之让。"

鲁隐将让国而见弑，则贤隐而贱桓。

隐四年："秋，翚帅师会宋公、陈侯、蔡人、卫人伐郑。"《公羊传》曰："公子翚谄乎隐公，"谓隐公曰：'百姓安子，诸侯说子，盍终为君矣？'隐曰：'吾否，吾使修涂裘，吾将老焉。'公子翚恐若其言闻乎桓，于是谓桓曰：'吾为子口隐矣，〔注一九〕隐曰：吾不反也。'桓曰：'然则奈何？'曰：'请作难杀隐公。'于钟巫之祭焉，弑隐公也。"隐十一年："冬十有一月，壬辰，公薨。"《公羊传》曰："何以不书葬？隐之也。何隐尔？弑也。公薨何以不地？不忍言也。隐何以无正月？隐将让乎桓，故不有其正月也。"桓二年《公羊传》曰："曷为为隐讳？隐贤而桓贱也。"卫叔武让国而见杀，则贤叔武而罪卫侯郑。

僖二十八年:"晋人执卫侯,归之于京师。"《公羊传》曰:"卫侯之罪何?杀叔武也。何以不书?为叔武讳也。《春秋》为贤者讳,何贤乎叔武?让国也。其让国奈何?文公逐卫侯而立叔武,叔武辞立而他人立,则恐卫侯之不得反也,故于是已立,然后为践土之会,治反卫侯。卫侯得反,曰:'叔武篡我。'元咺争之,曰:'叔武无罪。'终杀叔武。元咺走而出。"

宋宣、缪之让国,事虽不法,《春秋》为讳庄公冯之弑而善之。

隐三年:"十二月癸未,葬宋缪公。"《公羊传》曰:"葬者曷为或日或不日?不及时而日,渴葬也。不及时而不日,慢葬也。过时而日,隐之也。过时而不日,谓之不能葬也。当时而不日,正也。当时而日,危不得葬也。此当时,何危尔?宣公谓缪公曰:'以吾爱与夷,则不若爱女。以为社稷宗朝主,则与夷不若女。盍终为君乎?'宣公死,缪公立。缪公逐其二子庄公冯与左师勃,曰:'尔为吾子,生毋相见,死毋相哭。'与夷复曰:'先君之所为不与臣国而纳国乎君者,以君可以为社稷宗朝主也。今君逐君之二子而将致国乎与夷,此非先君之意也。且使子而可逐,则先君其逐臣矣。'缪公曰:'先君之不尔逐,可知矣。吾立乎此,摄也。'终致国乎与夷。庄公冯弑与夷。故君子大居正,宋之祸,宣公为之也。"桓二年:'春王正月戊申,宋督弑其君与夷及其大夫孔父。"《春秋繁露·玉英》篇曰:"经曰宋督弑其君与夷,传言庄公冯杀之。不可及于经,何也？避所善也。是故让者《春秋》之所善。宣公不与其子而与其弟，其弟亦不与子而反之兄子，虽不中法，皆有让高，不可弃也。故君子为之讳，避其后乱，移之宋督以存善志。此亦《春秋》之善善无遗也。若直书其篡，则宣、缪之高灭，而善之无所见矣。难者曰：为贤者讳皆言之，为宣、缪讳独弗言，何也？曰：不成于贤也。其为善不法，不可取，亦不可弃。弃之则弃善志之，取之则害王法。故不弃，亦不载，以意见之而已。苟志于仁，无恶，此之谓也。"

下至齐人让功，事虽不义，《春秋》亦录而善之。

庄六年："冬，齐人来归卫宝。"《公羊传》曰："此卫宝也，则齐人曷为来归之？卫人归之也。卫人归之，则其称齐人，何？让乎我也。其让乎我奈何？曰：'此非寡人之力，鲁侯之力也。'"

何《注》云："时朔得国后，遗人赂齐。齐侯推功归鲁，使卫人持宝来。虽本非义赂齐，当以让除恶，故善起其事。"《疏》云："言《春秋》善齐侯之让，是以不言卫人而称齐人，所以起其让事矣。"

齐桓公不让公子纠，则书入以恶之。

庄九年："齐小白入于齐。"《公羊传》曰："其言入，何？篡辞也。"《榖梁传》曰："大夫出奔，反，以好曰归，以恶曰入。齐公孙无知弑襄公，公子纠、公子小白不能存，出亡。齐人杀无知而迎公子纠于鲁，公子小白不让公子纠，先入，又杀之于鲁。故曰：齐小白入于齐。恶之也。"

贵让则重请。

定元年："九月，大雩。"《穀梁传》曰："雩者，为旱求者也。求者，请也。古之人重请。何重乎请？人之所以为人者，让也。请道去让也，则是舍其所以为人也，是以重之。"

故求赗讥。

隐三年："秋，武氏子来求赙。"《公羊传》曰："武氏子来求赙何以书？讥。何讥尔？丧事无求。求赙，非礼也。盖通于下。"《穀梁传》曰："归死者曰赗，归生者曰赙。曰归之者正也；求之者非正也。周虽不求，鲁不可以不归。鲁虽不归，周不可以求之。求之为言，得不得未可知之辞也。交讥之。"

求车讥。

桓十五年："春二月，天王使家父来求车。"《公羊传》曰："何以书？讥。何讥尔？王者无求，求车，非礼也。"《穀梁传》曰："古者诸侯时献于天子以其国之所有，故有辞让而无征求。求车，非礼也；求金甚矣。"《左氏传》曰："天王使家父来求车，非礼也。诸侯不贡车服，天子不私求财。"

求金讥。

文九年："春，毛伯来求金。"《公羊传》曰："毛伯者何？天子之大夫也。毛伯来求金，何以书？讥。何讥尔？王者无求，求金，非礼也。"《穀梁传》曰："求车犹可，求金甚矣。"《左氏传》曰："毛伯卫来求金，非礼也。"

《春秋》之戒人亦深切矣哉！

贵豫第九

《春秋》贵豫而讥缓。

鲁庄公豫御戎则大之。

庄十八年："夏，公追戎于济西。"《公羊传》曰："此未有言伐者，其言追，何？大其为中国追也。此未有伐中国者，则其言为中国追，何？大其未至而豫御之也。"《春秋繁露·仁义法》篇曰："仁者，爱人之名也。儁传，无大之之辞。公追戎于济西，自为追则善，其所恤远也。兵已加焉，乃往救之，则弗美。未至预备之，则美之。善其救害之先也。夫救蚤而先之，则害无由起，而天下无害矣。然则观物之动而选觉其萌，绝乱塞害于将然而未形之时，《春秋》之志也。故救害而先知之，明也。公之所恤远，而《春秋》美之详。其美恤远之意，则天地之间然后快其仁矣。"《汉书·辛庆忌传》："何武上封事曰：夫将不豫设，则无以应卒；士不素厉，则难使死敌。光禄勋庆忌行义修正，柔毅敦厚，谋虑深远。前在边郡，数破敌获虏，外夷莫不闻。乃者大异并见，未有其应。加以兵革久寝。《春秋》大灾未至而豫御之，庆忌宜在爪牙官以备不虞。"

季子豫恶则善之。

庄三十二年："秋七月癸巳，公子牙卒。"《公羊传》曰："何以不称弟？杀也。杀则曷为不言刺？〔注二〇〕为季子讳杀也。曷为为季子讳杀？季子之遏恶也，不以为国狱。缘季子之心而为之讳。季子之遏恶奈何？庄公病将死，以病召季子。季子至而授之以国政，曰：'寡人即不起此病，吾将焉致乎鲁国？'季子曰：'般也存，君何忧焉。'公曰：'庸得若是乎！牙谓我曰：鲁一生一及，君已知之矣，庆父也存。'季子曰：'夫何敢！是将为乱乎！夫何敢！'俄而牙杀械成，季子和药而饮之，曰：'公子从吾言而饮此，则必可以无为天下戮笑，必有后乎鲁国；不从吾言而不饮此，则必为天下戮笑，必无后乎鲁国。'于是从其言而饮之。饮之无傫氏，至乎王堤而死。公子牙今将尔，〔注二一〕辞曷为与亲弑者同？君亲无将，将而诛焉。然则善之与？曰：然。杀世子母弟直称君者，甚之也。季子杀母兄，何善尔？诛不得辟兄，君臣之义也。然则曷为不直诛而酖之？行诛乎兄，隐而逃之，使托若以疾死然，亲亲之道也。'闵元年："春，王正月。"《公羊传》曰："杀公子牙，今将尔，季子不免。将而不免，遏恶也。"孔广森云："遏恶者，恶未作而弭之之谓。"

此贵豫之事也。

归含晚则讥。

文五年："春王正月，王使荣叔归含且赗。"《穀梁传》曰："其不言来，不周事之用也，赗以早而含以晚。"〔注二二〕

归赗不及事则讥。

隐元年:"秋七月,天王使宰咺来归惠公仲子之赗。"《公羊传》曰:"其言来,何?不及事也。"〔注二三〕《穀梁传》曰:"其志,不及事也。"《春秋繁露·王道》篇曰:"天王使宰咺来归惠公仲子之赗,刺不及事也。"《说苑·修文》篇曰:"赠死不及柩尸,吊生不及悲哀,非礼也。故古者吉行五十里,奔丧百里。赠赗及事之期时。时,礼之大者也。《春秋》曰:天王使宰咺来归惠公仲子之赗。"

作主后则讥。

文二年:"二月丁丑,作僖公主。"《公羊传》曰:"作僖公主者,何?为僖公作主也。作僖公主何以书?讥。何讥尔?不时也。其不时奈何?欲久丧而后不能也。"何《注》云:"作练主当以十三月,文公乱圣人制,欲服丧三十六月,十九月作练主。又不能卒竟,故以二十五月也。"《穀梁传》曰:"立主,丧主于虞,吉主于练。作僖公主,讥其后也。"

救邢不及事则讥。

僖元年:"齐师、宋师、曹师次于聂北,救邢。"《公羊传》曰:"救不言次,此言其次,何?不及事也。不及事者何?邢已亡矣。"何《注》云:"刺其救急舒缓,使至于亡。"《穀梁传》曰:"救不言次,言次,非救也。其不言齐侯,何也?以其不足乎扬,不言齐侯也。"范《注》云:"救不及事,不足称扬。"

后会则讥。〔注二四〕

庄十四年:"夏,单伯会伐宋。"《公羊传》曰:"其言会伐宋,何？后会也。《穀梁传》曰："会，事之成也。"范《注》云："伐事已成，单伯乃至。"僖十九年："夏六月，宋人、曹人、邾娄人盟于曹南，鄫子会邾妻。"《公羊传》曰："其言会盟，何？后会也。"僖二十八年："五月癸丑，公会晋侯、齐侯、宋公、蔡侯、郑伯、卫子、莒子盟于践土，陈侯如会。"《公羊传》曰："其言如会，何？后会也。"《穀梁传》曰："如会，外乎会也。"《春秋繁露·观德》篇曰："陈侯后至，谓如会。"襄三年："六月，公会单子、晋侯、宋公、卫侯、郑伯、莒子、邾娄子、齐世子光。己未，同盟于鸡泽。陈侯使袁侨如会。"《公羊传》曰："其言如会，何？后会也。"《穀梁传》曰："如会，外乎会也。"范《注》云："外乎会者，明本非会内也，诸侯已会乃至耳。"

此讥事之缓者也。

知晚则讥。

文十四年："晋人纳接菑于邾娄，弗克纳。"《公羊传》曰："纳者何？入辞也。其言弗克纳，何？大其弗克纳也。何大乎其弗克纳？晋郤缺帅师革车八百乘以纳接菑于邾娄，力沛若有余而纳之。邾娄人言曰：'接菑，晋出也。貜且，齐出也。子以其指，则接菑也四，貜且也六。〔注二五〕子以大国压之，则未知齐、晋孰有之也。贵则皆贵矣，虽然，貜且也长。'郤缺曰：'非吾力不能纳也，义宝不尔克也。'引师而去之。故君子大其弗克纳也。"《穀梁传》曰："是郤克也，其曰人，何也，微之也。何为微之也？长毂五百乘，绵地千里，过宋、郑、滕、薛，復入千乘之国，欲变人之主，至城下然后知，何知之晚也。"

此讥知之缓者也。

贵变改第十

《春秋》贵变改。

秦缪公能变而霸西戎。

文十二年："秦伯使遂来聘。"《公羊传》曰："遂者何？秦大夫也。秦无大夫，此何以书？贤缪公也。何贤乎缪公？以为能变也。其为能变奈何？惟诶诶善谇言，俾君子易怠。〔注二六〕而况乎我多有之！惟一介断断焉无他技，其心休休能有容，是难也。"何《注》云："秦穆公自伤前不能用百里子、蹇叔子之言，感而自变悔，遂霸西戎。子贡曰：'君子之过也，如日月之食焉。过也，人皆见之；更也，人皆仰之。'此之谓也。"《荀子·大略》篇曰：'《春秋》贤穆公，以为能变也。"《汉书·淮阳王钦传》："王骏谕指曰：张博等所犯罪恶大，群下之所共攻，王法之所不赦也。自今以来，王毋复以博等累心，务与众弃之。《春秋》之义，大能变改。《易》曰'藉用白茅，无咎'，言臣子之道，改过自新，絜己以承上，然后免于咎也。王其留意慎戒，惟思所以悔过易行，塞重责，称厚恩者。如此，则长有富贵，社稷安矣。"又《李寻传》："寻说王根曰：

得人之效，成败之机，不可不勉也。昔秦穆公说讹讹之言，任仡仡之勇，身受大辱，社稷几亡。悔过自责，思惟黄发，任用百里奚，卒伯西域，德列王道。二者祸福如此，可不慎哉！"又《息夫躬传》曰："王嘉对问曰：昔秦缪公不从百里奚、蹇叔之言，以败其师，悔过自责，疾谇误之臣，思黄发之言，名垂于后世。"

齐顷公悔败而反丧邑。

成八年春："晋侯使韩穿来言汶阳之田归之于齐。"《公羊传》曰："来言者何？内辞也，胁我使归之也。曷为使我归之？鞌之战，齐师大败。齐侯归，吊死视疾，七年不饮酒，不食肉。晋侯闻之曰：嘻！奈何使人之君七年不饮酒，不食肉，请皆反其所侵地。"何《注》云："晋侯闻齐侯悔过自责，高其义，畏其德，使诸侯还鞌之所丧邑。"《春秋繁露·竹林》篇曰："《春秋》记天下之得失而见所以然之故，甚幽而明，无传而著，不可不察也。夫泰山之为大，弗察弗见，而况微眇者乎！故案《春秋》而适往事，穷其端而视其故。得志之君子，有喜之人，不可不慎也。齐顷公，亲齐桓公之孙，国固广大而地势便利矣，又得霸主之余尊，而志加于诸侯。以此之故，难使会同而易使骄奢。即位九年，未尝肯一与会同之事。有怒鲁卫之志，而不从诸侯于清丘断道。春往伐鲁，入其北郊；顾返伐卫，败之新筑。当是时也，方乘胜而志广，大国往聘，慢而弗敬其使者，晋鲁俱怒，内悉其众，外得党与曹卫，四国相辅，大困之鞌，获齐顷公，斫逢丑父。深本顷公之所以大辱，身几亡国，为天下笑，其端乃从慑鲁胜卫起。伐鲁，鲁不敢出。击卫，大败之。因得气而无敌国以兴患也。故曰：得志有喜，不可不戒。此其效也。自是之后，顷公恐惧，不听声乐，不饮酒食肉；内忧百姓，问疾吊丧；外敬诸侯，从会与盟；卒终其身国家安宁。是福之本生于忧而祸起于喜也。呜乎！物之所由然，其于人切近，可不省邪！"《说苑·敬慎》篇曰："齐顷公赖逢丑父之欺，奔逃得归；吊死问疾，七年不饮酒，不食肉，外金石丝竹之声，远妇女之色；出会与盟，卑下诸侯。国家内得行义，声闻震乎诸侯。所亡之地。弗求而自为来。尊宠不武而得之；可谓能诎免变化以致之。故福生于隐约，而祸生于得意，此得失之效也。"

楚庄变悔而遂前功。

宣十一年："冬十月，楚人杀陈夏徵舒。丁亥，楚子入陈。"何《注》云："日者，恶庄王讨贼之后欲利其国。""纳公孙宁、仪行父于陈。"《公羊传》曰："此皆大夫也，其言纳，何？纳公党与也。"何《注》云："主书者，美楚能变悔改过以遂前功，卒不取其国而存陈。"

齐景公谢过而归侵地。

定十年："夏，公会齐侯于颊谷，公至自颊谷。"《穀梁传》曰："颊谷之会，孔子相焉。两君就坛，两相相揖。齐人鼓噪而起，欲以执鲁君。孔子历阶而上，不尽一等，而视归乎齐侯，曰：'两君合好，夷狄之民何为来为？'令司马止之。

齐侯逡巡而谢曰：'寡人之过也。'退而属其二三大夫曰：'夫人率其君与之行古人之道，二三子独率我而入夷狄之俗，何为？'罢会，齐人使优施舞于鲁君之幕下，孔子曰：'笑君者罪当死。'使司马行法焉，首足异门而出。齐人来归郓、讙、龟阴之田者，盖为此也。""齐人来归运、讙、龟阴田。"《公羊传》曰："齐人曷为来归运、讙、龟阴田？孔子行乎季孙，三月不违，齐人为是来归之。"《史记·孔子世家》曰："会齐侯夹谷。景公归而大恐，告其群臣曰：'鲁以君子之道辅其君，而子独以夷狄之道教寡人，使得罪于鲁君，为之奈何？'有司进对曰：'君子有过则谢以质，小人有过则谢以文。君若悼之，则谢以质。'于是齐侯乃归所侵鲁之郓、汶阳、龟阴之田以谢过。"《新语五》曰："鲁定公之时，与齐侯会于夹谷，孔子行相事。两君升坛，两相处下，两相欲揖。君臣之礼，济济备焉。齐人鼓噪而起，欲执鲁公。孔子历阶而上，不尽一等而立。谓齐侯曰：'两君合好，以礼相率，以乐相化，臣闻嘉乐不野合，牺象之荐不下堂，夷狄之民何来为？'命司马请止之。定公曰：'诺。'齐侯逡巡而避席，曰：'寡人之过。'退而自责大夫。罢会，齐人使优旃舞于鲁公之幕下，傲戏，欲候鲁公之隙，以执定公。孔子叹曰：'君辱，臣当死。'使司马行法，斩焉，首足异门而出。于是齐人惧然而恐，君臣易操，不安其故行。乃归鲁四邑之侵地，终无乘鲁之心。"

鲁哀公悔过而归邾君。

哀七年："秋，公伐邾娄。八月己酉，入邾娄，以邾娄子益来。"《公羊传》曰："邾娄子益何以名？绝。曷为绝之？获也。曷为不言其获？内大恶讳也。"八年："归邾娄子益于邾娄。"何《注》云："获归不书，此书者，善鲁能悔过归之。"

此人君以悔过见称者也。

晋郤缺服义则大之。

文十四年："晋人纳接菑于邾娄，弗克纳。"《公羊传》曰："纳者何？入辞也。其言弗克纳何？大其弗克纳也。何大乎其弗克纳？晋郤缺帅师革车八百乘以纳接菑于邾娄，力沛若有余而纳之。邾娄人言曰：'接菑，晋出也；貜且，齐出也。子以其指，则接菑也四，貜且也六。子以大国压之，则未知齐晋孰有之也。贵则皆贵矣，虽然，貜且也长。'郤缺曰：'非吾力不能纳也，义实不尔克也。'引师而去之。故君子大其弗克纳也。"何《注》云："大其不以已非夺人之是。"《穀梁传》曰："未伐而曰弗克，何也？弗克其义也。接菑，晋出也；貜且，齐出也。貜且，正也；接菑，不正也。"

赵鞅悔过则许之。

定十三年："晋赵鞅归于晋。"《穀梁传》曰："此叛也，其以归言之，何也？贵其以地反也。贵其以地反，则是大利也？非大利也，许悔过也。"

伯尊下问则录之。

成五年："梁山崩。"《穀梁传》曰："梁山崩，壅遏河，三日不流。晋君召伯尊而问焉。伯尊来,遇辇者,辇者不辟,使车右下而鞭之。辇者曰:'所以鞭我者,其取道远矣。'伯尊下车而问焉,曰:'子有闻乎?'封曰:'梁山崩,壅遏河,三日不流。'伯尊曰:'君为此召我也,为之奈何?'辇者曰:'天有山,天崩之。天有河,天壅之。虽召伯尊,如之何?'伯尊由忠问焉。辇者曰:'君亲素缟,帅群臣而哭之,既而祠焉,斯流矣。'伯尊至,君问之曰:'梁山崩,壅遏河,三日不流,为之奈何?'伯尊曰:'君亲素缟,帅群臣而哭之,既而祠焉,斯流矣。'孔子闻之,曰:'伯尊其无绩乎,攘善也。'"

此人臣以悔改见称者也。

贵有辞第十一

《春秋》贵有辞。

邾娄人有辞,则服郤缺。

文十四年:"晋人纳接菑于邾娄,弗克纳。"《公羊传》曰:"晋郤缺帅师革车八百乘以纳接菑于邾娄,力沛若有余而纳之。邾娄人言曰:'接菑,晋出也;貜且,齐出也。子以其指,则接菑也四,貜且也六。子以大国压之,则未知齐晋孰有之也。贵则皆贵矣,虽然,貜且也长。'郤缺曰:'非吾力不能纳也,义实不尔克也。'引师而去之。《穀梁传》曰:"弗克纳。未伐而曰弗克,何也?弗克其义也。捷菑,晋出也;貜且,齐出也。

矍且,正也;捷菑,不正也。"

齐国佐有辞,则服郤克。

成二年:"秋七月,齐侯使国佐如师。己酉,及国佐盟于袁娄。"《公羊传》曰:"二大夫归,相与率师为鞌之战,齐师大败。齐侯使国佐如师,郤克曰:'与我纪侯之甗,反鲁卫之侵地,使耕者东亩,且以萧同侄子为质,则吾舍子矣。'国佐曰:'与我纪侯之甗,请诺。反鲁卫之侵地,请诺。使耕者东亩,则是土齐也。萧同侄子者,齐君之母也。齐君之母犹晋君之母也,不可,请战。壹战不胜,请再。再战不胜,请三。三战不胜,则齐国尽子之有也,何必以萧同侄子为质?'揖而去之。郤克眕鲁卫之使,使以其辞而为之请,然后许之。逮于袁娄而与之盟。"何《注》云:"传极道此者,本祸所由生。因录国佐受命不受辞,义可拒则拒,可许则许。一言使四国大夫汲汲与之盟。"《榖梁传》曰:"爰娄在师之外。郤克曰:'反鲁卫之侵地,以纪侯之甗来,以萧同侄子之母为质,使耕者皆东其亩,然后与之盟。'国佐曰:'反鲁卫之侵地,以纪侯之甗来,则诺。以萧侄子之母为质,则是齐侯之母也。齐侯之母犹晋君之母也。晋君之母犹齐侯之母也。使耕者尽东其亩,则是终土齐也。不可,请壹战。壹战不克,请再。再不克,请三。三不克,请四。四不克,请五。五不克,举国而授。'于是而与之盟。"《春秋繁露·王道》篇曰:"齐国佐不辱君命而尊齐侯,此《春秋》之救文以质也。"《后汉书·孔融传》:"融议曰:

马日䃅以上公之尊,秉旄节之使,衔命直指,宁辑东夏,而曲媚奸臣,为所牵率,章表署用,辄使首名,附下罔上,奸以事君。昔国佐当晋军而不挠,宜僚临白刃而正色。王室大臣,岂得以见胁为辞!"

齐鲁之君臣有辞,孔子称其足观。

昭二十五年:"齐侯唁公于野井。"《公羊传》曰:"齐侯唁公于野井。曰:'奈何君去鲁国之社稷?'昭公曰:'丧人不佞,失守鲁国之社稷,执事以羞。'再拜颡。庆子家驹曰:'庆子免君于大难矣。'子家驹曰:'臣不佞,陷君于大难,君不忍加之以铁锧,锡之以死。'再拜颡。高子执箪食与四脡脯,国子执过壶浆,曰:'吾寡君闻君在外,馂饔未就,敢致糗于从者。'昭公曰:'君不忘吾先君,延及丧人,锡之以大礼。'再拜稽首,以衽受。高子曰:'有夫不祥,君无所辱大礼。'昭公盖祭而不尝。景公曰:'寡人有不腆先君之服,未之敢服;有不腆先君之器,未之敢用。敢固以请。'昭公曰:'丧人不佞,失守鲁国之社稷,执事以羞。敢辱大礼,敢辞,'景公曰:'寡人有不腆先君之服,未之敢服;有不腆先君之器,未之敢用。敢固以请。'昭公曰:'以吾宗庙之在鲁也,有告君之服,未之能以服;有告君之器,未之能以出。敢固辞。"景公曰:'寡人有不腆先君之服,未之敢服;有不腆先君之器,未之敢用。请以饗乎从者。'昭公曰:'丧人其何称?'景公曰:'孰君而无称!'昭公于是嗷然而哭,诸大夫皆哭。既哭,以人为菑,以辐为席,

〔注二七〕以鞍为几，以遇礼相见。孔子曰：'其礼与其辞足观矣。'"

楚屈完有辞，则齐桓之得志也仅。

僖四年："楚屈完来盟于师，盟于召陵。"《穀梁传》曰："来者何？内桓师也。〔注二八〕于师，前定也。于召陵，得志乎桓公也。得志者，不得志也。以桓公得志为仅矣。屈完曰：'大国之以兵向楚，何也？'桓公曰：'昭王南征不反，菁茅之贡不至，故周室不祭。'屈完曰：'菁茅之贡不至，则诺。昭王南征不反，我将问诸江。'"范《注》云："此不服罪之言，故退于召陵而与之盟。屈完所以得志，桓公之不得志也。"

此以有辞见褒者也。

季孙行父失命，则《春秋》以为讥。

文十六年："春，秋孙行父会齐侯于阳谷，齐侯弗及盟。"《穀梁传》曰："弗及者，内辞也。行父失命矣，齐得内辞也。"范《注》云："行父出会失辞，义无可纳。故齐侯以正道拒而弗受，不盟由齐，故得内辞。"

此以失辞见讥者也。

讥慢第十二

《春秋》讥慢。

御廪灾而尝，讥。

桓十四年："秋八月壬申，御廪灾。乙亥，尝。"《公羊传》曰："常事不书，此何以书？讥。何讥尔？讥尝也。曰：犹尝乎？御廪灾，不如勿尝而已矣。"《穀梁传》曰："御廪之灾不志，此其志，何也？以为唯未易灾之余而尝可也，志不敬也。〔注二九〕天子亲耕以供粢盛，王后亲蚕以共祭服。国非无良农工女也，以为人之所尽事其祖祢，不若以己所自亲者也，何用见其未易灾之余而尝也？曰：甸粟而内之三宫，三宫米而藏之御廪，夫尝必有兼旬之事焉。壬申，御廪灾；乙亥，尝。以为未易灾之余而尝也。"范《注》："壬申、乙亥相去四日，言用日至少而功多，明未足及易而尝。"

世室屋坏，讥。

文十三年："世室屋坏。"《公羊传》曰："世室者何？鲁公之庙也。周公称大庙，鲁公称世室，群公称宫。此鲁公之庙也，曷为谓之世室？世室犹世室也，世世不毁也。世室屋坏何以书？讥。何讥尔？久不修也。"《穀梁传》曰："大室屋坏者，有坏道也。讥不修也。大室犹世室也。周公曰大庙，伯禽曰大室，群公曰宫。礼：宗庙之事，君亲割，夫人亲舂，敬之至也。为社稷之主而先君之庙坏，极称之，志不敬也。"（世室，《穀梁》《左氏经》皆作大室。）《左氏传》曰："大室之屋坏，书不共也。"

鼷鼠食郊牛，讥。

成七年："春王正月，鼷鼠食郊牛角，改卜牛。鼷鼠又食其角，乃免牛。"《公羊》无传。何《注》云："京房《易传》曰：祭天不慎，鼷鼠食郊牛角。"定十五年："鼷鼠食郊牛，牛死。改卜牛。"《公羊传》曰："曷为不言其所食？漫也。"何《注》云："漫者，徧食其身，灾不敬也。"《穀梁传》曰："不敬莫大焉。"《汉书·五行志》中之上曰："成公七年正月，鼷鼠食郊牛角；改卜牛，又食其角。董仲舒以为鼷鼠食郊牛，皆养牲不谨也。"哀元年："鼷鼠食郊牛，改卜牛。夏，四月，辛巳，郊。"《穀梁传》曰："鼷鼠食郊牛角，改卜牛。志不敬也。"

此郊祭之慢也。

齐桓公震矜，判者九国。

僖九年："夏，公会宰周公、齐侯、宋子、卫侯、郑伯、许男、曹伯于葵丘。九月戊辰，诸侯盟于葵丘。"《公羊传》曰："桓之盟不日，此何以日？危之也。何危尔？贯泽之会，桓公有忧中国之心。不召而至者，江人、黄人也。葵丘之会，桓公震而矜之，叛者九国。震之者何？犹曰振振然。矜之者何？犹曰莫若我也。"《盐铁论·世务》篇曰："昔齐桓公内附百姓，外绥诸侯，存亡接绝而天下从风。其后德亏行衰，葵丘之会，振而矜之，叛者九国。《春秋》刺其不崇德而崇力也，故任德则强楚告服，远国不召而自至；任力则近者不亲，小国不附。此其效也。"

齐顷公傲客，至于大辱。

成二年："六月癸酉，季孙行父、臧孙许、叔孙侨如、公孙婴齐帅师会晋郤克、卫孙良夫、曹公子手及齐侯战于鞌，齐师败绩。秋七月，齐侯使国佐如师。己酉，及国佐盟于袁娄。"《公羊传》曰："君不使乎大夫，此其行使乎大夫，何？佚获也。其佚获奈何？师还齐侯，晋郤克投戟后巡再拜稽首马前。逢丑父者，顷公之车右也。面目与顷公相似，衣服与顷公相似，代顷公当左，使顷公取饮，顷公操饮而至，曰：'革取清者。'顷公用是佚而不反。逢丑父曰：'吾赖社稷之神灵，吾君已免矣。'郤克曰：'欺三军者其法奈何？'曰：'法斫。'于是斫逢丑父。己酉，及齐国佐盟于爰娄。曷为不盟于师而盟于爰娄？前此者，晋郤克与臧孙许同时而聘于齐。萧同侄子者，齐君之母也，踊于棓而窥客，则客或跛或眇。于是使跛者迓跛者，使眇者迓眇者。二大夫出，相与倚闾而语，移日然后相去。齐人皆曰：'患之起必自此始。'二大夫归，相与率师为鞌之战，齐师大败。齐侯使国佐如师，郤克曰：'与我纪侯之甗，反鲁卫之侵地，使耕者东亩，且以萧同侄子为质，则吾舍子矣。'国佐曰：'与我纪侯之甗，请诺。反鲁卫之侵地，请诺。使耕者东亩，是则土齐也。萧同侄子者，齐君之母也。齐君之母犹晋君之母也。请战。壹战不胜，请再。再战不胜，请三。三战不胜，则齐国尽子之有也，何必以萧同侄子为质？'揖而去之。郤克眣鲁卫之使，使以其辞而为之请，然后许之。逮于爰娄而与之盟。'成元年《穀梁传》曰：'冬十月，季孙行父秃，晋郤克眇，卫孙良夫跛，曹公子手偻。同时而聘于齐。齐使秃者御秃者，使眇者御眇者，使跛者御跛者，使偻者御偻者。萧同侄子处台上而笑之。闻于客，客不悦而去。相与立胥间而语，移日不解。齐人有知之者，曰：'齐之患必自此始矣。'"二年《穀梁传》曰："搴去国五百里，爰娄去国五十里，壹战绵地五百里，焚雍门之茨，侵车东至海。君子闻之，曰：夫甚甚之辞焉，齐有以取之也。齐之有以取之，何也？败卫师于新筑，侵我北鄙，敖郤献子，齐有以取之也。爰娄在师之外。郤克曰：'反鲁卫之侵地，以纪侯之甗来，以萧同侄子之母为质，使耕者皆东亩，然后与子盟。'国佐曰：'反鲁卫之侵地，以纪候之甗来，则诺。以萧同侄子之母为质，则是齐侯之母也，齐侯之母犹晋君之母也，晋君之母犹齐侯之母也。使耕者尽东其亩，则是终土齐也。不可，请壹战。壹战不克，请再。再不克，请三。三不克，请四。四不克，请五。五不克，举国而授。'于是而与之盟。'《春秋繁露·竹林》篇曰：'《春秋》记天下之得失，而见所以然之故，甚幽而明，无传而著，不可不察也。夫泰山之为大，弗察弗见，而况微眇者乎！故案《春秋》而适往事，穷其端而视其故。得志之君子，有喜之人，不可不慎也。齐顷公，亲齐桓公之孙，国固广大而地势便利矣，又得霸主之余尊，而志加于诸侯。以此之故，难使会同而易使骄奢。即位九年，未尝肯一与会同之事，有怒鲁卫之志，而不从诸侯于清丘断道。春往伐鲁，入其北郊；顾返伐卫，败之新筑。当是时也，方乘胜而志广，大国往聘，慢而弗敬其使者。晋鲁俱怒，内悉其众，外得尝与曹卫，四国相辅，大困之鞌，获齐顷公，斮逢丑父。深本顷公之所以大辱，身几亡国，为天下笑，其端乃从慑鲁胜卫起。伐鲁，鲁不敢出。击卫，大败之。因得气而无敌国兴与患也。故曰：得志有喜，不可不戒。此其效也。'《说苑·敬慎》篇曰：'齐顷公地广民众，兵强国富，又得伯者之余尊，骄蹇怠傲，未尝出会同诸侯。乃兴师伐鲁，反败卫师于新筑，轻小慢大之行甚。俄而晋鲁往聘，以使者戏。二国怒归，求党与助，得卫及曹，四国相辅，期战于鞌，大败齐师，获齐顷公，斮逢丑父。赖逢丑父之欺，奔逃得归。"

齐人骄蹇，特书围齐。

襄十一年："公会晋侯、宋公、卫侯、曹伯、齐世子光、莒子、邾娄子、滕子、薛伯、杞伯、小邾娄子伐郑，会于萧鱼。"十八年："冬十月，公会晋侯、宋公、卫侯、郑伯、曹伯、莒子、邾娄子、滕子、薛伯、杞伯、小邾娄子同围齐。"十九年："公至自伐齐。"《公羊传》曰："此同围齐也，何以致伐？未围齐也。未围齐，则其言围齐，何？抑齐也。曷为抑齐？为其亟伐也。或曰：为其骄蹇，使其世子处乎诸侯之上也。"何《注》云："以下葬略，或说是也。"

鲁文公厌政，见讥不臣。

文十七年："夏五月，公四不视朔。"《公羊传》曰："公曷为四不视朔？公有疾也。何言乎公有疾不视朔？自是公无疾不视朔也。然则曷为公无疾不视朔？有疾犹可言也，无疾不可言也。"何《注》云："言无疾大恶,不可言也。是后公不复视朔,政事委任公子遂。"《穀梁传》曰："天子告朔于诸侯,诸侯受乎祢庙,礼也。公四不视朔,公不臣也。以公为厌政以甚矣。"范《注》云："天子班朔而公不视,是不臣。"

此人事之慢也。

〔注一〕齐桓公不正而讨陈袁涛涂,则不能予伯讨。方伯所当讨,谓之伯讨。

〔注二〕则陈人不欲其反由己者。己谓陈。

〔注三〕陈不果内,内与纳同。

〔注四〕于是使跛者迓跛者。迓,迎也。下文齐使秃者御秃者。御与迓同。

〔注五〕郤克眣鲁卫之使。眣谓以目示意。

〔注六〕杀耻也。杀今言减轻。

〔注七〕鲁成公以幼不见见而不耻。不见见谓不被见,即不为人所见也。下文不见与盟,不见二字义同。

〔注八〕大上不盟,大上今言最善。

〔注九〕诰誓不及五帝。言五帝时无诰誓之事,下二句可类推。

〔注一〇〕宋、齐、卫参盟则志之。参盟,三国结盟。

〔注一一〕其次不渝盟。渝,变也。谓不守信约。

〔注一二〕桓之盟不日,其会不致,信之也。不日,谓不书日。会不致,谓不书公至自会。信谓信任齐桓公。

〔注一三〕桓盟虽内与。内与谓鲁君参加其盟。

〔注一四〕公不周乎伐郑也。周,信也。

〔注一五〕大其平乎己也。己谓子反、华元二人。

〔注一六〕卫献公谖君以弑,则恶之。谖,诈也。

〔注一七〕文何以无邾娄?通滥也。通滥,谓认滥为一国,故不言邾娄滥。

〔注一八〕夏父者,其所为有于颜者也。言夏父乃为颜夫人时所生之子。

〔注一九〕吾为子口隐矣。口谓探询之。

〔注二〇〕杀则曷为不言刺?鲁杀大夫,不书杀而曰刺。详《讳辞》篇。

〔注二一〕公子牙今将尔。将弑而尚未弑。

〔注二二〕赗以早而含以晚。以与已同。以早以晚,今言太早太晚。

〔注二三〕不及事也。来晚,不及事之用。

〔注二四〕后会则讥。后会,今言没赶上会。

〔注二五〕子以其指,则接菑也四,貜且也六。何《注》云:言俱不得天之正性。

〔注二六〕惟诶诶善竫言,俾君子易怠。诶诶,浅薄之貌。俾,使也。易怠犹轻怠也。此段本《尚书·秦誓》,故文词古奥难通。

〔注二七〕以人为菑,以幦为席。菑,周坿垣也。幦,车覆笭也。

〔注二八〕来者何？内桓师也。内谓鲁,凡向鲁者言来。内桓师,谓视齐桓公之师如鲁师。

〔注二九〕以为唯未易灾之余而尝可也,志不敬也。尝,祭名。唯与虽同。御廪藏米,既灾,当别易新米行祭祀,乃为诚敬。而鲁人以为虽不换易灾余之米而行祭,并无不可。遂以灾余之米为祭,故为不敬也。

卷三

明权第十三

《春秋》明权。

郑祭仲知权则贤之。

桓十一年:"九月,宋人执郑祭仲。"《公羊传》曰:"祭仲者何?郑相也。何以不名?贤也。何贤乎祭仲?以为知权也。其为知权奈何?古者郑国处于留,先郑伯有善于邻公者,通乎夫人以取其国,而迁郑焉,而野留。〔注一〕庄公死,已葬。祭仲将往省于留,途出于宋,宋人执之,谓之曰:'为我出忽而立突。'祭仲不从其言,则君必死,国必亡;从其言,则君可以生易死,国可以存易亡。少辽缓之,则突可故出而忽可故反。是不可得,则病,然后有郑国。古之人有权者,祭仲之权是也。权者何?权者,反于经然后有善者也。权之所设,舍死亡无所设。行权有道，自贬损以行权，不害人以行权。杀人以自生，亡人以自存，君子不为也。"何《注》云："权者称也，所以别轻重。喻祭仲知国重君轻。君子以存国除逐君之罪。"《春秋繁露·竹林》篇曰："夫去位而避兄弟者，君子之所甚贵；获虏逃遁者，君子之所甚贱。祭仲措其君于人所甚贵以生其君，《春秋》以为知权而贤之。丑父措其君于人所甚贱以生其君，《春秋》以为不知权而简之。其俱枉正以存君，相似也。其使君荣之与使君辱不同理。故凡人之有为也，前枉而后义者谓之中权。虽不能成，《春秋》善之。鲁隐公、郑祭仲是也。"《汉书·邹阳传》："公孙玃说梁孝王曰：昔者郑祭仲许宋人立公子突以活其君，非义也。《春秋》记之，为其以生易死，以存易亡也。"《盐铁论·论儒》篇曰："祭仲自贬损以行权，时也。"《后汉书·冯衍传》："衍说廉丹曰：衍闻：顺而成者，道之所大也；逆而功者，权之所贵也。是故期于有成，不问所由；论于大业，不守小节。昔逢丑父伏轼而使其君取食，称于诸侯；郑祭仲立突而出忽，终得复位，美于《春秋》。盖以死易生，以亡易存，君子之道也。诡于众意，宁国存身，贤者之虑也。"孔氏广森《通义》云："《春秋》之于祭仲，取其诡词从宋以生忽存郑为近于知权耳。仲后逡巡畏惧，不终其志，《经》于忽之弑、子亹子仪之立，一切没而不书，所以醇顺其文，成仲之权，使可为后法。故假祭仲以见行权之道，犹齐襄公未必非利纪也，而假以立复雠之准。所谓《春秋》非记事之书，明义之书也。苟明其义，其事可略也。俗儒责仲当守死不聪。仲既被执，终无能为，仲死而突故入，忽故亡。匹夫之谅，何所取之！外大夫例恒书名，独祭仲书字，灼然见贤。必不信《传》，将不信《经》乎！仲惟得于本事不名，季友没仍称字，又可以明仲一时之权，固未若季子之尽善矣。伯莒之战，《传》曰：吴何以称子？夷狄也而忧中国。其下吴入楚，《传》曰：吴何以不称子？反夷狄也。由是言之，一简之中，随宜褒贬。仲时所行，暂得合权。校其后事，仍自无取。正犹不保其往，不与其退。苟达于此，了无阂义矣。"

鲁隐公权立则贤之。

隐元年："春王正月。"《公羊传》曰："公何以不言即位？成公意也。何成乎公之意？公将平国而反之桓，桓幼而贵，隐长而卑。其为尊卑也微，国人莫知。隐长而贤，诸大夫扳隐而立之。隐于是焉而辞立，则未知桓之将必得立也。且如桓立，则恐诸大夫之不能相幼君也。故凡隐之立，为桓立也。隐长又贤，何以不宜立？立适以长不以贤，立子以贵不以长。桓何以贵？母贵也。母贵则子何以贵？子以母贵，母以子贵。"《穀梁传》曰："公何以不言即位？成公志也。焉成之？言君之不取为公也。君之不取为公，何也？将以让桓也。"《春秋繁露·竹林》篇曰："故凡人之有为也，前枉而后义者谓之中权，虽不能成，《春秋》善之，鲁隐公、郑祭仲是也。"

宋目夷权立则贤之。

僖二十一年："楚人使宜申来献捷。"《公羊传》曰："此楚子也，其称人何？贬。曷为贬？为执宋公贬。曷为为执宋公贬？宋公与楚子期以乘车之会。公子目夷谏曰：'楚，夷国也，强而无义。请君以兵车之会往。'宋公曰：'不可！吾与之约以乘车之会。自我为之，自我堕之。'曰：'不可！终以乘车之会往。楚人果伏兵车，执宋公以伐宋。宋公谓公子目夷曰：'子归守国矣。国，子之国也，吾不从子之言以至乎此。'公子目夷复曰：'君虽不言国，国固臣之国也。'于是归，设守械而守国。楚人谓宋人曰：'子不与我国，吾将杀子君矣。'宋人应之曰：'吾赖社稷之神灵，吾国已有君矣。'楚人知虽杀宋公犹不得宋国，于是释宋公。宋公释乎执，走之卫。公子目夷复曰：'国为君守之，君曷为不入？'然后逆襄公归。恶乎捷？捷乎宋。曷为不言捷乎宋？为襄公讳也。此围辞也，曷为不言其围？为公子目夷讳也。"《春秋繁露·王道》篇曰：'鲁隐之代桓立，祭仲之出忽立突，仇牧、孔父、荀息之死节，公子目夷不与楚国，此皆执权存国，行正世之义，守拳拳之心，《春秋》加气义焉，故皆见之，复正之谓也。'又《玉英》篇曰：'夫权虽反经，亦必在可以然之域，不在不可以然之域。故虽死亡，终弗为也。公子目夷是也。公子目夷复其君，终不与国。祭仲已与，后改之。晋荀息死而不听。卫曼姑拒而弗内。此四臣事异而同心，其义一也。目夷之弗与，重宗庙。祭仲与之，亦重宗庙。荀息死之，贵先君之命；曼姑拒之，亦贵先君之命也。

事虽相反，所为同，俱为重宗庙，贵先君之命耳。"

卫叔武权立则贤之。

僖二十八年："晋人执卫侯，归之于京师。"《公羊传》曰："归之于者何？归于者何？归之于者，罪已定矣。归于者，罪未定也。卫侯之罪何？杀叔武也。何以不书？为叔武讳也。《春秋》为贤者讳。何贤乎叔武？让国也。其让国奈何？文公逐卫侯而立叔武，叔武辞立而他人立，则恐卫侯之不得反也，故于是己立。然后为践土之会，治反卫侯。卫侯得反，曰：'叔武篡我。'元咺争之曰：'叔武无罪。'终杀叔武，元咺走而出。"

若弦高矫君命以存郑。

僖三十三年："夏四月辛巳，晋人及姜戎败秦于殽。"《公羊传》曰：'其谓之秦，何？夷狄之也。曷为夷狄之？秦伯将袭郑，百里子与蹇叔子谏曰："千里而袭人，未有不亡者也。"秦伯怒曰："若尔之年者，宰上之木拱矣。尔曷知？"师出，百里子与蹇叔子送其子而戒之曰："尔即死，必于殽之嵚岩，是文王之所避风雨者也，吾将尸尔焉。"子揖师而行，百里子与蹇叔子从其子而哭之。秦伯怒曰："尔曷为哭吾师？"对曰："臣非敢哭君师，哭臣之子也。"弦高者，郑商也。遇之殽，矫以郑伯之命而犒师焉。或曰：往矣；或曰：反矣。〔注二〕然而晋人与姜戎要之殽而击之，匹马只输无反者。"

季子辞内难而如陈。

庄二十七年："秋，公子友如陈，葬原仲。"《公羊传》曰：

"原仲者何?陈大夫也。大夫不书葬,此何以书?通乎季子之私行也。何通乎季子之私行?辟内难也。君子辟内难而不辟外难。内难者何?公子庆父、公子牙、公子友,皆庄公之母弟也。公子庆父、公子牙通乎夫人以胁公,季子起而治之,则不得与于国政。坐而视之,则亲亲因不忍见也。故于是复请至于陈而葬原仲也。"

皆《春秋》所许也。

至于逢丑父措其君于可贱之域,虽杀身以生君,固不得谓为知权矣。

成二年:"秋,七月,齐侯使国佐如师。己酉,及国佐盟于袁娄。"《公羊传》曰:"君不使乎大夫,此其行使乎大夫,何?佚获也。其佚获奈何?师还齐侯,晋郤克投戟逡巡再拜稽首马前。逢丑父者,顷公之车右也。面目与顷公相似,衣服与顷公相似。代顷公当左,使顷公取饮。顷公操饮而至,曰:'革取清者。'顷公用是佚而不反。逢丑父曰:'吾赖社稷之神灵,吾君已免矣。'郤克曰:'欺三军者其法奈何?'曰:'法斫。'于是斫逢丑父。"何《注》云:"佚获者,已获而逃亡也。丑父死君,不贤之者,经有使乎大夫,于王法顷公当绝。如贤丑父,是赏人臣之绝其君也。若以丑父故不绝顷公,是开诸侯战不能死难也。"《春秋繁露·竹林》篇曰:"逢丑父杀其身以生其君,何以不得谓知权?丑父欺晋,祭仲许宋,俱枉正以存其君。然而丑父之所为难于祭仲,祭仲见贤,而丑父犹见非,何也？曰：是非难别者在此。此其嫌疑相似而不同理者，不可不察。夫去位而避兄弟者，君子之所甚贵。获虏逃遁者，君子之所甚贱。祭仲措其君于人所甚贵以生其君，故《春秋》以为知权而贤之。丑父措其君于人所甚贱以生其君，《春秋》以为不知权而简之。其俱枉正以存君，相似也。其使君荣之与使君辱不同理。故凡人之有为也，前枉而后义者谓之知权，虽不能成，《春秋》善之，鲁隐公、郑祭仲是也。前正而后有枉者谓之邪道，虽能成之，《春秋》不爱，齐顷公、逢丑父是也。夫冒大辱以生，其情无乐，故贤人不为也，而众人疑焉。《春秋》以为人不知义而疑也，故示之以义，曰：国灭君死之，正也。正也者，正于天之为人性命也。天之为人性命，使行仁义而羞可耻，非若鸟兽然苟为生苟为利而已。是故《春秋》推天施而顺人理，以至尊为不可以加于至辱大羞，故获者绝之；以至辱为不可以加于至尊大位，故虽失位，弗君也。已反国，在位矣，而《春秋》犹有不君之辞，况其滔然方获而虏邪？其于义也，非君定矣。若非君，则丑父何权矣！故欺三军为大罪于晋；其免顷公为辱宗庙于齐，是以虽难而《春秋》不爱。丑父大义，宜言于顷公曰'君慢侮而怒诸侯，是失礼大矣。今被大辱而弗能死，是无耻也，而复重罪。请俱死，无辱宗庙，无羞社稷。'如此，虽陷其身，尚有廉名。当此之时，死贤于生。故君子生以辱，不如死以荣，正是之谓也。由法论之，则丑父欺而不中权，忠而不中义。"

谨始第十四

《春秋》谨始。

故无事必书正月。

隐元年:"春王正月。"《穀梁传》曰:"虽无事,必举正月,谨始也。"

齐师迁纪郱、鄑、郚,灭纪之始也。

庄元年:"齐师迁纪郱、鄑、郚。"《公羊传》曰:"外取邑不书,此何以书?大之也。〔注三〕何大尔?自是始灭也。"何《注》云:"将大灭纪,从此始,故重而书之。"四年:"纪侯大去其国。"《公羊传》曰:"大去者,何?灭也。孰灭之?齐灭之。曷为不言齐灭之?为襄公讳也。"

萧同侄子笑客,齐患之始也。

成二年:"秋七月,齐侯使国佐如师。己酉,及国佐盟于袁娄。"《公羊传》曰:"前此者,晋郤克与臧孙许同时而聘于齐。萧同侄子者,齐君之母也。踊于棓而窥客,则客或跛或眇。于是使跛者迓跛者,使眇者迓眇者。二大夫出,相与踦闾而语,移日然后相去。齐人皆曰:'患之起必自此始。'二大夫归,相与率师为鞌之战,齐师大败。"成元年《穀梁传》曰:"冬十月,季孙行父秃,晋郤克眇,卫孙良夫跛,曹公子手偻,同时而聘于齐。齐使秃者御秃者,使眇者御眇者,使跛者御跛者,使偻者御偻者。萧同侄子处台上而笑之，闻于客，客不说而去，相与立胥间而语，移日不解。齐人有知之者，曰：'齐之患必自此始矣。'"

晋三郤之杀，晋祸之始也。

成十七年："晋杀其大夫郤锜、郤犨、郤至。"《穀梁传》曰："自祸于是起矣。"范《注》云："厉公见杀之祸。"十八年："晋弑其君州蒲。"

鲁僖公以楚师伐齐，有致祸之道。其得免者，幸尔。

僖二十六年："公以楚师伐齐，取穀。公至自伐齐。"《公羊传》曰："此已取穀矣，何以致伐？未得乎取穀也。曷为未得乎取穀？曰：患之起必自此始也。"何《注》云："鲁内虚而外乞师以犯强齐，会齐侯昭卒，晋文行霸，幸而得免。故虽得意犹致伐也。"《春秋繁露·俞序》篇曰："爱人之大者，莫大乎思患而豫防之；故蔡得意于吴，鲁得意于齐，而《春秋》皆不善，故次以言。怨人不可迩，敌国不可狎，攘窃之国不可使久亲，皆防患为民除害之意。"《说苑·尊贤》篇曰："季子卒后，邾击其南，齐伐其北。鲁不胜其患，乞师于楚以取全身。故《传》曰：患之起，必自此始也。"

惟谨始也，故为恶始见于《春秋》者疾之，所谓疾始也。

僖十七年："夏，灭项。"《公羊传》曰："君子之恶恶也疾始，善善也乐终。"《春秋繁露·王道》篇曰："诛犯始者，省刑绝恶疾始也。"

故始参盟则志之。〔注四〕

隐八年:"秋七月庚午,宋公、齐侯、卫侯盟于瓦屋。"《穀梁传》曰:"外盟不日,此其日,何也?诸侯之参盟于是始,故谨而日之也。诰誓不及五帝,盟诅不及三王,交质子不及二伯。"

始灭国则疾之。

隐二年:"无骇帅师入极。"《公羊传》曰:"无骇者何?展无骇也。何以不氏?贬。曷为贬?疾始灭也。始灭昉于此乎?前此矣。前此则曷为始乎此?托始焉尔。曷为托始焉尔?《春秋》之始也。此灭也,其言入,何?内大恶讳也。"何《注》云:"言疾始灭者,诸灭复见不复贬,皆从此取法,所以省文也。"树达按:庄四年《公羊传》曰:"不可胜讥,故将一讥而已。"疾始灭者,灭不可胜贬,于其始见者一贬之,而以下之灭为贬可知也。他疾始皆同此。《穀梁传》曰:"入者,内弗受也。极,国也。苟焉以入人为志者,人亦入之矣。不称氏者,灭同姓,贬也。"八年:"冬十有二月,无骇卒。"《公羊传》曰:"此展无骇也。何以不氏?疾始灭也。故终其身不氏。"《春秋繁露·王道》篇曰:"无骇灭极,不能诛,诸侯得以大乱篡弑无已。"《后汉书·李固传》:"固奏记商曰:《春秋》褒仪父以开义路,贬无骇以闭利门。"

始取邑则疾之。

隐四年:"春王二月,莒人伐杞,取牟娄。"《公羊传》曰:

"牟娄者何？杞之邑也。外取邑不书，此何以书？疾始取邑也。"《穀梁传》曰："言伐言取，所恶也。诸侯相伐取地于是始，故谨而志之也。"

始以火攻则疾之。

桓七年："春二月己亥，焚咸丘。"《公羊传》曰："焚之者何？樵之也。樵之者何？以火攻也。何言乎以火攻？疾始以火攻也。咸丘者何？邾娄之邑也。"《穀梁传》曰："其不言邾咸丘，何也？疾其以火攻也。"

初税亩则讥之。

宣十五年："初税亩。"《公羊传》曰："初者何？始也。税亩者何？履亩而税也。初税亩何以书？讥。何讥尔？讥始履亩而税也。何讥乎始履亩而税？古者什一而藉。古者曷为什一而藉？什一者，天下之中正也。多乎什一，大桀小桀；寡乎什一，大貉小貉。什一者，天下之中正也。什一行而颂声作矣。"《穀梁传》曰："初者，始也。古者什一，藉而不税。初税亩，非正也。古者三百步为里，名曰井田。井田者九百亩，公田居一。私田稼不善则非吏，公田稼不善则非民。初税亩者，非公之去公田而履亩十取一也，以公之与民为已悉矣。古者公田为居，井灶葱韭尽取焉。"《左氏传》曰："初税亩，非礼也。谷出不过藉，以丰财也。"《盐铁论·取下》篇曰："德惠塞而嗜欲众，君奢侈而上求多，民困于下，怠于公事，是以有履亩之税，《硕鼠》之诗作也。"

始用田赋则讥之。

哀十二年:"春,用田赋。"《公羊传》曰:"何以书,讥?何讥尔?讥始用田赋也。"《榖梁传》曰:"古者公田什一,用田赋,非正也。"

始丘使则讥之。

成元年:"三月,作丘甲。"《公羊传》曰:"何以书?讥。何讥尔?讥始丘使也。"《榖梁传》曰:"作,为也。丘为甲也。丘甲,国之始也。丘作甲,非正也。丘作甲之为非正,何也?古者立国家,百官具,农工皆有职以事上。古者有四民:有士民,有商民,有农民,有工民。夫甲非人人之所能为也,丘作甲,非正也。"

始僭诸公则讥之。

隐五年:"初献六羽。"《公羊传》曰:"初者何?始也。六羽者何?舞也。初献六羽何以书?讥。何讥尔?讥始僭诸公也。六羽之为僭奈何?天子八佾,诸公六,诸侯四。始僭诸公昉于此乎?前此矣。前此则曷为始乎此?僭诸公犹可言也,僭天子不可言也。"《榖梁传》曰:"始僭乐矣。尸子曰:舞夏,自天子至诸侯皆用八佾。初献六羽,始万乐矣。"《春秋繁露·王道》篇曰:"鲁舞八佾,如天子之为。又曰:献八佾。讳八言六。"

始不亲迎则讥之。

隐二年:"九月,纪履缑来迎女。"《公羊传》曰:"纪履缑者何？纪大夫也。外逆女不书，此何以书？讥。何讥尔？讥始不亲迎也。始不亲迎昉于此乎？前此矣。前此则曷为始乎此？托始焉尔。曷为托始焉尔？《春秋》之始也。"《穀梁传》曰："逆女，亲者也。使大夫，非正也。"《汉书·外戚传》曰："故《易》基《乾坤》，《诗》首《关雎》，《书》美厘降，《春秋》讥不亲迎。夫妇之际，人道之大伦也。"

始不三年丧则讥之。

闵二年："夏五月乙酉，吉禘于庄公。"《公羊传》曰："其言吉，何？吉者，未可以吉也。曷为未可以吉？未三年也。三年矣，曷为谓之未三年？三年之丧，实以二十五月。吉禘于庄公何以书？讥。何讥尔？讥始不三年也。"《穀梁传》曰："吉禘者，不吉者也。丧事未毕而举吉祭，故非之也。"

始忌省则讥之。

庄二十二年："春王正月肆大省。"《公羊传》曰："肆者何？跌也。大省者何？灾省也。肆大省何以书？讥。何讥尔？讥始忌省也。"

此皆《春秋》谨始之事也。

重意第十五

《春秋》之论事也重意。

《春秋繁露·玉杯》篇曰："《春秋》之论事，莫重于志，缘此以论礼。礼之所重者在其志：志敬而节具，则君子予之知礼；〔注五〕志和而音雅，则君子予之知乐；志哀而居约，则君子予之知丧。故曰：非虚加之，重志之谓也。志为质，物为文。质文两备，然后其礼成。不能备而偏行之，宁有质而无文。虽弗予能礼，尚少善之。介葛卢来是也。有文无质，非直不予，乃少恶之。谓州公实来是也。然则《春秋》之序道也，先质而后文，右志而左物。故曰：'礼云礼云，玉帛云乎哉！'推而前之，亦宜曰：朝云朝云，辞令云乎哉！'乐云乐云，钟鼓云乎哉！'引而后之，亦宜曰：丧云丧云，衣服云乎哉！是故孔子立新王之道，明其贵志以反和，见其好诚以灭伪。其有继周之弊故若此也。"又曰："《春秋》之好微与其贵志也。"又《精华》篇曰："《春秋》之听狱也，必本其事而原其志。志邪者不待成，首恶者罪特重，本直者其论轻。"《汉书·薛宣传》曰："《春秋》之义，意恶功遂，不免于诛。"又曰："《春秋》之义，原心定罪。"《盐铁论·刑德》篇："《春秋》之治狱，论心定罪。志善而违于法者免，志恶而合于法者诛。"

意善者，著之以成其美：鲁隐之将让位于桓也，于不书即位见之。

隐元年："春，王正月。"《公羊传》曰："何以不言即位？成公意也。何成乎公之意？公将平国而反之桓。故凡隐之立，为桓立也。"《穀梁传》曰："公何以不言即位？成公志也。焉成之？言君之不取为公也。君之不取为公，何也？将以让桓也。"

于书天王归仲子之赗见之。

隐元年:"秋,七月,天王使宰咺来归惠公、仲子之赗。"《公羊传》曰:"惠公者何?隐之考也。仲子者何?桓之母也。何以不称夫人?桓未君也。桓未君,则诸侯曷为来赗之?隐为桓立,故以桓母之丧告于诸侯。然则何言尔?成公意也。"何《注》云:"尊贵桓母,以赴告天子诸侯,彰桓当立,得事之宜。故善而书仲子,所以起其意,成其贤。"

于子氏不书葬见之。

隐二年:"十有二月,乙卯,夫人子氏薨。"《公羊传》曰:"夫人子氏者,何?隐公之母也。何以不书葬?成公意也。何成乎公之意?子将不终为君,故母亦不终为夫人也。"何《注》云:"时隐公卑屈其母,不以夫人礼葬之,以妾礼葬之,以卑下桓母,无终为君之心,得事之宜。故善而不书葬,所以起其意而成其贤。"《左氏传》以子氏为桓公之母,而以三年君氏卒为隐公母。《传》曰:"夏,君氏卒。声子也。不赴于诸侯,不反哭于寝,不祔于姑,故不曰薨。不称夫人,故不言葬。"与《公羊》说异而义仍同。

于考仲子之宫见之。

隐五年:"九月,考仲子之宫。"《公羊传》曰:"考宫者何?考犹入室也,始祭仲子也。桓未君,则曷为祭仲子?隐为桓立,故为桓祭其母也。然则何言尔?成公意也。"何《注》云:

"尊桓之母,为立庙,所以彰桓当立,得事之宜。故善而书之,所以起其意,成其贤也。"

鲁季子不忍暴其兄之罪,故为之讳杀公子牙。

庄三十二年:"秋七月癸巳,公子牙卒。"《公羊传》曰:"何以不称弟?杀也。杀则曷为不言刺?为季子讳杀也。曷为为季子讳杀?季子之遏恶也,不以为国狱。缘季子之心而为之讳。"陈立《义疏》云:"推季子亲亲之心,不忍显扬其罪之故,为之讳刺言卒,使若非以罪见杀然。"

又为之讳庆父出奔。

庄三十二年:"公子庆父如齐。"何《注》云:"如齐者,奔也。不言奔者,起季子不探其情,不暴其罪。"

曹羁正谏,故讳曹不言灭。

庄二十四年:"冬,戎侵曹。曹羁出奔陈。"《公羊传》曰:"曹羁者何?曹大夫也。曹无大夫,此何以书?贤也。何贤乎曹羁?戎将侵曹,曹羁谏曰:'戎众以无义,君请勿自敌也。'曹伯曰:'不可!'三谏,不从,遂去之。故君子以为得君臣之义也。"二十六年:"曹杀其大夫。"《公羊传》曰:"何以不名?众也。曷为众杀之?不死于曹君者也。君死乎位曰灭,曷为不言其灭?为曹羁讳也。此盖战也,何以不言战?为曹羁讳也。"何《注》云:"所谏者,战也。故为去战灭之文,所以致其意也。"

宋襄公忧中国而见执,故为讳不言楚捷。

僖二十一年:"楚人使宜申来献捷。"《公羊传》曰:"此楚子也，其称人何？贬。曷为贬？为执宋公贬。宋公与楚子期以乘车之会。公子目夷谏曰：'楚，夷国也。强而无义，请君以兵车之会往。'宋公曰：'不可，吾与之约以乘车之会。'自我为之，自我堕之，曰'不可'。终以乘车之会往。楚人果伏兵车，执宋公以伐宋。宋公谓公子目夷曰：'子归守国矣。国，子之国也。吾不从子之言，以至乎此。'公子目夷复曰：'君虽不言国，国固臣之国也。'于是归，设守械而守国。楚人谓宋人曰：'子不与我国，吾将杀子君矣。'宋人应之曰：'吾赖社稷之神灵，吾国已有君矣。'楚人知虽杀宋公犹不得宋国，于是释宋公。宋公释乎执，走之卫。公子目夷复曰：'国为君守之，君曷为不入？'然后逆襄公归。恶乎捷？捷乎宋。曷为不言捷乎宋？为襄公讳也。"何《注》云："襄公本会楚，欲行霸忧中国也。不用目夷之言，而见诈执伐宋，几亡其国，故为讳灭国文，所以申善志。"

公子目夷欲存其国免其君，故为讳不言楚围。

前《传》续曰："此围辞也，曷为不言其围？为公子目夷讳也。"何《注》云："目夷遭难，设权救君，有解围存国免主之功，故为讳围，起其事，所以彰目夷之贤也。"《春秋繁露·玉英》篇曰："夫权虽反经，亦必在可以然之域，不在不可以然之域。故虽死亡，终弗为也，公子目夷是也。公子目夷复其君，终不与国。祭仲已与，后改之。事异而同心，其义一也。目夷之弗与，重宗庙。祭仲与之，亦重宗庙。事虽相反，所为同，俱为重宗庙耳。"孔氏广森《通义》云："目夷之事，欲彰其贤而反讳之，此圣经之高义，贤传之达言；盖以鸣其孝者非令子，矜其忠者非令臣。原臣子之道，莫不欲尊荣君父。故让则归美，过则称己。曹羁以义去，公子目夷以仁守。目夷有成劳矣，羁虽不克济君于难，而并有爱国之心，悃悃忱忱，殊武安侥败之意，鲜庆郑愎谏之忿。《春秋》缘羁与目夷之心，而君死国辱，为不忍言焉。斯二臣之风气，千载可想矣。"

卫叔武欲其兄飨国，故为之讳见杀。

僖二十八年："晋人执卫侯，归之于京师。"《公羊传》曰："归之于者何？归于者何？归之于者，罪已定矣。归于者，罪未定也。罪未定则何以得为伯讨？归之于者，执之于天子之侧者也，罪定不定已可知矣。归于者，非执之于天子之侧者也，罪定不定未可知也。卫侯之罪何？杀叔武也。何以不书？为叔武讳也。《春秋》为贤者讳。何贤乎叔武？让国也。其让国奈何？文公逐卫侯而立叔武。叔武辞立而他人立，则恐卫侯之不得反也。故于是己立，然后为践土之会，治反卫侯。卫侯得反，曰：'叔武篡我。'元咺争之曰：'叔武无罪。'终杀叔武，元咺走而出。"何《注》云："叔武让国见杀，而为叔武讳杀者，叔武治反卫侯，欲兄飨国。故为去杀己之罪，所以起其功而重卫侯之无道。"

吴季子不欲父子兄弟相杀，故弑僚讳不书阖庐。

襄二十九年："吴子使札来聘。"《公羊传》曰："吴无君，无大夫，此何以有君、有大夫？贤季子也。何贤乎季子？让国也。其让国奈何？谒也、余祭也、夷昧也，与季子同母者四。季子弱而才，兄弟皆爱之，同欲立之以为君。谒曰：'今若是迮而与季子国，季子犹不受也，请无与子而与弟，弟兄迭为君，而致国乎季子。'皆曰：'诺。'故诸为君者皆轻死为勇，饮食必祝曰：'天苟有吴国，尚速有悔于予身。'故谒也死，余祭也立；余祭也死，夷昧也立；夷昧也死，则国宜之季子者也。季子使而亡焉。僚者，庶长也，即之。季子使而反，至而君之尔。阖庐曰：'先君之所以不与子国而与弟者，凡为季子故也。将从先君之命与？则国宜之季子者也；如不从先君之命与？则我宜立者也。僚恶得为君乎！'于是使专诸刺僚，而致国乎季子。季子不受，曰：'尔弑吾君，吾受尔国，是吾与尔为篡也；尔杀吾兄，吾又杀尔，是父子兄弟相杀终身无已也。'去之延陵，终身不入吴国。故君子以其不受为义，以其不杀为仁。'昭二十七年："夏四月，吴弑其君僚。"何《注》云："不书阖庐弑其君者，为季子讳。明季子不忍父子兄弟自相杀，让国阖庐，欲其享之，故为没其罪也。"

其意不善者，亦显示之著其恶，鲁桓、宣篡君，皆书即位。

桓元年："春王正月，公即位。"《公羊传》曰："继弑君不言即位。此其言即位，何？如其意也。"何《注》云："弑君欲即位，故如其意以著其恶。"《春秋繁露·玉英》篇曰："桓之志无王，故不书王，其志欲立，故书即位。书即位者，言其弑君兄也。不书王者，以言其背天子。是故隐不言立，桓不言王者，从其志以见其事也。从贤之志以达其志，从不肖之志以著其恶。由此观之，《春秋》之所善，善也；所不善，亦不善也。不可不两省也。"宣元年："春王正月，公即位。"《公羊传》曰："继弑君不言即位。此其言即位何？其意也。"

鲁文公终丧娶夫人，特书纳币以讥其丧娶。

文二年："公子遂如齐纳币。"《公羊传》曰："纳币不书，此何以书？讥。何讥尔？讥丧娶也。娶在三年之外，则何讥乎丧娶？三年之内不图婚。吉禘于庄公讥，然则曷为不于祭焉讥？三年之恩疾矣，非虚加之也，以人心为皆有之。以人心为皆有之，则曷为独于娶焉讥？娶者，大吉也，非常吉也。其为吉者主于己。以为有人心焉者则宜于此焉变矣。"《春秋繁露·玉杯》篇曰："《春秋》讥文公以丧取。难者曰：丧之法不过三年，三年之丧二十五月。今按《经》，文公乃四十一月方取，取时无丧，出其法也久矣，何以谓之丧取？曰：《春秋》之论事，莫重于志。今取必纳币，皆失于太蚤。《春秋》不讥其前而顾讥其后，必以三年之丧，肌肤之情也，虽从速而不能终，犹宜未平于心。今全无悼远之志，反思念取事，是《春秋》所甚疾也。不别先后，贱其无人心也。"

郑悼公以丧伐许，书曰郑伯。

成四年："三月壬申，郑伯坚卒。冬，郑伯伐许。"何《注》云："未逾年君称伯者，时乐成君位，亲自伐许，故如其意以著其恶。"《春秋繁露·竹林》篇曰:"问者曰:是君死,其子未逾年,有称伯,不子,法辞,其罪何?曰:先王之制,有大丧者,三年不呼其门,顺其志之不在事也。《书》曰:高宗谅暗,三年不言。居丧之义也。今纵不能如是,奈何其父卒未逾年,即以丧举兵也!《春秋》以薄恩,且施失其子心,故不复得称子,谓之郑伯,以辱之也。既无子恩,又不熟计,一举兵不当,被患不穷,自取之也,是以生不得称子,去其义也。死不得书葬,见其穷也。"《通典》引《五经异义》曰:"诸侯未逾年出朝会与不朝会,何称?《春秋公羊》说云:'诸侯未逾年不出境,在国内称子。以王事出,亦称子。非王事,出会同,安父位,不称子。郑伯伐许是也。未逾年以本爵,讥不子也。'左氏说:'诸侯未逾年,在国内称子。以王事出,则称爵。诎于王事,不得申其私恩,郑伯伐许是也。'郑玄驳曰:'昔武王卒父业,已除丧,出至孟津之上犹称太子者,是为孝也。今未除丧而出,称爵,是与武王义反矣。'"(按:郑用《公羊》说。)

此托事以见其意者也。至于事与意反,《春秋》亦舍其事而书其意,故公子买不卒戍而书戍卫,鲁僖公之意也。

僖二十八年:"公子买戍卫。不卒戍,刺之。"《公羊传》曰:"不卒戍者何?不卒戍者,内辞也,不可使往也。不可使往,则其言戍卫,何?遂公意也。"何《注》云:"使臣子,不可使。耻深,故讳使若往。不卒竟事者,明臣不得壅塞君命。"《盐铁论·备胡》篇曰:"《春秋》贬诸侯之后,刺不卒戍。"

公孙敖不至而书如京师，鲁文公之意也。

文八年："公孙敖如京师。不至，复。"《公羊传》曰："不至复者何？不至复者，内辞也，不可使往也。不可使往，则其言如京师，何？遂公意也。"何《注》云："正其义不使君命壅塞。"

非救邢而书救邢，齐桓公之意也。

僖元年："齐师、宋师、曹师次于聂北，救邢。"《穀梁传》曰："非救而曰救，何也？遂齐侯之意也。"

未侵曹而书侵曹，晋文公之意也。

僖二十八年："春，晋侯侵曹，晋侯伐卫。"《公羊传》曰："曷为再言晋侯？非两之也。然则何以不言遂？未侵曹也。未侵曹，则其言侵曹，何？致其意也。其意侵曹，则曷为伐卫？晋侯将侵曹，假涂于卫，卫曰：'不可得。'则固将伐之也。"何《注》云："曹有罪，晋文行霸征之，卫壅遏不得使义兵以时进，故著言侵曹以致其意，所以通贤者之心，不使壅塞也。"

未见诸侯而言如会，郑僖公之意也。

襄七年："十有二月，公会晋侯、宋侯、陈侯、卫侯、曹伯、莒子、邾娄子于鄬，郑伯髡原如会，未见诸侯。丙戌，卒于操。"《公羊传》曰："操者何？郑之邑也。诸侯卒其封内不地，此何以地？隐之也。何隐尔？弑也。孰弑之？其大夫弑之。曷为不言其大夫弑之？为中国讳也。曷为为中国讳？郑伯将会诸侯于鄬，其大夫谏曰：'中国不足归也，则不若与楚。'郑伯曰：'不可！'其大夫曰：'以中国为义，则伐我丧；以中国为强，则不若楚。'于是弑之。未见诸侯,其言如会,何?致其意也。"何《注》云:"郑伯欲与中国,意未达而见弑,故养遂而致之,所以达贤者之心。"《穀梁传》曰:"未见诸侯,其曰如会,何也?致其志也。礼:诸侯不生名。此其生名,何也?卒之也。卒之名则曷为加之如会之上?见以如会卒也。其见以如会卒,何也?郑伯将会中国,其臣欲从楚,不胜,其臣弑而死。"《春秋繁露·观德》篇曰:"郑僖公方来会我而道弑,《春秋》致其意,谓之如会。"

已立为君而书公子,楚比之意也。

昭十三年:"楚公子弃疾弑公子比。"《公羊传》曰:"比已立矣,其称公子,何?其意不当也。"

然则意安可不慎也哉!

重民第十六

《春秋》重民。

《春秋繁露·俞序》篇曰:"子夏言:《春秋》重民。诸讥皆本此。"

故齐桓爱民则称之。

庄二十七年:"夏六月,公会齐侯、宋公、陈侯、郑伯同盟于幽。"《穀梁传》曰:"齐侯兵车之会四,未尝有大战也,爱民也。"

楚庄恤百姓则与之。

宣十二年："楚子围郑。夏，六月，乙卯，晋荀林父帅师及楚子战于邲，晋师败绩。"《公羊传》曰："大夫不敌君，此其称名以敌楚子，何？不与晋而与楚子为礼也。（中略）晋师之救郑者至。曰：'请战。'庄王许诺，令之还师而逆晋寇。庄王鼓之，晋师大败。晋众之走者，舟中之指可掬矣。庄王曰：'嘻，吾两君不相好，百姓何罪！'令还师而佚晋寇。"

鲁僖有志乎民则称之。

僖三年："夏，四月，不雨。"《穀梁传》曰："一时言不雨者，闵雨也。〔注六〕闵雨者，有志乎民者也。""六月雨。"《穀梁传》曰："雨云者，喜雨也。喜雨者，有志乎民者也。"

鲁文无志乎民则讥之。

文二年："自十有二月不雨，至于秋七月。"《穀梁传》曰："历时而言不雨，文不忧雨也。不忧雨者，无志乎民者也。"文十年："自正月不雨，至于秋七月。"《穀梁传》曰："历时而言不雨，文不闵雨也。文不闵雨，无志乎民也。"

重民力则讥筑作。

《盐铁论·备胡》篇曰："《春秋》动众则书，重民也。"

城中丘，讥。

隐七年："夏，城中丘。"《穀梁传》曰："城，为保民为之也。民众城小则益城，益城无极，凡城之志皆讥也。"

新延厩，讥。

庄二十九年："春，新延厩。"《公羊传》曰："新延厩者何？修旧也。修旧不书，此何以书？讥。何讥尔？凶年不修。"《穀梁传》曰："延厩者，法厩也。其言新，有故也。有故则何为书也？古之君人者，必时视民之所劝：民勤于力，则功筑罕；民勤于财，则贡赋少；民勤于食，则百事废矣。冬筑微，春新延厩，以其用民力为已悉矣。"《春秋繁露·竹林》篇曰："《春秋》之法，凶年不修旧，意在无苦民尔。故曰：凶年修旧则讥，造邑则讳。是害民之小者，恶之小也；害民之大者，恶之大也。"

作南门，讥。

僖二十年："春，新作南门。"《公羊传》曰："何以书？讥。何讥尔？门有古常也。"《穀梁传》曰："作，为也，有加其度也。言新，有故也，非作也。"《左氏传》曰："新作南门，书不时也。"

作雉门及两观，讥。

定二年："冬十月，新作雉门及两观。"《公羊传》曰："其言新作之，何？修大也。修旧不书，此何以书？讥。何讥尔？不务乎公室也。"《穀梁传》曰："言新，有旧也。作，为也，有加其度也。此不正，其以尊者亲之，何也？虽不正也，于美犹可也。"

筑鹿囿，讥。

成十八年："筑鹿囿。"《公羊传》曰："何以书？讥。何讥尔？有囿也，又为也。"何《注》云："刺奢泰妨民。"

筑台，讥。

庄三十一年："春，筑台于郎。"《公羊传》曰："何以书？讥。何讥尔？临民之所漱浣也。""夏四月，筑台于薛。"《公羊传》曰："何以书？讥。何讥尔？远也。""秋，筑台于秦。"《公羊传》曰："何以书？讥。何讥尔？临国也。"《穀梁传》曰："不正罢民三时，虞山林薮泽之利。且财尽则怨，力尽则懟，君子危之，故谨而志之也。或曰：倚诸桓也，桓外无诸侯之变，内无国事，越千里之险，北伐山戎，为燕辟地。鲁外无诸侯之变，内无国事，一年罢民三时，虞山林薮泽之利，恶内也。"《春秋繁露·王道》篇曰："鲁庄好宫室，一年三起台。观乎鲁之起台，知骄奢淫佚之失。"又曰："作南门，刻桷，丹楹，作雉门及两观，筑三台，新延厩，讥骄溢不恤下也。"

毁台，讥。

文十六年："毁泉台。"《公羊传》曰："泉台者何？郎台也。郎台则曷为谓之泉台？未成为郎台，既成为泉台。毁泉台何以书？讥。何讥尔？筑之讥，毁之讥。先祖为之，已毁之，不如无居而已矣。"《穀梁传》曰："自古为之，今毁之，不如勿处而已矣。"《后汉书·杨终传》："终上书曰：鲁文公毁泉台，《春秋》讥之，曰：先祖为之，而已毁之，不如勿居而已。以其无妨害于民也。"

久役，讥。

隐五年："冬，宋人伐郑，围长葛。"六年："冬，宋人取长葛。"《公羊传》曰:"外取邑不书,此何以书?久也。"《穀梁传》曰:"伐国不言围邑,此其言围,何也?久之也。伐之逾时。"〔注七〕《盐铁论·备胡》篇曰:"《春秋》动众则书,重民也。宋人围长葛,讥久役也。"《白虎通·三军》篇曰:"古者师出不逾时者,为怨思也。天道一时生,一时养。人者,天之贵物也。逾时则内有怨女,外有旷夫。《诗》云:'昔我往矣,杨柳依依。今我来思,雨雪霏霏。'《春秋》曰:'宋人取长葛。'《传》曰:'外取邑不书,此何以书?久也。'"庄八年:"正月甲午,祠兵。"《公羊传》曰:"祠兵者何?出曰祠兵,入曰振旅,其礼一也,皆习战也。何言乎祠兵?为久也。曷为为久?吾将以甲午之日然后祠兵如是。"僖十五年:"三月,公会齐侯、宋公、陈侯、卫侯、郑伯、许男、曹伯盟于牡丘。遂次于匡。公孙敖帅师及诸侯之大夫救徐。九月,公至自会。"《公羊传》曰:"桓公之会不致,此何以致?久也。"《注》云:"久暴师众过三时。"

亟伐,讥。

襄十五年:"夏,齐侯伐我北鄙,围成。"十六年:"齐侯伐我北鄙。秋,齐侯伐我北鄙,围成。"十七年:"秋,齐侯伐我北鄙,围洮。齐高厚帅师伐我北鄙,围防。"十八年:"秋,齐侯伐我北鄙。"十九年:"春王正月,诸侯盟于祝阿。晋人执邾娄子。公至自伐齐。"《公羊传》曰:"此同围齐也,何以致伐?未围齐也。未围齐,则其言围齐,何?抑齐也。曷为抑齐?为其亟伐也。"

亟大蒐，讥。

定十三年："大蒐于比蒲。"十四年："大蒐于比蒲。"何《注》云："讥亟也。"树达按：桓六年《传注》云："五年大简车徒，谓之大蒐。"今连年为之，故讥亟也。

重民食，故有年则书。

桓三年："有年。"《公羊传》曰："有年何以书？以喜书也。大有年何以书？亦以喜书也。"

告籴则讥。

庄二十八年："臧孙辰告籴于齐。"《公羊传》曰："告籴者何？请籴也。何以不称使？以为臧孙辰之私行也。曷为以臧孙辰之私行？君子之为国也，必有三年之委，一年不熟，告籴，讥也。"《穀梁传》曰："国无三年之畜，曰国非其国也。一年不升，告籴诸侯。告，请也。籴，籴也。不正，故举臧孙辰以为私行也。国无九年之畜，曰不足；无六年之畜，曰急；无三年之畜，曰国非其国也。古者税什一，丰年补败，不外求而上下皆足也。虽累凶年，民弗病也。一年不艾而百姓饥，君子非之。不言如，为内讳也。"《春秋繁露·王道》篇曰："臧孙辰请籴于齐，孔子曰：君子为国，必有三年之积，一年不熟，乃请籴，失君之职也。"又《玉英》篇曰："《春秋》之书事，时诡其实，以有避也。其书人时易其名，以有讳也。故告籴于齐者，实庄公为之，而《春秋》诡其辞，以予臧孙辰。"

重民命，故公子遂乞师则讥。

僖二十六年："公子遂如楚乞师。"《穀梁传》曰："乞，重辞也。何重焉？重人之死也，非所乞也。师出不必反，战不必胜，故重之也。"

鲁僖以楚师伐齐则讥。

僖二十六年："公以楚师伐齐，取穀。"《穀梁传》曰："以者，不以者也。民者，君之本也。使民以其死，非其正也。"

郑弃其师则讥。

闵二年："郑弃其师。"《公羊传》曰："郑弃其师者何？恶其将也。郑伯恶高克，使之将，遂而不纳，弃师之道也。"《穀梁传》曰："恶其长也，兼不反其众，则是弃其师也。"《春秋繁露·竹林》篇曰："秦穆侮蹇叔而大败，郑文轻众而丧师，《春秋》之敬贤重民如是。"《说苑·君道》篇曰："夫天之生人也，盖非以为君也。天之立君也，盖非以为位也。夫为人君，行其私欲而不顾其人，是不承天意，忘其位之所以宜事也。如此者，《春秋》不予能君而夷狄之。郑伯恶一人而兼弃其师，故有夷狄不君之辞。人主不以此自省，惟既以失实，心奚由知之？故曰：有国者不可以不学《春秋》，此之谓也。"

重民财，故税亩则讥。

宣十五年："初税亩。"《公羊传》曰："初者何？始也。税亩者何？履亩而税也。初税亩何以书？讥。何讥尔？讥始履亩而税也。何讥乎始履亩而税？古者什一而藉。曷为什一而藉？什一者，天下之中正也。多乎什一，大桀小桀；寡乎什一，大貉小貉。什一者，天下之中正也。什一行而颂声作矣。"《穀梁传》曰："初者，始也。古者什一，藉而不税。初税亩，非正也。古者三百步为里，名曰井田。井田者九百亩，公田居一。私田稼不善则非吏，公田稼不善则非民。初税亩者，非公之去公田而履亩十取一也，以公之与民为已悉矣。古者公田为居，井灶葱韭尽取焉。"《盐铁论·取下》篇曰："德惠塞而嗜欲众，君奢侈而上求多，民困于下，怠于公事，是以有履亩之税，《硕鼠》之诗作也。"《潜夫论·班禄》篇曰："履亩税而《硕鼠》作。"

虞山林薮泽则讥。〔注八〕

庄二十八年："冬，筑微。"《穀梁传》曰："山林薮泽之便，所以与民共也。虞之，非正也。"成十八年："筑鹿囿。"《穀梁传》曰："筑不志，此其志，何也？山林薮泽之利，所以与民共也。虞之，非正也。"

圣人之意亦大可见矣。

恶战伐第十七

《春秋》惟重民也，故恶战伐。

《春秋繁露·竹林》篇曰："秦穆侮蹇叔而大败，郑文轻众而丧师，《春秋》之敬贤重民如是。是故战攻侵伐虽数百起，必一二书，伤其害所重也。问者曰：其书战伐甚谨，其恶战伐无辞，何也？曰：会同之事，大者主小；战伐之事，后者主先。苟不恶,何为使起之者居下?是其恶战伐之辞已。且《春秋》之法,凶年不修旧,意在无苦民尔。苦民尚恶之,况伤民乎!伤民尚痛之,况杀民乎!故曰:凶年修旧则讥,造邑则讳。是害民之小者恶之小也,害民之大者恶之大也。今战伐之于民,其为害几何?考意而观指,则《春秋》之所恶者,不任德而任力,驱民而残贼之,其所好者,设而弗用。仁义以服之也。《诗》云:'弛其文德,洽此四国。'此《春秋》之所善也。夫德不足以亲近,而文不足以来远,而断断以战伐为之者,此固《春秋》之所甚疾已,皆非义也。难者曰:《春秋》之书战伐也,有恶有善也。恶诈击而善偏战,耻伐丧而荣复仇。奈何以《春秋》为无义战而尽恶之也。曰:凡《春秋》之记灾异也,虽亩有数茎,犹谓之无麦苗也。今天下之大,三百年之久,战攻侵伐不可胜数,而复仇者有二焉,是何以异于无麦苗之有数茎哉!不足以难之,故谓之无义战也。《春秋》之于偏战也,善其偏,不善其战。《春秋》爱人,而战者杀人,君子奚说善杀其所爱哉!故《春秋》之于偏战也,犹其于诸夏也,引之鲁则谓之外,引之夷狄则谓之内。比之诈战,则谓之义。比之不战,则谓之不义。故盟不如不盟,然而有所谓善盟;战不如不战,然而有所谓善战。不义之中有义,义之中有不义。辞不能及,皆在于指。非精心达思者,其孰能知之!"

灭国者疾之。

隐二年:"无骇帅师入极。"《公羊传》曰:"无骇者何?展无骇也。何以不氏？贬。曷为贬？疾始灭也。始灭昉于此乎？前此矣。前此或曷为始乎此？托始焉尔。曷为托始焉尔？《春秋》之始也。此灭也，共言入，何？内大恶讳也。"何《注》云："言疾始灭者，诸灭复见，不复贬，皆从此取法，所以省文也。"《穀梁传》曰："入者，内弗受也。极，国也。苟焉以入人为志者，人亦入之矣。不称氏者，灭同姓，贬也。"

取邑者疾之。

隐四年："春王二月，莒人伐杞，取牟娄。"《公羊传》曰："牟娄者何？杞之邑也。外取邑不书，此何以书？疾始取邑也。"《穀梁传》曰："言伐言取，所恶也。诸侯相伐取地于是始，故谨而志之也。"

火攻者疾之。

桓七年："春二月己亥，焚咸丘。"《公羊传》曰："焚之者何？樵之也。樵之者何？以火攻也。何言乎以火攻？疾始以火攻也。咸丘者何？邾娄之邑也。"《穀梁传》曰："其不言邾咸丘，何也？疾其以火攻也。"

伐丧则尤恶之。

故郑襄公伐卫丧，目郑为夷狄。

成二年："八月庚寅，卫侯邀卒。冬，楚师、郑师侵卫。"三年："郑伐许。"《穀梁》无传。范《注》云："郑从楚而伐卫之丧，又叛诸侯之盟，故狄之。"《春秋繁露·竹林》篇曰："《春秋》曰：郑伐许。奚恶于郑而夷狄之也？曰：卫侯邀卒，郑师侵之，是伐丧也。郑与诸侯盟于蜀，已盟而归诸侯，于是伐许，是叛盟也。伐丧无义，叛盟无信。无信无义，故大恶之。"

诸侯取郑邑，讳之曰城虎牢。

襄二年："六月庚辰，郑伯睔卒。晋师、宋师、卫甯殖侵郑。秋七月，仲孙蔑会晋荀罃、宋华元、卫孙林父、曹人、邾娄人于戚。冬，仲孙蔑会晋荀罃、齐崔杼、宋华元、卫孙林父、曹人、邾娄人、滕人、薛人、小邾娄人于戚，遂城虎牢。"《公羊传》曰："虎牢者何？郑之邑也。其言城之何？取之也。取之则曷为不言取之？为中国讳也。曷为为中国讳？讳伐丧也。曷为不击乎郑？为中国讳也。大夫无遂事，此其言遂，何？归恶乎大夫也。"

而晋士匄不伐齐丧，则善之。

襄十九年："秋七月辛卯，齐侯瑗卒。晋士匄帅师侵齐，闻齐侯卒，乃还。"《公羊传》曰："还者何？善辞也。何善尔？大其不伐丧也。此受命乎君而伐齐，则何大乎其不伐丧？大夫以君命出，进退在大夫也。"《穀梁传》曰："受命而诛生，死无所加其怒。不伐丧，善之也。"《左氏传》曰："晋士匄侵齐，及穀，闻丧而还，礼也。"《汉书·萧望之传》曰："五凤中，匈奴大乱。议者多曰：'匈奴为害日久，可因其坏乱，举兵灭之。'诏问望之计策，望之对曰：'《春秋》晋士匄帅师侵齐，闻齐侯卒，引师而还，君子大其不伐丧，以为恩足以服孝子，谊足以动诸侯。前单于慕化乡善称弟，遣使请求和亲，海内欣然，夷狄莫不闻；未终奉约，不幸为贼臣所杀；今而伐之，是乘乱而幸灾也，彼必奔走远遁。不以义动兵，恐劳而无功。宜遣使者吊问，辅其微弱，救其灾患，四夷闻之，咸贵中国之仁义。如遂蒙恩得复其位，必称臣服从，此德之盛也。'上从其议，后竟遣兵护辅呼韩邪单于定其国。"《白虎通·诛伐》篇曰："诸侯有三年之丧，有罪且不诛，何？君子恕己，哀孝子之思慕，不忍加刑罚。《春秋传》曰：晋士匄帅师侵齐，至穀，闻齐侯卒，乃还。《传》曰：大其不伐丧也。"

然宋襄公以竖刁、易牙争权而征齐，则与之。

僖十七年："冬十有二月乙亥，齐侯小白卒。"十八年："春，王正月，宋公会曹伯、卫人、邾娄人伐齐。五月戊寅，宋师及齐师战于甗，齐师败绩。"《公羊传》曰："战不言伐，此其言伐，何？宋公与伐而不与战，故言伐。《春秋》伐者为客，伐者为主，〔注九〕曷为不使齐主之？与襄公之征齐也。曷为与襄公之征齐？桓公死，竖刁，易牙争权不葬，为是故伐之也。"树达按：《穀梁传》曰："非伐丧也。"不如《公羊》义长。

楚灵王以齐庆封乱齐而伐防，则与之。

昭四年："秋七月，楚子、蔡侯、陈侯、许男、顿子、胡子、沈子、淮夷伐吴，执齐庆封，杀之。"《公羊传》曰："此伐吴也，其言执齐庆封，何？为齐诛也。其为齐诛奈何？庆封走之吴，吴封之于防。然则曷为不言伐防？不与诸侯专封也。庆封之罪何？胁齐君而乱齐国也。"何《注》云："道为齐诛意也。称侯而执者,伯讨也。月者,善录义兵。"《春秋繁露·楚庄王》篇曰:"楚庄王杀陈夏徵舒,《春秋》贬其文,不与专讨也。灵王杀齐庆封,而直称楚子,何也?曰:庄王之行贤,而徵舒之罪重,以贤君讨重罪,其于人心善;若不贬,孰知其非正经。《春秋》常于其嫌得者见其不得也,是故齐侯不予专地而封,晋文不予致王而朝,楚庄弗予专杀而讨。三者不得,则诸侯之得殆此矣。此楚灵之所以称子而讨也。问者曰:不予诸侯之专封,复见于陈蔡之灭,不予诸侯之专讨,独不复见于庆封之杀,何也?曰:《春秋》之用辞,已明者去之,未明者著之。今诸侯之不得专讨,固已明矣。而庆封之罪未有所见也,故称楚子以伯讨之,著其罪之宜死,以为天下大禁。曰:人臣之行,贬主之位,乱国之臣,虽不篡杀,其罪皆宜死。比于此,其云尔也。"树达按:《公羊》以庆封罪大,予楚灵王为伯讨。《穀梁》以楚灵王已身不正,非可讨庆封之人。《春秋》不以乱治乱,故不与楚讨。两传各明一义,不相妨也。

为复仇而兴师者,则荣之。

《春秋繁露·竹林》篇曰:"《春秋》之书战伐也,有恶有善也。恶诈击而善偏战,耻伐丧而荣复仇。"

故齐襄灭纪,为之讳而书大去。

庄四年:"纪侯大去其国。"《公羊传》曰:"大去者何?灭也。孰灭之?齐灭之。曷为不言齐灭之?为襄公讳也。《春秋》为贤者讳。何贤乎襄公?复仇也。何仇尔?远祖也。哀公亨乎周，纪侯潜之。以襄公之为于此焉者事祖祢之心尽矣。尽者何？襄公将复仇乎纪，卜之，曰：'师丧分焉。''寡人死之，不为不吉也。'远祖者，几世乎？九世矣。九世犹可以复仇乎？虽百世可也。家亦可乎？曰不可。国何以可？国君一体也。先君之耻犹今君之耻也，今君之耻犹先君之耻也。国君何以为一体？国君以国为体，诸侯世，故国君为一体也。今纪无罪，此非怒与？曰非也。古者有明天子，则纪侯必诛，必无纪者。纪侯之不诛，至今有纪者，犹无明天子也。古者诸侯必有会聚之事，相朝聘之道。号辞必称先君以相接。然则齐纪无说焉，不可以并立乎天下。故将去纪侯者，不得不去纪也。"《汉书·匈奴传》："汉既诛大宛，威震外国。天子意欲遂困胡，乃下诏曰：高皇帝遗朕平城之忧。高后时，单于书绝悖逆。昔齐襄复九世之仇，《春秋》大之。"《后汉书·袁绍传》："刘表书谏袁谭曰：昔齐襄公报九世之仇，士匄卒荀偃之事，是故《春秋》美其义，君子称其信。"

鲁与齐战于乾时，虽败绩而不讳。

庄九年："八月庚申及齐师战于乾时，我师败绩。"《公羊传》曰："内不言败，此其言败，何？伐败也。曷为伐败？复仇也。"何《注》云："复仇以死败为荣，故录之。"孔氏广森《通义》云："伐，夸也，虽败犹可夸。不若常败有耻当讳。"

此国君之复仇者也。

伍子胥假吴师以伐楚，则善而不诛。

定四年:"冬十有一月庚午,蔡侯以吴子及楚人战于柏莒,楚师败绩。"《公羊传》曰:"吴何以称子?夷狄也而忧中国。其忧中国奈何?伍子胥父诛于楚,挟弓而去楚以干阖庐。阖庐曰:'士之甚!勇之甚!'将为之兴师而复仇于楚。伍子胥复曰:'诸侯不为匹夫兴师,且臣闻之:事君犹事父也。亏君之义,复父之仇,臣不为也。'于是止。蔡昭公朝乎楚,有美裘焉。囊瓦求之,昭公不与。为是拘昭公于南郢,数年然后归之。于其归焉,用事乎河,曰:'天下诸侯苟有能伐楚者,寡人请为之前列。'楚人闻之怒,为之兴师,使囊瓦将而伐蔡。蔡请救于吴。伍子胥复曰:'蔡非有罪也,楚人为无道,君如有忧中国之心,则若时可矣。'于是兴师而救蔡。曰:事君犹事父也,此其为可以复仇奈何?曰:父不受诛,子复仇可也。父受诛,子复仇,推刃之道也。"《白虎通·诛伐》篇曰:"父母以义见杀,子不复仇者,为往来不止也。《春秋传》曰:父不受诛,子复仇可也。"《礼记·曲礼》疏引《五经异议》曰:"凡君非礼杀臣,公羊说子可复仇。故子胥伐楚,《春秋》善之。《左氏》说:君命,天也,是不可复仇。郑驳之云:子思云:今之君子,退人若将队诸渊,毋为戎首,不亦善乎?子胥父兄之诛,队渊不足谕,伐楚使吴首兵,合于子思之言。"(按:郑从《公羊》义。)《后汉书·张敏传》:"《春秋》之义,子不报仇,非子也。"

此臣子之复仇者也。

至鲁季子忿不加暴,则大其获莒挐。

僖元年:"冬,十月,壬午,公子友帅师败莒师于犁,获莒挐。"《公羊传》曰:"莒挐者何?莒大夫也。莒无大夫,此何以书?大季子之获也。何大乎季子之获?季子治内难以正,御外难以正。其御外难以正奈何?公子庆父弑闵公,走而之莒。莒人逐之,将由乎齐,齐人不纳。郤反,舍于汶水之上,使公子奚斯入请。季子曰:'公子不可以入,入则杀矣。'奚斯不忍反命于庆父,自南涘北面而哭。庆父闻之,曰:'嘻,此奚斯之声也。'诺,已。曰:'吾不得入矣!'于是抗辀经而死。莒人闻之,曰:'吾已得子之贼矣。'以求赂乎鲁,鲁人不与。为是兴师而伐鲁,季子待之以偏战。"何《注》云:"传云尔者,善季子忿不加暴,得君子之道。"《春秋繁露·竹林》篇曰:"《春秋》之书战伐也,有恶有善也。恶诈击而善偏战。"

宋襄公不忘大礼,则誉为文王之战。

僖二十二年:"冬十有一月己巳,朔,宋公及楚人战于泓,宋师败绩。"《公羊传》曰:"偏战者日尔,此其言朔,何?《春秋》辞繁而不杀者,正也。何正尔?宋公与楚人期战于泓之阳,楚人济泓而来,有司复曰:'请迨其未毕济而击之。'宋公曰:'不可!吾闻之也,君子不厄人。吾虽丧国之余,寡人不忍行也。'既济,示毕陈,有司复曰:'请迨其未毕陈而击之。'宋公曰:'不可!吾闻之也,君子不鼓不陈列。'临大事而不忘大礼,有君而无臣,以为虽文王之战亦不过此也。"《春秋繁露·俞序》篇曰:"善宋襄公不厄人。不由其道而胜,不如由其道而败。《春秋》贵之，将以变习俗而成王化也。"又《王道》篇曰："宋襄公曰：不鼓不成列，不厄人，此《春秋》之救文以质也。"《史记·宋微子世家》赞曰："太史公曰：襄公既败于泓，而君子或以为多。伤中国缺礼义，褒之也，宋襄之有礼让也。"《淮南子·泰族训》曰："泓之战，军败君获，而《春秋》大之，取其不鼓不成列也。"

此战而能礼见称者也。

重守备第十八

《春秋》重守备。

大阅以罕书。

桓六年："秋八月壬午，大阅。"《公羊传》曰："大阅者何？简车徒也。何以书？盖以罕书也。"何《注》云："罕，希也。孔子曰：以不教民战，是谓弃之。故比年简徒谓之蒐，三年简车谓之大阅，五年大简车徒谓之大蒐。存不忘亡，安不忘危。蒐例时，此日者，桓既无文德，又忽忘武备，故尤危录。"树达按：以罕书者，以此次之特书，见平素之不举，故为忽忘武备也。下同。

蒐红以罕书。

昭八年："秋，蒐于红。"《公羊传》曰："蒐者何？简车徒也。何以书？盖以罕书也。"《汉书·刑法志》曰："至鲁成公作丘甲，哀公用田赋,搜狩治兵大阅之事皆失其正,《春秋》书而讥之,以存王道。"树达按:搜与蒐同。

蒐比蒲以罕书。

昭十一年:"大蒐于比蒲。"《公羊传》曰:"大蒐者何?简车徒也。何以书?盖以罕书也。"《穀梁传》范《注》云:"时有小君之丧,不讥丧蒐者,重守国之卫,安不忘危。"树达按:《公羊》谓书此为讥,《穀梁》反之。二义相反,其为重守备之义则一也。

颊谷之会,鲁君以有武备而掩齐。

定十年:"夏,公会齐侯于颊谷,公至自颊谷。"《穀梁传》曰:"离会不致,〔注一〇〕何为致也?危之也。危之则以地致,何也?为危之也。其危奈何?曰:颊谷之会,孔子相焉。两君就坛,两相两揖。齐人鼓噪而起,欲以执鲁君。孔子历阶而上,不尽一等,而视归乎齐侯,曰:'两君合好,夷狄之民何为来为?'令司马止之。齐侯逡巡而谢曰:'寡人之过也。'退而属其二三大夫曰:'夫人率其君行古人之道,二三子独率我而入夷狄之俗,何为?'罢会,齐人使优施舞于鲁君之幕下。孔子曰:'笑君者罪当死。'使司马行法焉,首足异门而出。齐人来归郓、讙、龟阴之田者,盖为此也。因是以见虽有文事,必有武备,孔子于颊谷之会见之矣。

巢之役,吴子以无武备而见弑。

襄二十五年:"十有二月,吴子谒伐楚,门于巢,卒。"《穀梁传》曰:"以伐楚之事门于巢卒也。于巢者,外乎楚也。门于巢,乃伐楚也。诸侯不生名,取卒之名加之伐楚之上者,见以伐楚卒也。其见以伐楚卒,何也?古者大国过小邑,小邑必饰城而请罪,礼也。吴子谒伐楚,至巢,入其门,门人射吴子,有矢创,反舍而卒。古者虽有文事,必有武备。非巢之不饰城而请罪,非吴子之自轻也。"〔注一一〕

舒无守御之备,故徐人灭之,而书取。

僖三年:"徐人取舒。"《公羊传》曰:"其言取之,何?易也。"何《注》云:"易者,犹无守御之备。"《盐铁论·险固》篇曰:"关梁者,邦国之固,而山川社稷之宝也。徐人取舒,《春秋》谓之取,恶其无备,得物之易也。故君子为国,必有不可犯之难。《易》曰:重门击柝,以待暴客。言备之素修也。"

鄑无守御之备,故邾娄戕之而书地。

宣十八年:"秋七月,邾娄人戕鄫子于鄫。"《公羊传》曰:"戕鄫子于鄫者何?残贼而杀之也。"何《注》云:"言于鄫者,刺鄫无守备。"

为国者可不戒哉!

贵得众第十九

《春秋》贵得众。

人者,众辞也。

众所欲立也,立晋书曰卫人。

隐四年:"冬十有二月,卫人立晋。"《公羊传》曰:"晋者何?公子晋也。其称人,何?众立之之辞也。然则孰立之?石碏立之。石碏立之,则其称人,何?众之所欲立也。"《穀梁传》曰:"卫人者,众辞也。其称人以立之,何也?得众也。"《左氏传》曰:"书曰卫人立晋,众也。"《春秋繁露·王道》篇曰:"卫人立晋,美得众也。"又《玉英》篇曰:"非其位而即之,虽受之先君,《春秋》危之,宋穆公是也。非其位,不受之先君而即之,《春秋》危之,吴王僚是也。苟能行善得众,《春秋》弗危,卫侯晋以立书葬是也。俱不宜立,而宋穆公受之先君而危,卫宣弗受先君而不危,以此见得众心之为大安也。"

众所欲授也,会北杏书曰齐人、宋人、陈人、蔡人、邾人。

庄十三年:"春,齐人、宋人、陈人、蔡人、邾人会于北杏。"《穀梁传》曰:"是齐侯、宋公也。其曰人,何也?始疑之。何疑焉?桓非受命之伯也,将以事授之者也。曰:可矣乎?未乎?举人,众之辞也。"

众所欲为也,宋、楚平书曰宋人、楚人。

宣十五年:"夏五月,宋人及楚人平。"《穀梁传》曰:"平者,成也。善其量力而反义也。人者,众辞也。平称众,上下欲之也。"(按:此与《公羊》称人贬平者在下之说,各明一义。)

众所欲执也,执郑詹书曰齐人。

庄十七年:"春,齐人执郑詹。"《穀梁传》曰:"人者,众辞也。以人执，与之辞也。郑詹，郑之卑者。卑者不志，此其志，何也？以其逃来志之也。逃来则何志焉？将有其末，不得不录其本也。郑詹，郑之佞人也。"

众所欲杀也，杀州吁书曰卫人。

隐四年："九月，卫人杀州吁于濮。"《公羊传》曰："其称人，何？讨贼之辞也。"《穀梁传》曰："称人以杀，杀有罪也。"《白虎通·诛伐》篇曰："讨者，何谓也？讨者除也，欲言臣当扫除弑君之贼也。《春秋》曰：卫人杀州吁于濮。《传》曰：其称人，何？讨贼之辞也。"

杀无知书曰齐人。

庄九年："春，齐人杀无知。"《穀梁传》曰："称人以杀大夫，杀有罪也。"《春秋繁露·王道》篇曰："卫人杀州吁，齐人杀无知，明君臣之义，守国之正也。"

杀士縠、箕郑父书曰晋人。

文九年："晋人杀其大夫士縠及箕郑父。"穀梁传曰："称人以杀，诛有罪也。"

杀大夫书曰宋人。

文七年："宋人杀其大夫。"《穀梁传》曰："称人以杀，诛有罪也。"

齐桓得众，则见授以诸侯。

庄二十七年："夏六月，公会齐侯、宋公、陈侯、郑伯同盟于幽。"《穀梁传》曰："同者，有同也，同尊周也。于是而后授之诸侯也。其授之诸侯，何也？齐侯得众也。"

纪侯得众，则贤而讳其灭。

庄四年："纪侯大去其国。"《榖梁传》曰："大去者，不遗一人之辞也。言民之从者四年而后毕也。纪侯贤而齐侯灭之。不言灭而曰大去其国者？不使小人加乎君子。"《春秋繁露·玉英》篇曰："何贤乎纪侯？曰：齐将复仇，纪侯自知力不如而志距之，故谓其弟曰：'我，宗庙之主，不可以不死也。汝以酅往服罪于齐，请以立五庙。使我先君岁时有所依归，率一国之众以卫九世之主。'襄公逐之，不去。求之，不予。上下同心而俱死之，故谓之大去。《春秋》贤死义且得众心也，故为讳灭以为之讳，见其贤之也。以其贤之也，见其中仁义也。"

此以得众见称者也。

晋惠失民，故未败而先获。

僖十五年："十有一月壬戌，晋侯及秦伯战于韩，获晋侯。"《榖梁传》曰："韩之战，晋侯失民矣。以其民未败而君获也。"

晋灵失众，故无道而见弑。

宣二年："秋九月乙丑，晋赵盾弑其君夷獋。"六年："春，晋赵盾、卫孙免侵陈。"《公羊传》曰："赵盾弑君，此其复见，何？亲弑君者赵穿也。亲弑君者赵穿，则曷为加之赵盾？不讨贼也。何以谓之不讨贼？晋史书贼曰：'晋赵盾弑其君夷獋。'赵盾曰：'天乎！无辜！吾不弑君。谁谓吾弑君者乎！'史曰：'尔为仁为义，人弑尔君，而复国不讨贼，此非弑君如何？'

赵盾之复国奈何？灵公为无道，使诸大夫皆内朝，然后处乎台上，引弹而弹之，已趋而辟丸，是乐而已矣。赵盾已朝而出，与诸大夫立于朝，有人荷畚自闺而出者，赵盾曰：'彼何也？夫畚曷为出乎闺？'呼之，不至。曰：'子大夫也，欲视之，则就而视之。'赵盾就而视之，则赫然死人也。赵盾曰：'是何也？'曰：'膳宰也。熊蹯不熟，公怒，以斗擎而杀之。支解，将使我弃之。'赵盾曰：'嘻！'趋而入。灵公望见赵盾，愬而再拜。赵盾逡巡北面再拜稽首，趋而出。灵公心怍焉，欲杀之。于是使勇士某者往杀之。勇士入其大门，则无人门焉者；入其闺，则无人闺焉者；上其堂，则无人焉。俯而窥其户，方食鱼飧。勇士曰：'嘻，子诚仁人也。吾入子之大门，则无人焉；入子之闺，则无人焉；上子之堂，则无人焉，是子之易也。子为晋国重卿而食鱼飧，是子之俭了。君将使我杀子，吾不忍杀子也。虽然，吾亦不可复见吾君矣。'遂刎颈而死。灵公闻之，怒，滋欲杀之甚。众莫可使往者，于是伏甲于宫中，召赵盾而食。赵盾之车右祈弥明者，国之力士也。仡然后乎赵盾而入，放乎堂下而立。赵盾已食，灵公谓盾曰：'吾闻子之剑，盖利剑也，子以示我，吾将观焉。'赵盾起，将进剑。祈弥明自下呼之曰：'盾食饱则出，何故拔剑于君所？'赵盾知之，躇阶而走。灵公有周狗，谓之獒。呼獒而属之。獒亦躇阶而从之。祈弥明逆而踆之，绝其颔。赵盾顾曰：'君之獒不若臣之獒也。'然而宫中甲鼓而起，有起于甲中者，抱赵盾而乘之。赵盾顾曰:'吾何以得此于子?'曰:'子某时食活我于暴桑下者也。'赵盾曰:'子名为谁?'曰:'吾君孰为介?子之乘矣。何问吾名?'赵穿缘民众不说,起弑灵公,然后迎赵盾而入,与之立于朝,而立成公黑臀。"《春秋繁露·王道》篇曰:"晋灵行无礼,处台上,弹群臣,枝解宰人而弃之。及患赵盾之谏,欲杀之,卒为赵穿所弑。"

莒庶其失众,故见弑而民喜。

文十八年:"莒弑其君庶其。"《公羊传》曰:"称国以弑,何?称国以弑者,众弑君之辞。"何《注》云:"一人弑君,国中人人尽喜,故举国以明失众,当坐绝也。"

狐射姑,晋之大夫也,以民众不说而不得为将。

文六年:"晋杀其大夫阳处父,晋狐射姑出奔狄。"《公羊传》曰:"晋杀其大夫阳处父,则狐射姑曷为出奔?射姑杀也。射姑杀,则其称国以杀,何?君漏言也。其漏言奈何?君将使射姑将,阳处父谏曰:'射姑,民众不说,不可使将。'于是废将。阳处父出,射姑入,君谓射姑曰:'阳处父言曰:射姑,民众不说,不可使将。'射姑怒,出,刺阳处父于朝而走。"

季氏,鲁之大夫也,以得民众而昭公致败。

昭二十五年:"齐侯唁公于野井。"《公羊传》曰:"昭公将弑季氏,告子家驹曰:'季氏为无道,僭于公室久矣。吾欲弑之,何如?'子家驹曰:'且夫牛马维娄委已者也而柔焉,季氏得民众久矣,君无多辱焉。'昭公不从其言,终弑之而败焉,走之齐。"

然则国家之于民众也,可不慎哉!可不慎哉!

〔注一〕而野留。以留为边野之地。

〔注二〕或曰往矣,或曰反矣。或主前进,或主回师也。

〔注三〕外取邑不书,此何以书?大之也。大之,谓视其事为重大。

〔注四〕故始参盟则志之。三国为盟,故曰参盟。

〔注五〕志敬而节具,则君子予之知礼。予与与同,予之犹言许之。

〔注六〕一时言不雨者,闵雨也。闵,忧也。忧雨,以雨不雨之事为忧也。

〔注七〕伐不逾时。一时谓三个月,今言一季。

〔注八〕虞山林薮泽则讥。虞谓置官守之,禁民往取其利。

〔注九〕《春秋》伐者为客,伐者为主。伐者为客,谓伐人者。伐者为主,谓见伐者。

〔注一〇〕离会不致。二国会曰离会。

〔注一一〕非巢之不饰城而请罪,非吴子之自轻也。非,不以为是,与讥贬略同。

卷四

尊尊第二十

分莫尊于天子。

故战则王者无敌。

成元年："秋，王师败绩于贸戎。"《公羊传》曰："孰败之？盖晋败之。或曰：贸戎败之。然则曷为不言晋败之？王者无敌，莫敢当也。"《穀梁传》曰："不言战，莫之敢敌也。为尊者讳敌不讳败，为亲者讳败不讳敌，尊尊亲亲之义也。然则孰败之？晋也。"《汉书·五行志下之上》曰："《春秋》曰：王师败绩于贸戎。不言败之者？以自败为文，尊尊之意也。"《盐铁论·世务》篇曰："《春秋》王者无敌，言其仁厚，其德美，天下宾服，莫敢受交也。"

盟则王人序首。

僖八年:"春王正月,公会王人、齐侯、宋公、卫侯、许男、曹伯、陈世子款、郑世子华盟于洮。"《公羊传》曰:"王人者何?微者也。曷为序乎诸侯之上?先王命也。"《穀梁传》曰:"王人之先诸侯,何也?贵王命也。朝服虽敝,必加于上;弁冕虽旧,必加于首。周室虽衰,必先诸侯。"《汉书·翟方进传》:"涓勋奏曰:《春秋》之义,王人微者序乎诸侯之上,尊王命也。"《周礼·内司服》注曰:"《春秋》之义,王人虽微者,犹序于诸侯之上,所以尊尊也。"

天子之大夫执则称伐。

隐七年:"冬,天王使凡伯来聘。戎伐凡伯于楚丘,以归。"《公羊传》曰:"凡伯者何?天子之大夫也。此聘也,其言伐之,何?执之也。执之则其言伐之,何?大之也。曷为大之?不与夷狄之执中国也。"《穀梁传》曰:"凡伯者,何也?天子之大夫也。国而曰伐,此一人而曰伐,何也?大夫子之命也。"范《注》云:"以一人当一国,皆尊尊之正义,《春秋》之微旨。"《春秋繁露·王道》篇曰:"诸侯不得执天子之大夫。执天子之大夫,与伐国同罪。执凡伯言伐,止乱之道也,非诸侯所当为也。观乎执凡伯,知犯上之法。"

奔则言来。

隐元年:"祭伯来。"《公羊传》曰:"祭伯者何?天子之大夫也。何以不称使?奔也。奔则曷为不言奔?王者无外,言奔,则有外之辞也。"

不敢逆天王，故伐卫不言纳朔。

庄五年："冬，公会齐人、宋人、陈人、蔡人伐卫。"《公羊传》曰："此伐卫，何？纳朔也。曷为不言纳卫侯朔？辟王也。"《穀梁传》曰："是齐侯、宋公也。其曰人，何也？人诸侯所以人公也。其言公，何也？逆天王之命也。"六年："夏六月，卫侯朔入于卫。"《穀梁传》曰："其不言伐卫纳朔，何也？不逆天王之命也。"

不敢胜天子，故鲁庄致伐。

庄六年："公至自伐卫。"《公羊传》曰："曷为或言致会？或言致伐？得意致会，不得意致伐。卫侯朔入于卫，保以致伐？不敢胜天子也。"（书公至自伐某国为致伐，书公至自会某国为致会。）

辟王号，故吴楚之君不书葬。

宣十八年："七月甲戌，楚子旅卒。"《公羊传》曰："何以不书葬？吴、楚之君不书葬，辟其号也。"何《注》云："旅即庄王也。葬从臣子辞，当称王。故绝其辞，明当诛之。"《礼记·坊记》篇曰："子云：天无二日，土无二王，家无二主，尊无二上，示民有君臣之别也。《春秋》不称楚、越之王丧，礼：君不称天，大夫不称君，恐民之惑也。"《注》云："楚、越之君僭号称王，不称其丧，谓不书葬也。"

诸侯舞天子之乐则讥。

隐五年："初献六羽。"《公羊传》："初者何？始也。六羽者何？舞也。初献六羽何以书？讥。何讥尔？讥始僭诸公也。六羽之为僭奈何？天子八佾，诸公六，诸侯四。始僭诸公昉于此乎？前此矣。前此则曷为始乎此？僭诸公犹可言也，僭天子不可言也。"何《注》云："前僭八佾于惠公庙，大恶不可言也。"《穀梁传》曰："初，始也。穀梁子曰：舞夏，天子八佾，诸公六佾，诸侯四佾。初献六羽，始僭乐矣。"昭二十五年："齐侯唁公于野井。"《公羊传》曰："昭公将弑季氏，告子家驹曰：'季氏为无道，僭于公室久矣，吾欲弑之，何如？'子家驹曰：'诸侯僭于天子，大夫僭于诸侯久矣。'昭公曰：'吾何僭矣哉？'子家驹曰：'设两观，乘大路，朱干玉戚以舞大夏，八佾以舞大武，此皆天子之礼也。'"《春秋繁露·王道》篇曰："诸侯不得舞天子之乐。鲁舞八佾，北祭泰山，郊天祀地，如天子之为。献八佾，讳八言六，止乱之道也，非诸侯所当为也。观乎献六羽，知上下之差。"

郊祀则讥。

僖三十一年："夏四月，四卜郊，不从，乃免牲，犹三望。"《公羊传》曰："卜郊，非礼也。卜郊何以非礼？鲁郊非礼也。鲁郊何以非礼？天子祭天，诸侯祭土。天子有方望之事，无所不通。诸侯，山川有不在其封内者，则不祭也。"

得罪于天子则绝。

桓十六年："十有一月，卫侯朔出奔齐。"《公羊传》曰："卫侯朔何以名？绝。曷为绝之？得罪于天子也。其得罪于天子奈何？见使守卫朔，而不能使卫小众。越在岱阴齐，属负兹舍，不即罪尔。"《穀梁传》曰："朔之名，恶也。天子召而不往也。"《春秋繁露·王道》篇曰："无以先天下，召卫侯不能致。观乎卫侯朔，知不即召之罪。"

犯王命则绝。

庄六年："夏，六月，卫侯朔入于卫。"《公羊传》曰："卫侯朔何以名？绝。曷主绝之？犯命也。其言入，何？篡辞也。"《穀梁传》曰："入者何？内弗受也。何用弗受也？为以王命绝之也。朔之名，恶也。朔入逆则出顺矣。朔出入名，以王命绝之也。"《春秋繁露·顺命》篇曰："公侯不能奉天子之命，则名绝而不得就位，卫侯朔是也。"

致天子则不与。〔注一〕

僖二十八年："五月，癸丑，公会晋侯、齐侯、宋公、蔡侯、郑伯、卫子、莒子盟于践土，公朝于王所。"《公羊传》曰："曷为不言公如京师？天子在是也。天子在是，则曷为不言天子在是？不与致天子也。"何《注》云："时晋文公年老，恐霸功不成，故上白天子曰：'诸侯不可卒致，愿王居践土。'下谓诸侯曰：'天子在是，不可不朝。'迫使正君臣。"《穀梁传》曰："讳会天王也。""公朝于王所"，《穀梁传》曰："朝不言所。言所者，非其所也。""冬，公会晋侯、齐侯、宋公、蔡侯、郑伯、陈子、莒子、邾娄子、秦人于温。天王狩于河阳。"《公羊传》曰："狩不书，此何以书？不与再致天子也。"何《注》云："再失礼，重，故深正其义，使若天子自狩，非致也。"《穀梁传》："全天王之行也，为若将守（同狩）。而遇诸侯之朝也，为天王讳也。壬申，公朝于王所。朝于庙，礼也。于外，非礼也。独公朝与？诸侯尽朝也。其日，以其再致天子，故谨而日之。日系于月，月系于时。壬申，公朝于王所。其不月，失其所系也。以为晋文公之行事为已慎矣。"《左氏传》曰："是会也，晋侯召王，以诸侯见，且使王狩。仲尼曰：'以臣召君，不可以训。'故书曰：'天王狩于河阳。'言非其地也，且明德也。"《春秋繁露·玉英》篇曰："《春秋》之书事，时诡其实，以有避也。故诡晋文得志之实以狩，讳避致王也。"又《王道》篇曰："晋文再致天子，讳致言狩，止乱之道也。非诸侯所当为也。"又《楚庄王》篇曰："晋文不予致王而朝。"《史记·周本纪》曰："晋文公召襄王，襄王会之践土，诸侯毕朝。书讳曰：'天王狩于河阳。'"又《晋世家》曰："晋侯会诸侯于温，欲率之朝周。乃使人言周襄王狩于河阳。壬申，遂率诸侯朝王于践土。孔子读《史记》至文公，曰'诸侯无召王''王狩河阳'者，《春秋》讳之也。"又《孔子世家》曰："践土之会，实召天子，而《春秋》讳之曰'天王狩于河阳'，推此类以绳当世。贬损之义，后有王者举而开之。《春秋》之义行，则天下乱臣贼子惧焉。"

伐天子则不与。

宣元年："冬，晋赵穿帅师侵柳。"《公羊传》曰："柳者何？天子之邑也。曷为不系乎周？不与伐天子也。"昭二十三年："晋人围郊。"《公羊传》曰:"郊者何?天子之邑也。曷为不系于周?不与伐天子也。"

有天子在,诸侯不得专地。

《春秋繁露·王道》篇曰:"《春秋》立义,有天子在,诸侯不得专地。"

故易地则讳之。

桓元年:"郑伯以璧假许田。"《公羊传》曰:"其言以璧假之,何?易之也。易之,则其言假之,何?为恭也。曷为为恭?有天子存,则诸侯不得专地也。"《穀梁传》曰:"假不言以,言以,非假也。非假而曰假,讳易地也。礼:天子在上,诸侯不得以地相与也。"《春秋繁露·王道》篇曰:"郑鲁易地,讳易言假,止乱之道也,非诸侯所当为也。观乎许田,知诸侯不得专地。"(地本误作封,据陈立校改。)《汉书·匡衡传》曰:"《春秋》之义,诸侯不得专地,所以一统尊法制也。"

与地则恶之。

隐八年:"三月,郑伯使宛来归邴。"《穀梁传》曰:"名宛,所以贬郑伯,恶与地也。邴者,郑伯所受命于天子而祭泰山之邑也。"《史记·鲁世家》曰:"隐公八年,与郑易天子之泰山之邑祊(与邴同)。及许田,君子讥之。"

封建自天子,诸侯不得专封。

《春秋繁露·王道》篇曰:"《春秋》立义,有天子在,诸侯不得专封。"

故救邢不称齐侯。

僖元年:"齐师、宋师、曹师次于聂北,救邢。"《公羊传》曰:"曷为先言次而后言救?君也。君则其称师,何?不与诸侯专封也。"

城楚丘不称桓公。

僖二年:"春王正月,城楚丘。"《公羊传》曰:"孰城?城卫也。曷为不言城卫?灭也。孰灭之?盖狄灭之。然则孰城之?桓公城之。曷为不言桓公城之?不与诸侯专封也。曷为不与?实与而文不与。〔注二〕文曷为不与?诸侯之义不得专封也。"《穀梁传》曰:"楚丘者何?卫邑也。国而曰城,此邑也,其曰城,何也?封卫也。则其不言城卫,何也?卫未迁也。其不言卫之迁焉,何也?不与齐侯专封也。其言城之者,专辞也。故非天子不得专封诸侯。诸侯不得专封诸侯,(王引之云:不得二字,因上衍。)虽通其仁,以义而不与也,故曰仁不胜道。"

城缘陵不称桓公。

僖十四年:"春,诸侯城缘陵。"《公羊传》曰:"孰城?城杞也。曷为城杞?灭也。孰灭之?盖徐莒胁之。然则孰城之?桓公城之。曷为不言桓公城之?不与诸侯专封也。曷为不与?实与而文不与。文曷为不与?诸侯之义不得专封也。"《春秋繁露·楚庄王篇》曰:"齐桓不予专地而封。"

讨庆封不称伐防。

昭四年："秋七月，楚子、蔡侯、陈侯、许男、顿子、胡子、沈子、淮夷伐吴，执齐庆封，杀之。"《公羊传》曰："此伐吴也，其言执齐庆封，何？为齐诛也。其为齐诛奈何？庆封走之吴，吴封之于防。然则曷为不言伐防？不与诸侯专封也。庆封之罪何？胁齐君而乱齐国也。"《穀梁传》曰："此入而杀。其不言入，何也？庆封封乎吴钟离。其不言伐钟离，何也？不与吴封也。"

讨鱼石系彭城于宋。

襄元年："仲孙蔑会晋栾黡、宋华元、卫宁殖、曹人、莒人、邾娄人、滕人、薛人围彭城。"《公羊传》曰："宋华元曷为与诸侯围宋彭城？为宋诛也。其为宋诛奈何？鱼石走之楚，楚为之伐宋，取彭城，以封鱼石。鱼石之罪奈何？以入是为罪也。楚已取之矣，曷为系之宋？不与诸侯专封也。"《穀梁传》曰："系彭城于宋者，不与鱼石正也。"

蔡侯庐、陈侯吴皆书归。

昭十三年："蔡侯庐归于蔡，陈侯吴归于陈。"《公羊传》曰："此皆灭国也，其言归，何？不与诸侯专封也。"何《注》云："故使若有国自归者也。"

征伐自天子方伯，故诸侯不得专讨。

宣十一年："冬十月，楚人杀陈夏徵舒。"《公羊传》曰："此楚子也，其称人，何？贬。曷为贬？不与外讨也。不与外讨者，因其讨乎外而不与也，虽内讨亦不与也。曷为不与？实与而文不与。文曷为不与？诸侯之义不得专讨也。"《春秋繁露·楚庄王》篇曰:"楚庄王杀陈夏徵舒。《春秋》贬其文,不予专讨也。灵王杀齐庆封,而直称楚子,何也?曰:庄王之行贤,而徵舒之罪重,以贤君讨重罪,其于人心善;若不贬,孰知其非正经。《春秋》常于其嫌得者见其不得也,是故齐侯不予专地而封,晋文不予致王而朝,楚庄弗予专杀而讨。"

蔡卫陈从王伐郑,则正之。

桓五年:"秋,蔡人、卫人、陈人从王伐郑。"《公羊传》曰:"其言从王伐郑,何?从王,正也。"何《注》云:"美其得正义也,故以从王征伐录之。盖起时天子微弱,诸侯背叛,莫肯从王者征伐,以善三国之君独尊天子死节。"

大夫不得专废置。

文十四年:"晋人纳接菑于邾娄,弗克纳。"《公羊传》曰:"此晋郤缺也,其称人,何?贬。曷为贬?不与大夫专废置君也。曷为不与?实与而文不与。文曷为不与?大夫之义不得专废置君也。"《春秋繁露·王道》篇曰:"《春秋》立义,大夫不得废置君。观乎晋郤缺之伐邾娄,知臣下作福之诛。"

不得专执。

定元年:"三月,晋人执宋仲几于京师。"《公羊传》曰:"仲几之罪何?不蓑城也。其言于京师,何?伯讨也。伯讨则其称人,何?贬。曷为贬?不与大夫专执也。曷为不与?实与而文不与。文曷为不与?大夫之义不得专执也。"何《注》云:"大夫不得传相执,辟诸侯也。"《穀梁传》曰:"此大夫,其曰人,何也？微之也。何为微之？不正其执人于尊者之所也，不与大夫之伯讨也。"

尊降于天子者为诸侯，次诸侯者为大夫。

会则君不会大夫。

故赵盾之师称晋师。

宣元年："宋公、陈侯、卫侯、曹伯会晋师于棐林，伐郑。"《公羊传》曰："此晋赵盾之师也，曷为不言赵盾之师？君不会大夫之辞也。"何《注》云："时诸侯为赵盾所会，不与卑致尊，故正之。"

卫宁速之会以随莒子。

僖二十六年："春王正月己未，公会莒子、卫宁速盟于向。"《穀梁传》曰："公不会大夫，其曰宁速，何？曰：以其随莒子，可以言会也。"

战则大夫不敌君。

故子玉得臣称楚人。

僖二十八年："夏四月己巳，晋侯、齐师、宋师、秦师及楚人战于城濮，楚师败绩。"《公羊传》曰："此大战也，曷为使微者？子玉得臣也。子玉得臣则其称人，何？贬。曷为贬？大夫不敌君也。"何《注》云："臣无敌君战之义，故绝正也。"《春秋繁露·王道》篇曰："古者人君立于阴，大夫立于阳，所以别位明贵贱。今宋闵公与臣相对而博，置妇人在侧，此君人无别也，犹得杀死之道也。《春秋传》曰：大夫不适君，远此逼也。"

晋荀林父之书与楚子。

宣十二年："夏六月乙卯，晋荀林父帅师及楚子战于邲，晋师败绩。"《公羊传》曰："大夫不敌君，此其称名氏以敌楚子，何？不与晋而与楚子为礼也。"

鲁君与大夫盟，则讳不言公。

庄二十二年："秋七月丙申，及高傒盟于防。"《公羊传》曰："齐高傒者何？贵大夫也。曷为就吾微者而盟？公也。公则曷为不言公？讳与大夫盟也。"《穀梁传》曰："不言公，高傒伉也。"范《注》云："高傒骄伉，与公敌体，耻之，故不书公。"文二年："三月己巳，及晋处父盟。"《穀梁传》曰："不言公，处父伉也，为公讳也。"

所与盟之大夫，易称曰人。

隐八年："九月辛卯，公及莒人盟于包来。"《公羊传》曰："公曷为与微者盟？称人则从不疑也。"《穀梁传》曰："可言公及人，不可言公及大夫。"范《注》云："称人，众辞，可言公及人，若举国之人皆盟也。不可言公及大夫，如以大夫敌公也。"树达按：此公与莒大夫盟，明书大夫，则有大夫敌公之疑。故《公羊传》云："称人则从不疑也。"与《穀梁传》义实相同。董生及何休谓盟者为莒子。果为莒子，与鲁同为诸侯，何疑之有邪？《公羊传》文本无误，此说《春秋传》者之失也。

或名而不氏。

文二年:"三月乙巳,及晋处父盟。"《公羊传》曰:"此晋阳处父也,何以不氏?讳与大夫盟也。"树达按:此与前记《穀梁传》义相足。

盟国无君,则泛称大夫而不名。

庄九年:"公及齐大夫盟于暨。"《公羊传》曰:"公曷为与大夫盟?齐无君也。然则何以不名?为其讳与大夫盟也,使若众然。"何《注》云:"邻国之臣犹吾臣也。君之于臣当告从命行,而反歃血约誓,故讳,使若悉得齐诸大夫约束之者愈也。"《穀梁传》曰:"公不及大夫,大夫不名,无君也。"

大夫专政则贬。

襄三十年:"晋人、齐人、宋人、卫人、郑人、曹人、莒人、邾娄人、滕人、薛人、杞人、小邾娄人会于澶渊,宋灾故。"《公羊传》曰:"此大事也,曷为使微者?卿也。卿则其称人,何?贬。曷为贬?卿不得忧诸侯也。"《春秋繁露·王道》篇曰:"大夫盟于澶渊,刺大夫之专之政也。"

鲁三家张则讥。

定六年:"冬,城中城。"《穀梁传》曰:"城中城者,三家张也。"

君在而大夫盟则刺。

襄十六年:"三月,公会晋侯、宋公、卫侯、郑伯、曹伯、莒子、邾娄子、薛伯、杞伯、小邾娄子于溴梁。戊寅,大夫盟。"《公羊传》曰:"诸侯皆在是,其言大夫盟,何?信在大夫也。

何言乎信在大夫？遍刺天下之大夫也。曷为遍刺天下之大夫？君若赘旒然。"《穀梁传》曰："溴梁之会，诸侯失正矣。诸侯会而曰大夫盟，正在大夫也。〔注三〕诸侯在而不曰诸侯之大夫，大夫不臣也。"《春秋繁露·竹林》篇曰："溴梁之盟，信在大夫，而《春秋》刺之，为其夺君尊也。

君在而大夫平则贬。

宣十五年："夏五月，宋人及楚人平。"《公羊传》曰："此皆大夫也，其称人，何？贬。曷为贬？平者在下也。"何《注》云："言在下者，讥二子在君侧，不先以便宜反报，归美于君，而生事专平，故贬称人。"

君在而大夫会则讥。

襄八年："季孙宿会晋侯、郑伯、齐人、宋人、卫人、邾人于邢丘。"《穀梁传》曰："见鲁之失正也，公在而大夫会也。"

诸侯盟大夫又盟则讥。

襄三年："六月，公会单子、晋侯、宋公、卫侯、郑伯、莒子、邾子、齐世子光。己未，同盟于鸡泽。戊寅，叔孙豹及诸侯之大夫及陈袁侨盟。"《穀梁传》曰："诸侯盟，又大夫相与私盟，是大夫张也。故鸡泽之会，诸侯始失正矣，大夫执国权。"

天子嫁女乎诸侯，必使诸侯同姓者主之。

故单伯逆王姬，书。

庄元年：夏，"单伯逆王姬。"《公羊传》曰："单伯者何？吾大夫之命乎天子者也。何以不称使？天子召而使之也。逆之者何？使我主之也。曷为使这主之？天子嫁女乎诸侯，必使诸侯同姓者主之。诸侯嫁女于大夫，必使大夫同姓者主之。"何《注》云："不自为主者，尊卑不敌，共行婚姻之礼，则伤君臣之义。行君臣之礼，则废婚姻之好。故必使同姓有血脉之属宜为父道与所适敌体者主之。"《白虎通·嫁娶》篇曰："王者嫁女，必使同姓主之，何？昏礼贵和，不可相答，为伤君臣之义，亦欲使女不以天子尊乘诸侯也。《春秋传》曰：天子嫁女乎诸侯，使同姓诸侯王之。诸侯嫁女于大夫，使大夫同姓者主之。必使同姓者，以其同宗共祖，可以主亲也，故使摄父事。不使同姓卿主之，何？尊加诸侯，为威厌不得舒也。"《后汉书·荀爽传》曰："《春秋》之义，王姬嫁齐，使鲁主之，不以天子之尊加于诸侯也。"

诸侯嫁女于大夫，必使大夫同姓者主之。

故莒庆逆叔姬，讥。

庄二十七年："莒庆来逆叔姬。"《穀梁传》曰："诸侯之嫁子于大夫，主大夫以与之。来者，接内也。不正其接内，故不与夫归之称也。"范《注》云："君不敌臣，接内，谓与君为礼也。"

此尊尊之见于礼仪者也。

天子曰崩，诸侯曰薨，大夫曰卒，士曰不禄。

隐三年："三月庚戌，天王崩。"《公羊传》曰："曷为或言崩，或言薨？天子曰崩，诸侯曰薨，大夫曰卒，士曰不禄。"

此尊尊之见于言辞者也。

然《春秋》贬天子，退诸侯。

《春秋繁露·王道》篇曰："孔子明得失，差贵贱，反王道之本，讥天王以致太平。"《史记·自序》曰："太史公曰：'余闻董生曰：周道衰废，孔子为鲁司寇，诸侯害之，大夫壅之。孔子知言之不用，道之不行也，是非二百四十二年之中，以为天下仪表，贬天子，退诸侯，讨大夫，以达王事而已矣。'"

故周襄王不能乎母，则书出以示绝。

僖二十四年："冬，天王出居于郑。"《公羊传》曰："王者无外，此其言出，何？不能乎母也。鲁子曰：是王也，不能乎母者，其诸此之谓与！"何《注》云："不能事母，罪莫大于不孝，故绝之言出也。"《春秋繁露·精华》篇曰："出天王，不为不尊上。"《汉书·霍光传》："奏废昌邑王曰：'五辟之属，莫大不孝。周襄王不能事母，《春秋》曰"天王出居于郑"，繇不孝出之，绝之于天下也。'"又《严助传》曰："助上书谢曰：《春秋》天王出居于郑，不能事母，故绝之。"《礼记·曲礼下》篇曰："天子不言出。"郑《注》云："天子之言出，诸侯之生名，皆有大恶。君子所远，出名以绝之。《春秋传》曰：天王出居于郑，卫侯朔入于卫，是也。"

顷王使毛伯求金，则讥其非王者。

文九年："春，毛伯来求金。"《公羊传》曰："毛伯者何？天子之大夫也。毛伯来求金，何以书？讥。何讥尔？王者无求，求金，非礼也。然则是王者与？曰：非也。非王者，则曷为谓之王者？王者无求，曰：是子也，继文王之体，守文王之法度。文王之法无求，而求，故讥之也。"《穀梁传》曰："求车犹可，求金甚矣。"《左氏传》曰："毛伯卫来求金，非礼也。"《说苑·贵德》篇曰："凡人之性，莫不欲善其德，然而不能为善德者，利败之也。故君子羞言利名；言利名尚羞之，况居而求利者也！周天子使家父、毛伯求金于诸侯，《春秋》讥之。故天子好利则诸侯贪，诸侯贪则大夫鄙，大夫鄙则庶人盗；上之变下，犹风之靡草也。"

桓王求赗则讥。

隐三年："秋，武氏子来求赗。"《公羊传》曰："武氏子者何？天子之大夫也。武氏子来求赗何以书？讥。何讥尔？丧事无求，求赗，非礼也。"《穀梁传》曰："归死者曰赗，归生者曰赙。归之者，正也。求之者，非正也。周虽不求，鲁不可以不归。鲁虽不归，周不可以求之。求之为言，得不得未可知之辞也。交讥之。"《春秋繁露·玉英》篇曰："夫处位动风化者，徒言利之名尔，犹恶之，况求利乎？故天王使人求赗求金，皆为大恶而书。

求车则讥。

桓十五年："春二月，天王使家父来求车。"《公羊传》曰："何以书？讥。何讥尔？王者无求，求车，非礼也。"《穀梁传》曰："古者诸侯时献于天子以其国之所有，故有辞让而无征求。求车，非礼也。"《左氏传》曰："天王使家父来求车，非礼也。

诸侯不贡车服，天子不私求财。"《春秋繁露·王道》篇曰："刺家父求车，武氏毛伯求赗、金。"

追锡桓公命则讥。

庄元年："王使荣叔来锡桓公命。"《公羊传》曰："锡者何？赐也。命者何？加我服也。其言桓公，何？追命也。"何《注》云："不言天王者，桓行实恶，而乃追锡之，尤悖天道，故云尔。"《穀梁传》曰："礼：有受命，无来锡命。锡命，非正也。生服之，死行之，礼也；生不服，死追锡之，不正甚矣。"《通典》引《五经异义》曰："《春秋公羊》说：王使荣叔锡鲁桓公命，追锡死者，非礼也。死者功可追而锡，如有罪，又可追而刑耶？《春秋》左氏讥其锡篡杀之君。"

此天子见贬之事也。

克段则大郑庄之恶。

隐元年："夏，五月，郑伯克段于鄢。"《公羊传》曰："克之者何？杀之也。杀之则曷为谓之克？大郑伯之恶也。曷为大郑伯之恶？母欲立之，己杀之，如勿与而已矣。"《穀梁传》曰："克者何？能也。何能也？能杀也。何以不言杀？见段之有徒众也。段，郑伯弟也。何以知其为弟也？杀世子，母弟目君；以其目君，知其为弟也。段弟也而弗谓弟，公子也而弗谓公子，贬之也。段失子弟之道矣，贱段而甚郑伯也。何甚乎郑伯？甚郑伯之处心积虑成于杀也。"《左氏传》曰："称郑伯，讥失教也。"

贱绝则斥陈佗之名。

桓六年："蔡人杀陈佗。"《公羊传》曰："陈佗者何？陈君也。陈君则曷为谓之陈佗？绝也。曷为绝之？贱也。其贱奈何？外淫也。恶乎淫？淫于蔡，蔡人杀之。"《榖梁传》曰："陈佗者，陈君也。其曰陈佗，何也？匹夫行，故匹夫称之也。其匹夫行奈何？陈侯喜猎，淫猎于蔡，与蔡人争禽，蔡人不知其是陈君也而杀之。"（按：二传说异贱佗之义则同。）

曹伯执则称甚恶。

僖二十八："三月丙午，晋侯入曹，执曹伯，畀宋人。"《公羊传》曰："畀者何？与也。其言畀宋人，何？与使听之也。曹伯之罪何？甚恶也。其甚恶奈何？不可以一罪言也。"

晋厉弑则称君恶。

成十八年："正月庚申，晋弑其君州蒲。"《榖梁传》曰："称国以弑其君，君恶甚矣。"

郓溃则讥鲁昭。

昭二十九年："冬十月，郓溃。"《榖梁传》曰："溃之为言，上下不相得也。上下不相得，则恶矣，亦讥公也。昭公出奔，民如释重负。"

盗杀郑大夫则称恶上。

襄十年："冬，盗杀郑公子斐、公子发、公孙辄。"《榖梁传》曰："称盗以杀大夫，弗以上下道，恶上也。"

此诸侯见贬之事也。（按：《春秋》贬诸侯事至多，不能尽举。姑举此数事尔。)

知《春秋》固不以尊尊没是非善恶之公矣。

大受命第二十一

《春秋》之义，臣子大受命。

庄元年："三月，夫人孙于齐。"《穀梁传》曰："人之于天也，以道受命；于人也，以言受命。不若于道者，天绝之也；〔注四〕不若于言者，人绝之也。臣子大受命。"《春秋繁露·顺命》篇曰："人于天也，以道受命；其于人，以言受命。不若于道者，天绝之；不若于言者，人绝之。臣子大受命于君。"

尊王命，王人微者可先乎诸侯。

僖八年："春王正月，公会王人、齐侯、宋公、卫侯、许男、曹伯、陈世子款、郑世子华盟于洮。"《公羊传》曰："王人者何？微者也。曷为序乎诸侯之上？先王命也。"《穀梁传》曰："王人之先诸侯，何也？贵王命也。朝服虽敝，必加于上；弁冕虽旧，必加于首；周室虽衰，必先诸侯。"《汉书·翟方进传》："涓勋奏曰：《春秋》之义，王人微者序乎诸侯之上，尊王命也。"

矫王命。王札子以不臣见罪。

宣十五年："王札子杀召伯、毛伯。"《穀梁传》曰："王札子者，当上之辞也。杀召伯、毛伯不言其，何也？两下相杀也。〔注五〕两下相杀不志乎《春秋》，此其志，何也？矫王命以杀之，非忿怒相杀也。故曰：以王命杀也。以王命杀则何志焉？为天下主者天也，继天者君也；君之所存者命也，为人臣而侵其君之命而用之，是不臣也；为人君而失其命，是不君也。君不君，臣不臣，此天下所以倾也。"

犯王命，卫侯朔以称名见绝。

庄六年："夏六月，卫侯朔入于卫。"《公羊传》曰："卫侯逆何以名？绝。曷为绝之？犯命也。其言入，何？篡辞也。"《穀梁传》曰："入者何，内弗受也。何用弗受也？为以王命绝之也。朔之名，恶也。朔入逆则出顺矣。朔出入名，以王命绝之也。"《春秋繁露·顺命》篇："公侯不能奉天子之名，则名绝而不得就位，卫侯朔是也。"

重君命，公子买不戍卫而书戍。

僖二十八年："公子买戍卫，不卒戍，刺之。"《公羊传》曰："不卒戍者何？不卒戍者，内辞也，不可使往也。不可使往，则其言戍卫，何？遂公意也。"何《注》云："使臣子，不可使，耻深，故讳使若往不卒竟事者，明臣不得壅塞君命。"

公孙敖未如京师而书如。

文八年："公孙敖如京师，不至而复。丙戌，奔莒。"《公羊传》曰："不至复者何？不至复者，内辞也，不可使往也。不可使往，则其言如京师，何？遂公意也。"何《注》云："正其义，不使君命壅塞。"《穀梁传》曰："不言所至，未如也。未如而曰如，不废君命也。"

有君命，鲁公孙婴齐得以大夫卒。

成十七年："十一月壬申，公孙婴齐卒于狸轸。"《公羊传》曰："非此月日也，曷为以此月日卒之？待君命然后卒大夫。曷为待君命然后卒大夫？前此者，婴齐走之晋，公会晋侯，将执公，婴齐为公请，公许之反为大夫，归至于狸轸而卒。无君命不敢卒大夫。公至，曰：'吾固许之反为大夫，然后卒之。'"何《注》云："国人未被君命，不敢使从大夫礼。许反为大夫，即受命矣。善其不敢自专，故引其死日下就公至月卒之。"

卫石曼姑可以距蒯聩。

哀三年："春，齐国夏、卫石曼姑帅师围戚。"《公羊传》曰："齐国夏曷为与卫石曼姑帅师围戚？伯讨也。此其为伯讨奈何？曼姑受命乎灵公而立辄，以曼姑之义为固可以距之也。"《春秋繁露·玉英》篇曰："晋荀息死而不听，卫曼姑拒而弗内。事异而同心，其义一也。荀息死之，贵先君之命。曼姑拒之，亦贵先君之命也。事虽相反，所为同，俱为贵先君之命耳。"又《顺命》篇曰："子不奉父命，则有伯讨之罪，卫世子蒯聩是也。"

无君命，晋赵鞅虽讨恶而书叛。

定十三年："秋，晋赵鞅入于晋阳以叛。冬，晋荀寅士吉射入于朝歌以叛。晋赵鞅归于晋。"《公羊传》曰："此叛也，其言归，何？以地正国也。其以地正国奈何？晋赵鞅取晋阳之甲以逐荀寅与士吉射。荀寅与士吉射曷为者也？君侧之恶人也。此逐君侧之恶人，曷为以叛言之？无君命也。"《穀梁传》曰："此叛也，其以归言之，何也？贵其以地反也。贵其以地反，则是大利也。非大利也，许悔过也。许悔过则何以言叛也？以地正国也。以地正国则何以言叛？其入无君命也。"《春秋繁露·顺命》篇曰："臣不奉君命，虽善以叛言，晋赵鞅入于晋阳以叛是也。"《史记·赵世家》曰："鲁定公十四年，范、中行作乱，明年春，简子谓邯郸大夫午曰：'归我卫士五百家，吾将置之晋阳。'午许诺，归而其父兄不听，倍言，赵鞅捕午，囚之晋阳。孔子闻赵简子不请晋君而执邯郸午，保晋阳。故书《春秋》曰：'赵鞅以晋阳畔。'"

鲁公子遂以擅复而见讥。

宣八年："夏六月，公子遂如齐。至黄，乃复。"《公羊传》曰："其言至黄乃复何？有疾也。何言乎有疾乃复？讥。何讥尔？大夫以君命出，闻丧，徐行而不返。"《春秋繁露·精华》篇曰："闻丧徐行不反者，谓不以亲害尊，不以私妨公也。"《白虎通·丧服》篇曰："大夫使，受命而出，闻父母之丧，非君命不返者，盖重君也。故《春秋传》曰：大夫以君命出，闻丧，徐行不返。"

故曰大夫无遂事。

《汉书·冯奉世传》："杜钦上疏，追讼奉世前功曰：奉世以卫侯便宜发兵诛莎车王，策定城郭，功施边境。议者以奉世奉使有指，《春秋》之义无遂事，汉家之法有矫制，故不得侯。"

祭公逆王后则讥。

桓八年:"祭公来,遂逆王后于纪。"《公羊传》曰:"遂者何?生事也。大夫无遂事,此其言遂,何?成使乎我也。其成使乎我奈何?使我为媒,可则因用是往逆矣。"何《注》云:"疾王者不重妃匹,逆天下之母若逆婢妾,将谓海内何哉!故讥之。"《穀梁传》曰:"其不言使焉,何也?不正其以宗庙之大事即谋于我,故弗与使也。遂,继事之辞也。其曰遂逆王后,故略之也。"范《注》云:"时天子命祭公就鲁共卜择纪女可中后者便逆之。不复返命,以其遂逆无礼,故不书逆女而曰王后。"《春秋繁露·王道》篇曰:"祭公来逆王后,讥失礼也。"

鲁公子遂如晋则讥。

僖三十年:"公子遂如京师,遂如晋。"《公羊传》曰:"大夫无遂事,此其言遂,何?公不得为政尔。"何《注》云:"不从公政令也。时见使如京师,而横生事,矫君命聘晋,故疾其骄蹇自专,当绝之。"《春秋繁露·精华》篇文见下。《说苑·尊贤》篇曰:"公子遂不听君命而擅之晋,内侵于臣下,外困于兵乱。弱之患也。"

季孙宿入运则讥。

襄十二年:"季孙宿帅师救台,遂入运。"《公羊传》曰:"大夫无遂事,此其言遂,何?公不得为政尔。"何《注》云:"时公微弱,政教不行,故季孙宿遂取运而自益其邑。"《穀梁传》曰:"遂,继事也。受命而救邰,不受命而入郓,恶季孙宿也。"

诸大夫城虎牢则讥。

襄二年:"冬,仲孙蔑会晋荀䓨、齐崔杼、宋华元、卫孙林父、曹人、邾娄人、滕人、薛人、小邾娄人于戚。遂城虎牢。"《公羊传》曰:"虎牢者何?郑之邑也。其言城之,何?取之也。取之则曷为不言取之?为中国讳也。曷为为中国讳?讳伐丧也。曷为不系乎郑?为中国讳也。大夫无遂事,此其言遂,何?归恶乎大夫也。"

然晋士匄不伐丧而还,则许其进退在大夫而大之。

襄十九年:"晋士匄帅师侵齐,至穀,闻齐侯卒,乃还。"《公羊传》曰:"还者何?善辞也。何善尔?大其不伐丧也。此受命乎君而伐齐,则何大乎其不伐丧?大夫以君命出,进退在大夫也。"《白虎通·三军》篇曰:"大夫将出兵,不从中御者,欲盛其威,使士卒一意系心也。故但闻军令,不闻君命,明进退在大夫也。"《春秋传》曰:"此受命于君而伐齐,则还,何?大其不伐丧也。大夫以君命出,进退在大夫也。"

公子结与齐侯、宋公盟,则曰:有可以安社稷利国家者,专之可也。

庄十九年:"秋,公子结媵陈人之妇于鄄,遂及齐侯、宋公盟。"《公羊传》曰:"媵不书,此何以书?为其有遂事书。大夫无遂事,此其言遂,何?聘礼:大夫受命不受辞,出竟,有可以安社稷利国家者,专之可也。"何《注》云:"先是鄄、幽之会,公比不至。公子结出竟,遭齐、宋欲深谋伐鲁,故专矫君命而与之盟。除国家之难，全百姓之命，故善而详录之。"《春秋繁露·顺命》篇曰："臣子大受命于君，辞而出疆，唯有社稷国家之危，犹得发辞而专安之，鄄盟是也。"（鄄字原脱，依陈立校补。）又《灭国下》篇曰："鲁大国，幽之会，庄公不往。戎人乃窥兵于济西，由见鲁孤独而莫之救也。此时大夫废君命，专救危者。"按：此下文夺，按其文义，盖指此事为言。何《注》云"鄄幽之会，公比不至"云云，亦用董义也。《汉书·终军传》曰："徐偃矫制，使胶东、鲁国鼓铸盐铁。张汤劾偃矫制大害，法至死。偃以为《春秋》之义，大夫出疆，有可以安社稷存万民，颛之可也。汤以致其法，不能诎其义。有诏下军问状，军诘偃曰：'古者诸侯国异俗分，百里不通，时有聘会之事，安危之势，呼吸成变，故有不受辞造命颛己之宜；今天下为一，万里同风，故《春秋》"王者无外"。偃巡封域之中，称以出疆。何也？且盐铁，郡有余臧，正二国庆，国家不足以为利害，而以安社稷存万民为辞，何也？'偃穷诎，服罪。"又《冯奉世传》曰："莎车与旁国共攻杀汉所置莎车王万年，并杀汉使者。奉世以为不亟击之，则莎车日强，其势难制，必危西域；遂进击莎车，攻拔其城。莎车王自杀，传其首诣长安。诸国悉平，威振西域。上甚说，下议封奉世。丞相、将军皆曰：'《春秋》之义，大夫出疆，有可以安国家，则颛之可也。奉世功效尤著，宜加爵土之赏。'"《后汉书·宋均传》曰："会武陵蛮反，围武威将军刘尚，诏使均乘传发江夏奔命三千人往救之。既至而尚已没。会伏波将军马援至,诏因令均监军,与诸侯俱进,贼拒厄不得前。及马援卒于师,军士多温湿疾病,死者大半。均虑军遂不反,乃与诸将议曰:'今道远士病,不可以战,欲权承制降之,何如?'诸将皆伏地莫敢应。均曰:'夫忠臣出境,有可以安国家,专之可也。'乃矫制调伏波司马吕种守沅陵长,命种奉诏书入虏营,告以恩信,因勒兵随其后。蛮夷震怖,即共斩其大帅而降。于是入贼营,散其众,遣归本郡,为置长吏而还。均未至,先自劾矫制之罪。光武嘉其功,迎赐以金帛,令过家上冢。其后每有四方异议,数访问焉。"《春秋繁露·精华》篇曰:"难者曰:《春秋》之法,大夫无遂事。又曰:出境,有可以安社稷利国家,则专之可也。又曰:大夫以君命出,进退在大夫。又曰:闻丧,徐行而不返也。夫既曰无遂事矣,又曰专之可也;既曰进退在大夫矣,又曰徐行而不返也。若相悖然,是何谓也?曰:四者各有所处,得其处则皆是也,失其处则皆非也。《春秋》固有常义,又有应变。无遂事者,谓平生安宁也;专之可也者,谓救危除患也;进退在大夫者,谓将率用兵也;徐行不返者,谓不以亲害尊,不以私妨公也。此之谓将得其私,(句有误字。)知其指。故公子结受命往媵陈人之妇于鄄,道生事,从齐桓盟,《春秋》弗非,以为救庄公之危。公子遂受命使京师,道生事之晋,《春秋》非之,以为是时僖公安宁无危。故有危而不专救,谓之不忠。无危,而擅生事,是卑君也。故此二臣俱生事,《春秋》有是有非,其义然也。"《说苑·奉使》篇曰:"《春秋》之辞有相反者四:既曰大夫无遂事,不得擅生事矣,又曰出境可以安社稷利国家者,则专之可也;既曰大夫以君命出进退在大夫矣,又曰以君命出,闻丧,徐行而不反者,何也?曰:此四者各止其科,不转移也;不得擅生事者,谓平生常经也;专之可者,谓救危除患者也;进退在大夫者,谓将帅用兵也。徐行而不反者,谓出使道闻君亲之丧也。公子结擅生事,《春秋》不非,以为救庄公危也。公子遂擅生事,《春秋》讥之,以为僖公无危事也。故君有危而是不专救,是不忠也;君无危而擅生事,是不臣也。《传》曰:《诗》无通故,《易》无通吉,《春秋》无通义,此之谓也。"

若郑弦高以救郑国之危,矫君命而犒秦师。

僖三十三年:"夏四月辛巳,晋人及姜戎败秦于殽。"《公羊传》曰:"其谓之秦,何?夷狄之也。曷为夷狄之?秦伯将袭郑,百里子与蹇叔子谏曰:'千里而袭人,未有不亡者也。'秦伯怒曰:'若尔之年者,宰上之木拱矣。尔曷知?'师出,百里子与蹇叔子送其子而戒之曰:'尔即死,必于殽之嶔岩,是文王之所辟风雨者也,吾将尸尔焉。'子揖师而行,百里子与蹇叔子从其子而哭之。秦伯怒曰:'尔曷为哭吾师?'对曰:'臣非敢哭君师,哭臣之子也。'弦高者,郑商也,遇之殽,矫以郑伯之命而犒师焉。或曰:住矣;或曰:反矣。然而晋人与姜戎要之殽而击之,匹马只轮无反者。"

楚子反以矜宋人之厄，废君命以平宋人。

宣十五年："夏五月，宋人及楚人平。"《公羊传》曰："外平不书，此何以书？大其平乎己也。何大乎其平乎己？庄王围宋，军有七日之粮尔，尽此不胜，将去而归尔。于是使司马子反乘堙而窥宋城，宋华元亦乘堙而见之。司马子反曰：'子之国何如？'华元曰：'惫矣！'曰'何如？'曰：'易子而食之，析骸而炊之。'司马子反曰：'嘻，甚矣惫！虽然，吾闻之也，围者钳马而秣之，使肥者应客。是何子之情也！'华元曰：'吾闻之，君子见人之厄则矜之，小人见人之厄则幸之。吾见子之君子也，是以告情于子也。'司马子反曰：'诺，勉之矣！吾军亦有七日之粮尔。尽此不胜，将去而归尔。'揖而去之，反于庄王。庄王曰：'何如？'司马子反曰：'惫矣！'曰：'何如？'曰：'易子而食之，析骸而炊之。'庄王曰：'嘻，甚矣惫！虽然，吾今取此然后而归尔。'司马子反曰：'不可！臣已告之矣，军有七日之粮尔。'庄王怒曰：'吾使子往视之，子曷为告之？'司马子反曰：'以区区之宋，犹有不欺人之臣，可以楚而无乎！是以告之也。'庄王曰：'诺，舍而止。虽然，吾犹取此然后归尔。'司马子反曰：'然则君请处于此，臣请归尔。'庄王曰：'子去我而归，吾孰与处于此，吾亦从子而归尔。'引师而去之。故君子大其平乎己也。"《春秋繁露·竹林》篇曰："司马子反为其君使，废君命，与敌情，从其所请，与宋平。是内专政而外擅名也。专政则轻君，擅名则不臣，而《春秋》大之，奚由哉？曰：为其有惨怛之恩，不忍饿一国之民，使之相食。推恩者远之而大，为仁者自然而美。今子反出己之心，矜宋之民，无计其间，故大之也。难者曰：《春秋》之法，卿不忧诸侯，政不在大夫。子反为楚臣而恤宋民，是忧诸侯也；不复其君而与敌平，是政在大夫也。溴梁之盟，信在大夫，而《春秋》刺之，为其夺君尊也。平在大夫，亦夺君尊，而《春秋》大之，此所间也。且《春秋》之义，臣有恶，擅名义；故忠臣不显谏。欲其为君出也。书曰：'尔有嘉谋嘉猷，入告尔君于内，尔乃顺之于外，曰：此谋此猷，惟我君之德。'此为人臣之法也。古之良大夫，其事君皆若是。今子反去君近而不复，庄王可见而不告，皆以其解二国之难为不得已也。奈其夺君名美何？此所惑也。曰：《春秋》之道，固有常有变；变用于变，常用于常，各止其科，非相妨也。今诸子所称，皆天下之常，雷同之义也。子反之行，一曲之变，独修之意也。夫目惊而体失其容，心惊而事有所忘，人之情也。通于惊之情者，取其一美，不尽其失。《诗》曰：'采葑采菲，无以下体。'此之谓也。今子反往视宋，闻人相食，大惊而哀之，不意之至于此也，是以心骇目动而违常礼。礼者，庶于仁文质而成体者也。今使人相食，大失其仁，安著其礼？方救其质，奚恤其文？故曰：当仁不让，此之谓也。今让者，《春秋》之所贵，虽然，见人相食，惊人相爨，救之忘其让。君子之道，有贵于让者也，故说《春秋》者，无以平定之常义疑变故之大，则义几可论矣。"《后

《汉书·王望传》曰:"昔华元、子反,楚、宋之良臣。不禀君命,擅平二国。《春秋》之义,以为美谈。"皆《春秋》所许也。

录正谏第二十二

《春秋》贵正谏。

曹僖不从曹羁之谏,而死于戎。

庄二十四年:"冬,戎侵曹,曹羁出奔陈。"《公羊传》曰:"曹羁者何?曹大夫也。曹无大夫,此何以书?贤也。何贤乎曹羁?戎将侵曹,曹羁谏曰:'戎众以无义,君请勿自敌也。'曹伯曰:'不可。'三谏不从,遂去之。"二十六年:"曹杀其大夫。"《公羊传》曰:"何以不名?众也。曷为众杀之?不死于曹君者也。君死乎位曰灭,曷为不言其灭?为曹羁讳也。此盖战也,何以不言战?为曹羁讳也。"《春秋繁露·王道》篇曰:"有正谏而不用,卒皆取亡。曹羁谏其君曰:'戎众以无义,君无自适。'君不听,果死戎寇。"《说苑·正谏》篇曰:"夫不谏则危君,固谏则危身。与其危君,宁危身。危身而终不用,则谏亦无功矣。智者度君权时,调其缓急,而处其宜。上不敢危君,下不以危身。故在国而国不危,在身而身不殆。昔陈灵公不听泄冶之谏而杀之,曹羁三谏曹君,不听而去。《春秋》序义虽俱贤,而曹羁合礼。"又《尊贤》篇曰:"曹不用僖负羁之谏,败死于戎。"树达按:此以曹羁与僖负羁为一人。

宋襄不从目夷之谏而执于楚。

僖二十一年:"楚人使宜申来献捷。"《公羊传》曰:"宋公与楚子期以乘车之会。公子目夷谏曰:'楚,夷国也,强而无义,请君以兵车之会往。'宋公曰:'不可!吾与之约以乘车之会。自我为之,自我堕之。'曰:'不可!'终以乘车之会往。楚人果伏兵车,执宋公以伐宋。宋公谓公子目夷曰:'子归守国矣。国,子之国也,吾不从子之言以致乎此。'"

虞君不从宫之奇之言而灭虞、虢。

僖二年:"虞师晋师灭夏阳。"《公羊传》曰:"虞,微国也。曷为序乎大国之上?使虞首恶也。曷为使虞首恶?虞受赂,假灭国者道,以取亡焉。其受赂奈何?献公朝诸大夫而问焉,曰:'寡人夜者寝而不寐,其意也何?'诸大夫有进对者曰:'寝不安与?其诸侍御有不在侧者与?'献公不应。荀息进曰:'虞郭见与?'献公揖而进之,遂与之入而谋曰:'吾欲攻郭,则虞救之;攻虞则郭救之。如之何?愿与子虑之。'荀息对曰:'君若用臣之谋,则今日取郭而明日取虞尔。君何忧焉!'献公曰:'然则奈何?'荀息曰:'请以屈产之乘与垂棘之白璧往,必可得也;则宝出之内藏藏之外府,马出之内厩系之外厩尔。君何丧焉!'献公曰:'诺,虽然,宫之奇存焉,如之何?'荀息曰:'宫之奇知则知矣。虽然,虞公贪而好宝。见宝,必不从其言。请终以往。'于是终以往。虞公见宝,许诺。宫之奇果谏:'记曰:唇亡则齿寒。虞、郭之相救,非相为赐,则晋今日取郭,而明日虞从而亡尔。君请勿许也。'虞公不从其言,终假之道以取郭。还四年,反取虞。虞公抱宝牵马而至。荀息曰:'臣之谋何如?'献公曰:'子之谋则已行矣。宝则吾宝也,虽然,吾马之齿亦已长矣。'盖戏之也。"《穀梁传》曰:"夏阳者,虞、虢之塞邑也。灭夏阳而虞、虢与矣。虞之为主乎灭夏阳,何也?晋献公欲伐虢,荀息曰:'君何不以屈产之乘、垂棘之璧而借道乎虞也。'公曰:'此晋国之宝也,如受吾币而不借吾道,则如之何。'荀息曰:'此小国之所以事大国也。彼不借吾道,必不敢受吾币;如受吾币而借吾道,则是我取之中府而藏之外府,取之中厩而置之外厩也。'公曰:'宫之奇存焉,必不使受之也。'荀息曰:'宫之奇之为人也,达心而懦,又少长于君。达心则其言略,懦则不能强谏。少长于君则君轻之。且夫玩好在耳目之前,而患在一国之后,此中知以上乃能虑之,臣料虞君中知以下也。'公遂借道而伐虢。宫之奇谏曰:'晋国之使者,其辞卑而币重,必不便于虞。'虞公弗听,遂受其币而借之道。宫之奇谏曰:'语曰:唇亡则齿寒,其斯之谓与!'挈其妻子以奔曹。献公亡虢,五年而后举虞,荀息牵马操璧而前曰:'璧则犹是也,而马齿加长矣。'"《春秋繁露·王道》篇曰:晋假道虞,虞公许之。宫之奇谏曰:'唇亡齿寒,虞、虢之相救,非相为赐也。君请勿许。'虞公不听。后虞果亡于晋。《春秋》明此,存亡道可观也。"《新序·善谋》篇曰:"虞、虢皆小国也。虞有夏阳之阻塞,虞、虢共守之,晋不能禽也。晋献公用荀息之谋而禽虞,虞不用宫之奇谋而亡。故荀息非霸王之佐,战斗并兼之臣也。若宫之奇,则可谓忠臣之谋也。"

齐桓不从管仲之言而弃江黄。

僖十二年:"夏,楚人灭黄。"《穀梁传》曰:"贯之盟,管仲曰:'江、黄远齐而近楚。楚,为利之国也。若伐而不能救,则无以宗诸侯矣。'桓公不听,遂与之盟。管仲死,楚伐江灭黄,桓公不能救,故君子闵之也。"

秦穆公不从百里、蹇叔之谏而败于晋。

僖三十三年:"夏四月辛巳,晋人及姜戎败秦于殽。"《公羊传》曰:"秦伯将袭郑,百里子与蹇叔子谏曰:'千里而袭人,未有不亡者也。'秦伯怒曰:'若尔之年者,宰上之木拱矣。尔曷知?'百里子与蹇叔子送其子而戒之曰:'尔即死,必于殽之嵚岩,是文王之所辟风雨者也,吾将尸尔焉。'子揖师而行。百里子与蹇叔子从其子而哭之,秦伯怒曰:'尔曷为哭吾师?'对曰:'臣非敢哭君师,哭臣之子也。'弦高者,郑商也,遇之殽,矫以郑伯之命而犒师焉。或曰:往矣;或曰:反矣。然而晋人与姜戎要之殽而击之,匹马只轮无反者。"《穀梁传》曰:"不言战而言败,何也?狄秦也。其狄之,何也?秦越千里之险入虚国。进不能守,退败其师徒。乱人子女之教,无男女之别。秦之为狄,自殽之战始也。秦伯将袭郑,百里子与蹇叔子谏曰:'千里而袭人,未有不亡者也。'秦伯曰:'子之冢木已拱矣,何知?'师行,百里子与蹇叔子送其子而戒之曰:'女死,必于殽之岩唫之下，我将尸汝于是。'师行，百里子与蹇叔子随其子而哭之。秦伯怒曰：'何为哭吾师也？'二子曰：'非敢哭师也，哭吾子也。我老矣，彼不死则我死矣。'晋人与姜戎要而击之殽，匹马倚轮无反者。"《春秋繁露·竹林》篇曰："秦穆侮蹇叔而大败，郑文轻众而丧师，《春秋》之敬贤重民如是。"《新序》卷五《杂事》篇曰："《诗》曰：'老夫灌灌，小子跷跷。'言老夫欲尽其谋，而少者跷而不受也。秦穆公所以败其师，殷纣所以亡天下也。故《书》曰：'黄发之言，则无所愆。'《诗》曰：'寿胥与试。'美用老人之言以安国也。"

鲁昭不从子家驹之谏而走于齐。

昭二十五年："齐侯唁公于野井。"《公羊传》曰："昭公将弑季氏，告子家驹曰：'季氏为无道，僭于公室久矣。吾欲弑之，何如？'子家驹曰：'诸侯僭于天子，大夫僭于诸侯久矣，且夫牛马维娄委己者也而柔焉。季氏得民众久矣，君无多辱焉。'昭公不从其言，终弑而败焉，走之齐。"《后汉书·曹节传》："审忠上书曰：虞公抱宝牵马，鲁昭风逐乾侯，以不用宫之奇、子家驹，以至灭辱。"

陈灵不用泄冶之言而杀其身。

宣九年："陈杀其大夫泄冶。"《穀梁传》曰："称国以杀其大夫，杀无罪也。泄冶之无罪如何？陈灵公通于夏徵舒之家，公孙宁、仪行父亦通于其家。或衣其衣，或衷其襦，以相戏于朝。泄冶闻之，入谏曰：'使国人闻之犹可，使仁人闻之则不可。'君愧于泄冶，不能用其言而杀之。"十年："五月癸巳，陈夏徵舒弑其君平国。"

此皆人臣正谏，人君不纳以致败者也。

楚庄不从子重之言而致霸。

宣十二年："楚子围郑。六月乙卯，晋荀林父帅师及楚子战于邲，晋师败绩。"《公羊传》曰："大夫不敌君，此其称名氏以敌楚子，何？不与晋而与楚子为礼也。庄王伐郑，胜乎皇斗，放乎路衢。郑伯肉袒，左执茅旌，右执鸾刀，以逆庄王。曰：'寡人无良边垂之臣，以干天祸，是以使君王沛焉辱到敝邑。君如矜此丧人，锡之不毛之地，使帅一二耋老而绥焉，请唯君王之命。'庄王曰：'君之不令臣交易为言，是以使寡人得见君之玉面，而微至乎此。'庄王亲自手旌，左右撝军，退舍七里。将军子重谏曰：'南郢之与郑，相去数千里。诸大夫死者数人，厮役扈养死者数百人。今君胜郑而不有，无乃失民臣之力乎？'庄王曰：'古者杅不穿、皮不蠹，则不出乎四方。是以君子笃于礼而薄于利，要其人而不要其土。告从，不赦不详。吾以不详导民，灾及吾身，何日之有！'既则晋师之救郑者至。曰：'请战。'庄王许诺。将军子重谏曰：'晋，大国也。王师淹病矣，君请勿许也。'庄王曰：'弱者吾威之。强者事吾辟之，是以使寡人无以立乎天下。'令之还师而逆晋寇。庄王鼓之，晋师大败。晋众之走者，舟中之指可掬矣。庄王曰：'嘻！吾两君不相好，百姓何罪！'令还师而佚晋寇。"《白虎通·号》篇曰:"楚胜郑而不有,告从而赦之;又令还师而佚晋寇;围宋,宋因而与之平,引师而去。知楚庄之霸也。"

郑僖不信大夫之言而杀身。

襄七年:"十有二月,公会晋侯、宋公、陈侯、卫侯、曹伯、莒子、邾娄子于鄬,郑伯髡顽如会,未见诸侯。丙戌,卒于操。"《公羊传》曰:"操者何?郑之邑也。诸侯卒其封内不地,此何以地?隐之也。何隐尔?弑也。孰弑之?其大夫弑之。曷为不言其大夫弑之?为中国讳也。曷为为中国讳?郑伯将会诸侯于鄬,其大夫谏曰:'中国不足归也,则不若与楚。'郑伯曰:'不可!'其大夫曰:'以中国为义,则伐我丧;以中国为强,则不若楚。'于是弑之。未见诸侯,其言如会,何?致其意也。"何《注》云:"郑伯欲与中国,意未达而见杀,故养遂而致之。所以达贤者之心。"《春秋繁露·王道》篇曰:"郑伯髡原卒于会,讳弑,痛强臣专君,君不得为善也。"

此则谏者不正,而人君以不纳为贤者也。二君之成败虽殊,其能不惑于人言,孳孳为善,一也。

臣进谏而君漏言,则忠道绝。

文六年:"晋杀其大夫阳处父,晋狐射姑出奔狄。"《公羊传》曰:"晋杀其大夫阳处父,则狐射姑曷为出奔?射姑杀也。射姑杀,则其称国以杀,何?君漏言也。其漏言奈何?君将使射姑将,阳处父谏曰:'射姑,民众不悦,不可使将。'于是废将。阳处父出,射姑入,君谓射姑曰:'阳处父言曰:射姑民众不悦,不可使将。'射姑怒,出,刺阳处父于朝而走。"何《注》云:"明君漏言杀之。当坐杀也。〔注六〕《易》曰:君不密则失臣,臣不密则失身,几事不密则害成。"《穀梁传》曰:"称国以杀,罪累上也。襄公已葬,其以累上之辞言之,何也?君漏言也。上泄则下暗,下暗则上聋,且暗且聋,无以相通,夜姑杀者也,夜姑之杀奈何?曰:晋将与狄战,使狐夜姑为将军,赵盾佐之,阳处父曰:'不可!古者君之使臣也,使仁者佐贤者,不使贤者佐仁者。今赵盾贤,夜姑仁,其不可乎!'襄公曰:'诺。'谓夜姑曰:'吾始使盾佐女,今女佐盾矣。'夜姑曰:'敬诺。'襄公死,处父主竟上之事,夜姑使人杀之,君漏言也。故士造辟而言,诡辞而出,曰:用我则可,不用我则无乱其德。"范《注》云:"亲杀者夜姑,而归罪于君,明由君言而杀之,罪在君也,故称君以杀。"《春秋繁露·王道》篇曰:"晋灵漏阳处父之谋,使阳处父死。观乎漏言,知忠道之绝。"

君拒谏而臣去位,则主势孤。

庄二十四年:"冬,戎侵曹。曹羁出奔陈。"《公羊传》曰:"三谏不从,遂去之,故君子以为得君臣之义也。"何《注》云:"不从得去者,仕为行道,道不行,义不可素餐;所以申贤者之志,孤恶君也。"《白虎通·谏争》篇曰:"诸侯之臣诤不从,得去,何?以屈尊申卑,孤恶君也。去曰:某质性顽钝,言愚不任用,请退避贤。如是,君待之以礼,臣待放;如不以礼待,遂去。必三谏者何?以为得君臣之义。"

为人上者可不慎哉！

亲亲第二十三

《春秋》亲亲。

鲁季友辟内难而如陈，则记之。

庄二十七年："秋，公子友如陈，葬原仲。"《公羊传》曰："原仲者何？陈大夫也。大夫不书葬，此何以书？通乎季子之私行也。何通乎季子之私行？辟内难也。君子辟内难而不辟外难。内难者何？公子庆父、公子牙、公子友，皆庄公之母弟也。公子庆父、公子牙通乎夫人以胁公，季子起而治之，则不得与于国政；坐而视之，则亲亲因不忍见也。故于是复请至于陈而葬原仲也。"

不诛庆父而逸贼，则称之。

闵二年："秋八月辛丑，公薨。"《公羊传》曰："公薨何以不地？隐之也。何隐尔？弑也。孰弑之？庆父也。弑公子牙，今将尔，季子不免。庆父弑二君，何以不诛？将而不免，遏恶也。既而不可及，〔注七〕缓追逸贼，亲亲之道也。"《汉书·邹阳传》："阳说王长君曰：鲁公子庆父使仆人杀子般，狱有所归，季友不探其情而诛焉。庆父亲杀闵公，季子缓追免贼，《春秋》以为亲亲之道也。"《盐铁论·周秦》篇曰："自首匿相坐之法立，骨肉之恩废而刑罪多。闻父母之于子，虽有罪犹匿之。岂不欲服罪尔，子为父隐，父为子隐，未闻父子之相坐也。闻兄弟缓追以免贼，未闻兄弟之相坐也。"

吴季札不忍父子相杀而让国，则贤之。

襄二十九年："吴子使札来聘。"《公羊传》曰："吴无君，无大夫，此何以为有君，有大夫？贤季子也，何贤乎季子？让国也。其让国奈何？谒也，馀祭也，夷昧也，与季子同母者四。季子弱而才，兄弟皆爱之，同欲立之以为君。谒曰：'今若是迮而与季子国，季子犹不受也，请无与子而与弟，弟兄迭为君而致国乎季子。'皆曰：'诺。'故诸为君者皆轻死为勇，饮食必祝，曰：'天苟有吴国，当速有悔于予身。'故谒也死，馀祭也立；馀祭也死，夷昧也立；夷昧也死，则国宜之季子者也。季子使而亡焉。僚者，庶长也，即之。季子使而反，至而君之尔。阖庐曰：'先君之所以不与子国而与弟者，凡为季子故也。将从先君之命与？则国宜之季子者也；如不从先君之命与？则我宜立者也。僚恶得为君乎！'于是使专诸刺僚，而致国乎季子。季子不受，曰：'尔弑吾君，吾受尔国，是吾与尔为篡也；尔杀吾兄，吾又杀尔，是父子兄弟相杀终身无已也。'去之延陵，终身不入吴国。故君子以其不受为义，以其不杀为仁。"《春秋繁露·王道》篇曰："鲁季子之免罪，吴季子之让国，明亲亲之恩也。"又《精华》篇曰："《春秋》之听狱也，必本其事而原其志。志邪者不待成，首恶者黑罪特重，本直者其论轻。鲁季子追庆父，而吴季子释阖庐，俱弑君，或诛或不诛。

听讼折狱可无审耶!"

此全亲亲之义,而《春秋》褒之者也。

子叔姬书来归。

文十五年:"十有二月,齐人来归子叔姬。"《公羊传》曰:"其言来,何?闵之也。子虽有罪,犹若其不欲服罪然。"何《注》云:"孔子曰:'父为子隐,子为父隐,直在其中矣。'所以崇父子之亲也。"《穀梁传》曰:"其曰子叔姬,贵之也。其言来归,何也?父母之于子,虽有罪,犹欲其免也。"《盐铁论·周秦》篇文见上。《通典》卷六十九载《养兄弟子为后后自生子议》曰:"东晋成帝咸和五年,散骑侍郎贺峤妻于上表云:'董仲舒一代纯儒,汉朝每有疑议,未尝不遣使者访问,以片言而折衷焉。'时有疑狱曰:'甲无子,拾道旁弃儿乙,养之以为子。及乙长有罪,杀人,以状语甲。甲藏匿乙,甲当何论?'仲舒断曰:'甲无子,振活养乙。虽非所生,谁与易之。《诗》云:"螟蛉有子,蜾蠃负之。"《春秋》之义,父为子隐。甲宜匿乙,诏不当坐。'"

郯、盛之君失地不名。

僖二十年:"夏,郯子来朝。"《公羊传》曰:"郯子者何?失地之君也。何以不名?兄弟辞也。"何《注》云:"郯,鲁之同姓,故不忍言其绝贱,明当尊遇之,异于邓穀也。"文十二年:"春王正月,盛伯来奔。"《公羊传》曰:"盛伯者何?失地之君也。何以不名?兄弟辞也。"《春秋繁露·观德》篇曰:"盛伯、郜子俱当绝，而独不名，为其与我同姓兄弟也。"

及凡为中国讳，为内讳（详后《讳辞》篇）。

皆《春秋》之亲亲也。

周襄王不能乎母，则书出以示绝。

僖二十四年："冬，天王出居于郑。"《公羊传》曰："王者无外，此其言出，何？不能乎母也。鲁子曰：是王也，不能乎母者，其诸此之谓与。"《礼记·曲礼下》篇曰："天子不言出。"郑《注》云："天子之言出，诸侯之生名，皆有大恶，君子所远，出名以绝之。《春秋传》曰：天王出居于郑，卫侯朔入于卫，是也。"《汉书·严助传》："助上书谢曰：《春秋》'天王出居于郑'不能事母，故绝之。"又《霍光传》："丞相敞等奏曰：周襄王不能事母，《春秋》曰：'天王出居于郑。'繇不孝出之，绝之于天下也。"《盐铁论·孝养》篇曰："周襄王之母非无酒肉也，衣食非不如曾皙也，然而被不孝之名，以其不能事其父母也。"又曰："周襄王富有天下，而有不能事父母之累。"《新语·无为》篇曰："周襄王不能事后母，出居于郑，而下多叛其亲。"

晋献公杀世子申生，直称君杀以示恶。

僖五年："春，晋侯杀其世子申生。"《公羊传》曰："曷为直称晋侯以杀？杀世子母弟直称君者，甚之也。"何《注》云："甚之者，甚恶杀亲亲也。"《穀梁传》曰："目晋侯斥杀，恶晋侯也。"《春秋繁露·王道》篇曰："杀世子母弟直称君，明失亲亲也。"《白虎通·诛伐》篇曰："父杀其子，当诛，何？以为天地之性人为贵，人皆天所生也，讬父母气而生耳。王者以养长而教之，故父不得专也。《春秋传》曰：'晋侯杀其世子申生。直称君者，甚之也。'《后汉书·杨终传》：'终以书戒马廖曰：《春秋》杀太子母弟直称君，甚恶之者，坐失教也。"

郑庄公杀弟叔段，则书克以大郑伯之恶。

隐元年："夏五月，郑伯克段于鄢。"《公羊传》曰："克之者何？杀之也。杀之则曷为谓之克？大郑伯之恶也。曷为大郑伯之恶？母欲立之，已杀之，如勿与而已矣。"何《注》云："不从讨贼辞者，主恶以失亲亲，故书之。"《穀梁传》曰："克者何？能也。何能也？能杀也。何以不言杀？见段之有徒众也。段，弟也，而弗谓弟，公子也。而弗谓公子，贬之也。段失子弟之道矣，贱段而甚郑伯也。何甚乎郑伯？甚郑伯之处心积虑成于杀也。于鄢，远也，犹曰取之其母之怀中而杀之云尔，甚之也。然则为郑伯者奈何？缓追逸贼，亲亲之道也。"《左氏传》曰："《书》曰：'郑伯克段于鄢。'段不弟，故不言弟。如二君，故曰克。称郑伯，讥失教也。谓之郑志，不言出奔，难之也。"杜《注》："不早为之所而养成其恶，故曰失教。段实出奔而以克为文，明郑伯志在于杀，难言其奔。"

周景王杀其弟佞夫，则讥其首恶忍亲。

襄三十年："天王杀其弟佞夫。《穀梁传》曰：'诸侯且不首恶，况于天子乎！君无忍亲之义。天子诸侯所亲者，惟长子母弟耳。天王杀其弟佞夫，甚之也。"《公羊》无传。何《注》云：

"王者得专杀,书者,恶夫亲亲也。"《左氏传》曰:"《书》曰:'天王杀其弟佞夫。'罪在王也。"

陈侯之弟招杀世子偃师,则尽其亲以恶招。

昭元年:"叔孙豹会晋赵武、楚公子围、齐国酌、宋向戌、卫齐恶、陈公子招、蔡公孙归生、郑轩虎、许人、曹人于虢。"《公羊传》曰:"此陈侯之弟招也,何以不称弟?贬。曷为贬?为杀世子偃师贬,曰:陈侯之弟招杀陈世子偃师。大夫相杀称人,此其称名氏以杀,何?言将自是弑君也。今将尔,辞曷为与亲弑者同?君亲无将,将而必诛焉。然则曷为不于其弑焉贬?以亲者弑,然后其罪恶甚。《春秋》不待贬绝而罪恶见者,不贬绝以见罪恶也;贬绝然后罪恶见者,贬绝以见罪恶也。今招之罪已重矣,曷为复贬乎此?著招之有罪也。何著乎招之有罪?言楚之托乎讨招以灭陈也。"八年:"陈侯之弟公子招杀陈世子偃师。"《穀梁传》曰:"乡曰陈公子招,今曰陈侯之弟招,何也?曰:尽其亲,所以恶招也。两下相杀,不志乎《春秋》,此其志,何也?世子云者,唯君之贰也。云可以重之存焉,志之也。诸侯之尊,兄弟不得以属通。其弟云者,亲之也。亲而杀之,恶也。"《左氏传》曰:"《书》曰:'陈侯之弟招杀陈世子偃师。'罪在招也。"

陈哀公之弟光出奔楚,书弟出奔以恶之。

襄二十年:"陈侯之弟光出奔楚。"《穀梁传》曰:"诸侯之尊,弟兄不得以属通。其弟云者,亲之也。亲而奔之,恶也。"

《左氏传》曰:"陈侯之弟黄光左传作黄。出奔楚,言非其罪也。"杜《注》:"称弟,罪陈侯及二庆。"

秦景公之弟针出奔晋,亦书弟出奔以恶之。

昭元年:"夏,秦伯之弟针出奔晋。"《公羊传》曰:"秦无大夫,此何以书?仕诸晋也。曷为仕诸晋?有千乘之国而不能容其母弟,故君子谓其奔也。"何《注》云:"弟贤,当任用之;不肖,当安处之。乃仕之他国,与逐之无异,故云尔。"《穀梁传》曰:"诸侯之尊,弟兄不得以属通。其弟云者,亲之也。亲而奔之,恶也。"《左氏传》曰:"《书》曰:'秦伯之弟针出奔晋。'罪秦伯也。"《春秋繁露·观德》篇曰:"外出者众,以母弟出,独大恶之,为其亡母背骨肉也。"《汉书·杜邺传》曰:"昔秦伯有千乘之国,而不能容其母弟,《春秋》亦书而讥焉。"

武氏子父卒未命而出使,则见讥为薄恩。

隐三年:"秋,武氏子来求赙。"《公羊传》曰:"武氏子者何?天子之大夫也。其称武氏子,何?讥。何讥尔?父卒,子未命也。"何《注》云:"时虽世大夫,缘孝子之心,不忍便当父位,故顺古先试一年,乃命于宗庙。武氏子父新死未命,而便为大夫,薄父子之恩,故称氏言子,见未命以讥之。"《穀梁传》曰:"武氏子者,何也?天子之大夫也。天子之大夫,其称武氏子,何也?未毕丧,孤未爵。未爵使之,非正也。"范《注》云:"时平王之丧在殡。因先王之丧在殡,故嗣子不得命大夫也。"

鲁庄公灭同姓，则以为大恶而为之讳。

庄八年："夏，师及齐师围成。成降于齐师。"《公羊传》曰："成者何？盛成。盛则曷为谓之成？讳灭同姓也。"《春秋繁露·玉英》篇曰："变成谓之盛，讳大恶也。"

卫文公灭同姓则书名以示绝。

僖二十五年："春王正月丙午，卫侯毁灭邢。"《公羊传》曰："卫侯毁何以名？绝。曷为绝之？灭同姓也。"《榖梁传》曰："毁之名，何也？不正其伐本而灭同姓也。"《左氏传》曰："卫侯毁灭邢，同姓也，故名。"《礼记·曲礼下》篇曰："诸侯不生名，灭同姓名。"《春秋繁露·观德》篇曰："灭人者不绝，卫侯毁灭同姓独绝，贱其本祖而忘先也。"

晋伐同姓，则视晋为狄。

昭十二年："晋伐鲜虞。"《榖梁传》曰："其曰晋，狄之也。其狄之，何也？不正其与夷狄交伐中国，故狄称之也。"《公羊》无传。何《注》云："谓之晋者，中国以无义故为夷狄所强，今楚行诈灭陈、蔡，诸夏惧然去而与晋会于屈银。不因以大绥诸侯，先之以博爱，而先伐同姓，从亲亲起，欲以立威行霸，故狄之。"《春秋繁露·楚庄王》篇曰："《春秋》曰：'晋伐鲜虞。'奚恶乎晋而同夷狄也？曰：《春秋》尊礼而重信，礼无不答，施无不报，天之数也。今我君臣同姓遇女，女无良心，礼以不答，有恐畏我，何其不夷狄也。公子庆父之乱，鲁危殆亡，而齐侯安之。于彼无亲，尚来忧我，今晋不以同姓忧我，而强大厌我，我心望焉，故言之不好，谓之晋而已，婉辞也。"

鲁僖公取同姓之田，则亦为之讳。

僖三十一年："春，取济西田。"《公羊传》曰："恶乎取之？取之曹也。曷为不言取之曹？讳取同姓之田也。"

同姓之国灭而鲁不能救，则亦为之讳。

哀八年："春王正月，宋公入曹，以曹伯阳归。"《公羊传》曰："曹伯阳何以名？绝。曷为绝之？灭也。曷为不言其灭？讳同姓之灭，力能救之而不救也。"

此皆以不能尽亲亲之道而见恶于《春秋》者也。

然蒯聩为无道，则许卫辄之辞父。

哀三年："春，齐国夏、卫石曼姑帅师围戚。"《公羊传》曰："齐国夏曷为与卫石曼姑帅师围戚？伯讨也。此其为伯讨奈何？曼姑受命乎灵公而立辄，以曼姑之义为固可以距之也。辄者，曷为者也？蒯聩之子也。然则曷为不立蒯聩而立辄？蒯聩为无道，灵公逐蒯聩而立辄。然则辄之义可以立乎？曰：可。其可奈何？不以父命辞王父命。以王父命辞父命，是父之行乎子也。不以家事辞王事。以王事辞家事，是上之行乎下也。"二年："晋赵鞅帅师纳卫世子蒯聩于戚。"《穀梁传》曰："纳者，内弗受也。帅师而后纳者，有伐也。何用弗受也？以辄不受父之命，受之王父也。信父而辞王父，则是不尊王父也。其弗受，以尊王父也。"《春秋繁露·顺命》篇曰："子不奉父命，则有伯讨之罪，卫世子蒯聩是也。"《汉书·隽不疑传》曰："始元五年，有一男子乘黄犊车，建黄旐，衣黄襜褕，著黄冒，诣北阙，自谓卫太子。公车以闻，诏使公卿将军中二千石杂识视。长安中吏民聚观者数万人。右将军勒兵阙下，以备非常。丞相御史中二千石至者并莫敢发言。京兆尹不疑后到，叱从吏收缚。或曰：'是非未可知，且安之。'不疑曰：'诸君何患于卫太子！昔蒯聩违命出奔，辄拒而不纳，《春秋》是之。卫太子得罪先帝，亡不即死，今来自诣，此罪人也。'遂送诏狱。天子与大将军霍光闻而嘉之，曰：'公卿大臣当用经术明于大谊。'繇是名声出于朝廷，在位者皆自以不及也。"《后汉书·安帝纪》曰："《春秋》之义，为人后者为之子，不以父命辞王父命。"

文姜与弑公，则不与鲁庄之念母。

庄元年："三月，夫人孙于齐。"《公羊传》曰："内讳奔谓之孙。夫人固在齐矣，其言孙于齐，何？念母也。夫人何以不称姜氏？贬。曷为贬？与弑公也。念母者，所善也。则曷为于其念母焉贬？不与念母也。"何《注》云："念母则忘父，背本之道也。盖重本尊统，使尊行于卑，上行于下。"《穀梁传》曰："孙之为言犹孙也，讳奔也。接练时，录母之变，始人之也。不言氏姓，贬之也。人之于天也，以道受命；于人也，以言受命。不若于道者，天绝之也；不若于言者，人绝之也。臣子大受命。"《左氏传》曰："夫人孙于齐，不称姜氏，绝不为亲礼也。"《春秋繁露·精华》篇曰："故变天地之位，正阴阳之序，直行其道而不忘其难,义之至也。是故胁严社而不为不敬灵,出天王而不为不尊上,辞父之命而不为不承亲,绝母之属而不为不孝慈,义矣夫!"又《观德》篇曰:"王父父所绝,子孙不得属。鲁庄公之不得念母,卫辄之辞父命是也。"《说苑·辨物》篇曰:"《春秋》乃正天下之位,征阴阳之失,直书逆者,不避其难。是以《春秋》之不畏强御也。故劫严社而不为惊灵,出天王而不为不尊上,辞蒯聩之命而不为不听其父,绝文姜之属而不为不爱其母,其义之尽耶!其义之尽耶!"

知亲亲之中,尊固有所统也。

公子牙为恶,季子以诛兄见贤。

庄三十二年:"秋,七月,癸巳,公子牙卒。"《公羊传》曰:"何以不称弟?杀也。杀则曷为不言刺?为季子讳杀也。曷为为季子讳杀?季子之遏恶也,不以为国狱,缘季子之心而为之讳。季子之遏恶奈何?庄公病,将死,以病召季子,季子至而授之以国政。曰:'寡人即不起此病,吾将焉致乎鲁国。'季子曰:'般也存,君何忧焉。'公曰:'庸得若是乎!牙谓我曰:鲁一生一及,〔注八〕君已知之矣,庆父也存。'季子曰:'夫何敢!是将为乱乎!夫何敢!'俄而牙杀械成。季子和药而饮之,曰:'公子从吾言而饮此,则必可以无为天下戮笑,必有后乎鲁国;不从吾言而不饮此,则必为天下戮笑,必无后乎鲁国。'于是从其言而饮之。饮之无傫氏,至乎王堤而死。公子牙今将尔,辞曷为与亲弑者同?君亲无将,将而诛焉。然则善之与？曰：然。杀世子母弟直称君者，甚之也。季子杀母兄，何善尔？诛不得辟兄，君臣之义也。然则曷为不直诛而鸩之？行诛乎兄，隐而逃之，使托若以疾死然，亲亲之道也。"《白虎通·诛伐》篇曰："诛不避亲戚，何？所以尊君卑臣，强干弱枝，因善善恶恶之义也。《春秋传》曰：'季子杀其母兄。'何善尔？诛不避母兄，君臣之义也。《尚书》曰：'肆朕诞以尔东征。'诛弟也。"《汉书·董贤传》曰："盖'君亲无将，将而诛之'。是以季友鸩叔牙，《春秋》贤之；赵盾不讨贼，谓之弑君。"《后汉书·樊儵传》曰："广陵王荆有罪，帝（明帝）以至亲悼伤之。诏儵理其狱。事竟，奏请诛荆。引见宣明殿，帝怒曰：'诸卿以我弟故，欲诛之，即我子，卿等敢尔邪！'儵仰而对曰：'天下，高帝天下，非陛下之天下也。《春秋》之义，"君亲无将，将而诛焉"。是以周公诛弟，季友鸩兄，经传大之。臣等以荆属托母弟，陛下留圣心，加恻隐，故敢请耳。如今陛下子，臣等专诛而已。'帝叹息良久。儵益以此知名。"又《梁统传》："统对问曰：《春秋》之诛，不避亲戚，所以防患救乱，坐安众庶，岂无仁爱之恩，贵绝残贼之路也？"又袁绍传："审配献书袁谭曰：'周公垂涕以毙惠栋说应作蔽。管、蔡之狱，季友歔欷而行叔牙之诛，何则？义重人轻，事不获已故也。'"

鲁宣公弑君，叔肸以非兄取贵。

宣十七年："冬十有一月壬午，公弟叔肸卒。"《穀梁传》曰："其曰公弟叔肸，贤之也。其贤之，何也？宣弑而非之也。非之则胡为不去也？曰：兄弟也，何去而之。与之财，则曰：我足矣。织屦而食，终身不食宣公之食。君子以是为通恩也，以取贵乎《春秋》。"《公羊》无传。何《注》曰："称字者，贤之。宣公篡立，叔肸不仕其朝，不食其禄，终身于贫贱。孔子曰：'笃信好学，守死善道。危邦不入，乱邦不居。天下有道则见，无道则隐。'此之谓也。"《白虎通·王者不臣》篇曰："盛德之士不名，尊贤也。《春秋》曰：公弟叔肸。"《新序·节士》篇曰："鲁宣公者，文公之弟也。文公薨，文公之子赤立为鲁侯，宣公杀子赤而夺其国。公子肸者，宣公之同母弟也。宣公杀子赤而肸非之。宣公与之禄，则曰我足矣，何以兄之食为哉！织屦而食，终身不食宣公之食。其仁恩厚矣，其守节固矣。故《春秋》美而贵之。"《盐铁论·论儒》篇曰："阖庐杀僚，公子札去而之延陵，终身不入吴国。鲁宣公弑子赤，叔肸退而隐处，不食其禄。亏义得尊，枉道取容，效死不为也。"

哀姜乱鲁，齐桓以正诛见称。

僖元年："秋，七月，戊辰，夫人姜氏薨于夷，齐人以归。"《公羊传》曰："夷者何？齐地也。齐地则其言齐人以归，何？夫人薨于夷，则齐人以归。夫人薨于夷，则齐人曷为以归？桓公召而缢杀之。"何《注》云："先言薨，后言以归，而不言丧者，起桓公召夫人于郱娄，归杀之于夷，因为内讳耻，使若夫人自薨于夷，然后齐人以归者也。主书者，从内不绝录，因见桓公行霸正诛，不阿亲亲。疾夫人淫泆二叔，杀二嗣子而杀之。"

《史记·齐世家》曰："鲁哀姜，桓公女弟也。哀姜淫于鲁公子庆父。庆仪弑湣公即闵公。哀姜欲立庆父，鲁人更立厘公即僖公。桓公召哀姜杀之。"《汉书·孝成赵后传》曰："鲁严公即庄公，汉人讳庄为严。夫人杀世子，齐桓公召而诛焉，《春秋》与之。"

弟闵而兄僖，文公以逆祀见讥。

文二年："八月丁卯，大祀于太庙，跻僖公。"《公羊传》曰："大祀者何？大祫也。大祫者何？合祭也。其合祭奈何？毁庙之主陈于大祖，未毁庙之主，皆升合食于大祖，五年而再殷祭。跻者何？升也。何言乎升僖公？讥。何讥尔？逆祀也。其逆祀奈何？先祢而后祖也。"何《注》云："文公缘僖公于闵公为庶兄，置僖公于闵公上，失先后之义，故讥之。"《穀梁传》曰："大事者何？大是事也。着合尝。祫祭者，毁庙之主陈于大祖，未毁庙之主，皆升合祭于大祖。跻，升也。先亲而后祖也，逆祀也。逆祀则是无昭穆也，无昭穆则是无祖也，无祖则无天也。故曰：文无天。无天者，是无天而行也。君子不以亲亲害尊尊，此《春秋》之义也。"《左氏传》曰："跻僖公，逆祀也。"《礼记·礼器》篇曰："臧文仲安知礼，夏父弗綦逆祀而弗止也。"郑《注》云："文二年八月，丁卯，大事于太庙，跻僖公，始逆祀。是夏父弗綦为宗人之为也。"《春秋繁露·玉杯》篇曰："文公乱其群祖以逆先公。"《后汉书·周举传》曰："梁太后临朝，诏以殇帝幼崩，庙次宜在顺帝下。太常马访奏宜如诏书；谏议大夫吕勃以为应依昭穆之序，先殇帝，后顺帝。诏下公卿。举议曰：'《春秋》鲁闵公无子，庶兄僖公代立，其子文公遂跻僖于闵上。孔子讥之，《书》曰："有事于太庙，跻僖公。"《传》曰："逆祀也。"及定公正其序，《经》曰："从祀先公。"为万世法也。今殇帝在先，于秩为父，顺帝在后，于亲为子，先后之义不可改，昭穆之序不可乱。吕勃议是也。'太后下诏从之。"

他如大夫受君命，闻丧而不得反。

宣八年："夏六月，公子遂如齐，至黄，乃复。"《公羊传》曰："其言至黄乃复，何？有疾也。何言乎有疾乃复？讥。何讥尔？大夫以君命出，闻丧，徐行而不反。"何《注》云："闻丧者，闻父母之丧。"《春秋繁露·精华》篇曰："闻丧徐行不反者，谓不以亲害尊，不以私妨公也。"《白虎通·丧服》篇曰："大夫使受命而出，闻父母之丧，非君命不反，盖重君也。故《春秋传》曰：大夫以君命出，闻丧，徐行不反。"

以王事辞家事，不以家事辞王事。

哀三年："春，齐国夏、卫石曼姑率师围戚。"《公羊传》曰："不以家事辞王事，以王事辞家事，是上之行乎下也。"

盖国重于家，固不以亲害尊，以私妨公也。

《春秋繁露·精华》篇，文见上。

重妃匹第二十四

夫妇者，人伦之始也，《春秋》重之。

纳币，不当亲者也，而亲之，则讥。

庄二十二年："冬，公如齐纳币。"《公羊传》曰："纳币不书，此何以书？讥。何讥尔？亲纳币。非礼也。"《穀梁传》曰："纳币，大夫之事也。公之亲纳币，非礼也，故讥。"

亲迎，宜亲之者也，而不亲，则讥。

隐二年："九月，纪履緰来逆女。"《公羊传》曰："纪履緰者何？纪大夫也。外逆女不书，此何以书？讥。何讥尔？讥始不亲迎也。"《穀梁传》曰："逆女，亲者也。使大夫，非正也。"桓三年："公子翚如齐逆女。"《穀梁传》曰："逆女，亲者也。使大夫，非正也。"成十四年："秋，叔孙侨如如齐逆女。九月，侨如以夫人妇姜氏至自齐。"《穀梁传》曰："大夫不以夫人，以夫人，非正也。刺不亲迎也。"《汉书·外戚传》曰："故《易》基《乾坤》，《诗》首《关雎》，《书》美釐降，《春秋》讥不亲迎。夫妇之际，人道之大伦也。"

其亲之者则称。

庄二十四年："夏，公如齐逆女。"《公羊传》曰："何以书？亲迎，礼也。"

娶于国中，讥。

僖二十五年："宋杀其大夫。"《公羊传》曰："何以不名？

宋三世无大夫，三世内娶也。"何《注》云："内娶大夫女也。言无大夫者，礼：不臣妻之父母。国内皆臣，无娶道。故绝去大夫名，正其义也。"文七年："宋人杀其大夫。"《公羊传》曰："何以不名？三世无大夫，三世内娶也。"文八年："宋人杀其大夫司马，宋司城来奔。"《公羊传》曰："司马者何？司城者何？皆官举也。曷为皆官举？宋三世无大夫，三世内娶也。"《白虎通·嫁娶》篇曰："诸侯所以不得自娶国中，何？诸侯不得专封，义不可臣其父母。《春秋传》曰：'宋三世无大夫。'恶其内娶也。"又《王者不臣》篇曰："不臣妻父母，何？妻者与己一体，恭承宗庙，欲得其欢心。上承先祖，下继万世，传于无穷，故不臣也。《春秋》讥宋三世内娶于国中，谓无臣也。"

娶于外大夫，讥。

文四年："夏，逆妇姜于齐。"《公羊传》曰："其谓之逆妇姜于齐，何？略之也。高子曰：娶于大夫者略之也。"何《注》云："贱，非所以奉宗庙，故略之。"《春秋繁露·玉杯》篇曰："文公取于大夫以卑宗庙，乱其群祖以逆先公，小善无一，而大恶四五。"

鲁惠公妃匹不正，致隐公之弑。

隐元年："春王正月。"《公羊传》曰："公何以不言即位？成公意也。何成乎公之意？公将平国而反之桓。曷为反之桓？桓幼而贵，隐长而卑。其为尊卑也微，国人莫知。隐长又贤，诸大夫扳隐而立之。〔注九〕隐于是焉而辞立，则未知桓之将必得立也。且如桓立，则恐诸大夫之不能相幼君也。故凡隐之立，为桓立也。隐长又贤，何以不宜立？立适以长不以贤，立子以贵不以长。桓何以贵？母贵也。母贵则子何以贵？子以母贵，母以子贵。"《穀梁传》曰："公何以不言即位？成公志也。焉成之？言君之不取为公也。君之不取为公，何也？将以让桓也。"四年："秋，翚帅师会宋公、陈侯、蔡人、卫人伐郑。"《公羊传》曰："翚者何？公子翚也。何以不称公子？贬。曷为贬？与弑公也。其与弑公奈何？公子翚谄乎隐公，谓隐公曰：'百姓安子，诸侯说子，盍终为君矣？'隐曰：'吾否，吾使修涂裘，吾将老焉。'公子翚恐若其言闻乎桓。于是谓桓曰：'吾为子口隐矣，隐曰：吾不反也。'桓曰：'然则奈何？'曰：'请作难弑隐公。'于钟巫之祭焉弑隐公也。"《穀梁传》曰："翚者，何也？公子翚也。其不称公子，何也？贬之也。何为贬之也？与于弑公，故贬也。"十一年："冬十有一月，公薨。"《公羊传》曰："何以不书葬？隐之也。何隐尔？弑也。公薨何以不地？不忍言也。隐何以无正月？隐将让乎桓，故不有其正月也。"《穀梁传》曰："公薨，不地，故也。隐之，不忍地也。其不言葬，何也？君弑，贼不讨，不书葬，以罪下也。"《公羊疏》（卷一）引《春秋说》曰："惠公妃匹不正，隐、桓之祸生，是为夫之道缺也。"树达按：《史记·鲁世家》曰："惠公适夫人无子，公贱妾声子生子息。息长，为娶于宋。宋女至而好，惠公夺而自妻之，生子允。登宋女为夫人，以允为太子。"此妃匹不正之事也。

僖公以妾为妻，生楚女之怨。

僖八年："秋七月，禘于大庙，用致夫人。"《公羊传》曰："用者何？用者，不宜用也。致者何？致者，不宜致也。禘用致夫人，非礼也。夫人何以不称姜氏？贬。曷为贬？讥以妾为妻也。其言以妾为妻，奈何？盖胁于齐媵女之先至者也。"何《注》云："僖公本聘楚女为嫡，齐女为媵。齐先致其女，胁僖公使用为嫡。"《穀梁传》曰："用者，不宜用者也。致者，不宜致者也。言夫人必以其氏姓，言夫人而不以氏姓，非夫人也，立妾之辞也，非正也。夫人之，我可以不夫人之乎！夫人卒葬之，我可以不卒葬之乎！一则以宗庙临之而后贬焉，一则以外之弗夫人而见正焉。"二十年："西宫灾。"《公羊传》曰："西宫者何？小寝也。西宫灾何以书？记灾也。"何《注》云："是时僖公为齐所胁，以齐媵为嫡。楚女废在西宫而不见恤，悲愁怨旷之所生也。"《春秋繁露·王道》篇曰："《春秋》之义，立夫人以适不以妾。"《汉书·五行志上》曰："釐公即僖公二十年，五月，己酉《春秋经》作乙巳，西宫灾。董仲舒以为釐娶于楚而齐媵之，胁公使立以为夫人。西宫者，小寝，夫人之居也。若曰妾何为居此宫，诛去之意也。以天灾，故大之曰西宫也。"《盐铁论·备胡》篇曰："宋伯姬愁思而宋国火，鲁妾不得意而鲁寝灾。"《后汉书·吕强传》："强上疏曰：昔楚女悲愁，则西宫致灾。"又《陈蕃传》曰："是以倾宫嫁而天下化，楚女悲而西宫灾。"

季姬背邾更嫁，致鄫子之戕。

僖十四年："夏六月，季姬及鄫子遇于防，使鄫子来朝。"《公羊传》曰："鄫子曷为使乎季姬来朝？内辞也。非使来朝，使来请己也。"何《注》云："使来请娶己以为夫人。下书归是也。"《穀梁传》曰："遇者，同谋也。来朝者，来请己也。朝不言使。言使，非正也，以病缯子也。"十五年："季姬归于鄫。"《白虎通·嫁娶》篇曰："聘嫡未往而死，媵当往，何？人君不再娶之义也。天命不可保，故一娶九女。以《春秋》伯姬卒时，姊季姬更嫁鄫，《春秋》讥之。"十九年："夏六月，宋公、曹人、邾人盟于曹南。鄫子会盟于邾娄。己酉，邾娄人执鄫子，用之。"《公羊传》曰："恶乎用之？用之社也。其用之社奈何？盖叩其鼻以血社也。"何《注》云："鲁本许嫁季姬于邾娄，季姬淫泆，使鄫子请己而许之。二国交忿，襄公为此盟，欲和解之。既在会间，反为邾娄所欺，执用鄫子。"《穀梁传》曰："微国之君因邾以求与之盟，人因己以求与之盟，己迎而执之。恶之，故谨而日之也。用之者，叩其鼻以衈社也。"

皆《春秋》之炯戒也。

〔注一〕致天子则不与。致，谓召之使至；不与，犹今言不许可。

〔注二〕实与而文不与。桓公意在救卫，其意可取，故意实嘉与之，故曰实与。文不与者，书法上不与之。盖如文亦与之，则有承认诸侯得专封之嫌也。

〔注三〕正在大夫也。正与政同。

〔注四〕不若于道者，天绝之也。若，顺也。

〔注五〕两下相杀也。下谓臣下。

〔注六〕明君漏言杀之，当坐杀也。坐，谓坐其罪，犹言受其罪名也。

〔注七〕既而不可及。既，谓已弑。

〔注八〕鲁一生一及。何《注》云：父死子继曰生，兄死弟继曰及。

〔注九〕诸大夫扳隐而立之。扳，谓援引。

卷五

尚别第二十五

《春秋》贵男女之别。

故宋伯姬守礼则贤之。

襄三十年:"五月甲午,宋灾,伯姬卒。秋七月,叔弓如宋,葬宋共姬。"《公羊传》曰:"外夫人卒不书葬,此何以书?隐之也。何隐尔?宋灾,伯姬卒焉。其称谥,何?贤也。何贤尔?宋灾,伯姬存焉。有司复曰:'火至矣,请出。'伯姬曰:'不可!吾闻之也,妇人夜出,不见傅母不下堂。'傅至矣,母未至也,逮乎火而死。"《穀梁传》曰:"取卒之日加之灾上者,见以灾卒也。其见以灾卒奈何?伯姬之舍失火,左右曰:'夫人少辟火乎!'伯姬曰:'妇人之义,傅母不在,宵不下堂。'左右曰:'夫人少辟火乎!'伯姬曰:'妇人之义,保母不在,宵不下堂。'遂逮乎火而死。妇人以贞为行者也,伯姬之妇道尽矣。详其事,贤伯姬也。"《春秋繁露·王道》篇曰:"宋伯姬曰:妇人夜出,傅、母不在不下堂。观乎宋伯姬,知贞妇之信。"《淮南子·泰族训》曰:"宋伯姬坐烧而死,《春秋》大之,取其不逾礼而行也。"《新序·杂事一》篇曰:"禹之兴也以涂山,桀之亡也以末喜,汤之兴也以有莘,纣之亡也以妲己,文武之兴也以任姒,幽王之亡也以褒姒;是以《诗》正《关雎》而《春秋》褒伯姬也。"荀爽《女诫》曰:"圣人制礼,以隔阴阳。非礼不动,非义不行。是故宋伯姬遭火不下堂,知必为灾。傅、母不来,遂成于灰。《春秋》书之,以为高也。"树达按:宋襄公守礼而败于泓,宋伯姬守礼而死于火,《春秋》褒而贤之者,此圣人睹衰世之灭礼,存救世之苦心也。

纳币不书,录伯姬则书。

成八年:"夏,宋公使公孙寿来纳币。"《公羊传》曰:"纳币不书,此何以书?录伯姬也。"何《注》云:"伯姬守节,逮火而死,贤,故详录其礼,所以殊于众女。"

致女不书,录伯姬则书。

成九年:"夏,季孙行父如宋致女。"《公羊传》曰:"未有言致女者,此其言致女,何?录伯姬也。"何《注》云:"书者,与上纳币同义。"《榖梁传》曰:"详其事,贤伯姬也。"

媵不书,录伯姬则书。

成八年:"卫人来媵。"《公羊传》曰:"媵不书,此何以书?

录伯姬也。"《穀梁传》曰："媵,浅事也,不志。此其志,何也?以伯姬之不得其所,故尽其事也。"成九年："晋人来媵。"《公羊传》曰："媵不书,此何以书?录伯姬也。"《穀梁传》曰："媵,浅事也,不志。此其志,何也?以伯姬之不得其所,故尽其事也。"成十年："齐人来媵。"《公羊传》曰："媵不书,此何以书?录伯姬也。"

外夫人卒不书葬,贤伯姬则书之。

襄三十年："秋七月,叔弓如宋,葬宋共姬。"《公羊传》曰："外夫人卒不书葬,此何以书?隐之也。何隐尔?宋灾,伯姬卒焉。其称谥,何?贤也。"《穀梁传》曰："外夫人不书葬,此其言葬,何也?吾女也,卒灾,故隐而葬之也。"

会不言所为,录伯姬则言之。

襄三十年："晋人、齐人、宋人、郑人、卫人、曹人、莒人、邾娄人、滕人、薛人、杞人、小邾娄人会于澶渊,宋灾故。"《公羊传》曰："宋灾故者何?诸侯会于澶渊,凡为宋灾故也。会未有言其所为者,此言所为,何?录伯姬也。诸侯相聚而更宋之所丧,曰:死者不可复生,尔财复矣。"

尚别则远嫌,故夫人惟奔父母之丧以得礼书。

文九年："夫人姜氏如齐。"《公羊》无传。何《注》云："奔父母之丧也。""三月,夫人姜氏至自齐。"何《注》云："出独致者,得礼。"《礼记·杂记下》篇曰："妇人非三年之丧,不逾封而吊。如三年之丧,则君夫人归。夫人其归也,以诸侯之吊礼，其待之也，若待诸侯然。"惠士奇曰："夫人奔丧，《春秋》书如书至，皆从诸侯之礼。"

自余外如则讥。〔注一〕

庄五年："夏，夫人姜氏如齐师。"《榖梁传》曰："妇人既嫁不逾竟，逾竟，非礼也。"十五年："夏，夫人姜氏如齐。"《榖梁传》曰："妇人既嫁不逾竟，逾竟，非礼也。"十九年："夫人姜氏如莒。"《榖梁传》曰："妇人既嫁不逾竟，逾竟，非正也。"二十年："春，王正月，夫人姜氏如莒。"《榖梁传》曰："妇人既嫁不逾竟，逾竟，非正也。"

出会则讥。

庄二年："冬十有二月，夫人姜氏会齐侯于禚。"《榖梁传》曰："妇人既嫁不逾竟，逾竟，非正也。妇人不言会，言会，非正也。"《左氏传》曰："夫人姜氏会齐侯于禚，书奸也。"七年："春，夫人姜氏会齐侯于防。"《榖梁传》曰："妇人不会，会，非正也。""冬，夫人姜氏会齐侯于谷。"《榖梁传》曰："妇人不会，会，非正也。"

出飨则讥。

庄四年："春王正月，夫人姜氏飨齐侯于祝丘。"《榖梁传》曰："飨甚矣。飨齐侯，所以病齐侯也。"《左氏》无传。杜《注》："两君相见之礼，非夫人所用。直书以见其失。"

杞伯姬来朝其子则讥。

僖五年："杞伯姬来朝其子。"《榖梁传》曰："妇人既嫁不逾竟，逾竟，非正也。"

来求妇则讥。

僖三十一年："冬，杞伯姬来求妇。"《穀梁传》曰："妇人既嫁不逾竟，杞伯姬来求妇，非正也。"

荡伯姬来逆妇则讥。

僖二十五年："宋荡伯姬来逆妇。"《穀梁传》曰："妇人既嫁不逾竟，宋荡伯姬来逆妇，非正也。"

季姬遇鄫子则讥。

僖十四年："夏六月，季姬及鄫子遇于防。使鄫子来朝。"《公羊传》曰："鄫子曷为使乎季姬来朝？内辞也。非使来朝，使来请己也。"《穀梁传》曰："遇者，同谋也。来朝者，来请己也。朝不言使，非正也，以病缯子也。"十五年："季姬归于鄫。"《白虎通·嫁娶》篇曰："聘嫡未往而死，媵当往，何？人君不再娶之义也。天命不可保，故一娶九女。以《春秋》伯姬卒时，姊季姬更嫁鄫，《春秋》讥之。"

尚别则贱淫，故陈佗外淫则绝之。

桓六年："蔡人杀陈佗。"《公羊传》曰："陈佗者何？陈君也。陈君则曷为谓之陈佗？绝也。曷为绝之？贱也。其贱奈何？外淫也。恶乎淫？淫于蔡，蔡人杀之。"《春秋繁露·王道》篇曰："陈侯佗淫乎蔡，蔡人杀之。古者诸侯出疆，必具左右，备一师，以备不虞。今陈侯恣以身出入民间，至死闾里之庸，甚非人君之行也。观乎陈佗，知嫉淫之过。"《史记·陈敬仲世家》

曰："厉公既立，娶蔡女。蔡女淫于蔡人，数归，厉公亦数如蔡。桓公之少子林怨厉公杀其父与兄，乃令蔡人诱厉公而杀之。林自立，是为庄公。厉公之杀，以淫出国。故《春秋》曰：'蔡人杀陈佗。'罪之也。"

鲁庄外淫则危之。

庄二十三年："春，公至自齐。"《公羊传》曰："桓之盟不日，其会不致，信之也。此之桓国，何以致？危之也。何危尔？公一陈佗也。"何《注》云："公如齐淫，与陈佗相似如一也。""夏，公如齐观社。"《公羊传》曰："何以书？讥。何讥尔？诸侯越竟观社，非礼也。"何《注》云："讳淫言观社者，与亲纳同义。"《穀梁传》曰："常事曰视，非常曰观。观，无事之辞也。以是为尸女也。"《春秋繁露·竹林》篇曰："故言观鱼犹言观社也，皆讳大恶之辞也。"

单伯、子叔姬道淫则罪之。

文十四年："冬，单伯如齐。齐人执单伯。齐人执子叔姬。"《公羊传》曰："单伯之罪何？道淫也。恶乎淫？淫乎子叔姬。然则曷为不言齐人执单伯及子叔姬？内辞也。使若异罪然。"何《注》云："深讳，使若各自以他事见执者。"《穀梁传》曰："私罪也。单伯淫于齐，齐人执之。齐人执子叔姬，叔姬同罪也。"文十五年："十有二月，齐人来归子叔姬。"《公羊传》曰："其言来，何？闵之也。子虽有罪，犹若其不欲服罪然"。《穀梁传》曰："其言来归，向也？父母之于子，虽有罪，犹欲其免也。"

秦以无男女之别而为狄。

僖二十三年:"夏四月辛巳,晋人及姜戎败秦于殽。"《穀梁传》曰:"不言战而言败,何也?狄秦也。其狄之,何也?秦越千里之险入虚国,进不能守,退败其师徒。乱人子女之教,无男女之别。秦之为狄,自殽之战始也。"

吴以无男女之别而反夷。

定四年:"十一月庚辰,吴入楚。"《公羊传》曰:"何以不称子?反夷狄也。其反夷狄奈何?君舍于君室,大夫舍于大夫室,盖妻楚王之母也。"《穀梁传》曰:"何以谓之吴也?狄之也。何为狄之也?君居其君之寝而妻其君之妻,大夫居其大夫之寝而妻其大夫之妻,盖有欲妻楚王之母者。不正乘败人之绩而深为利,居人之国,故反其狄道也。"

若鲁文姜淫于齐襄而桓公弑。

庄元年:"三月,夫人孙于齐。"《公羊传》曰:"夫人何以不称姜氏?贬。曷为贬?与弑公也。其与弑公奈何?夫人谮公于齐侯:'公曰:同非吾子,齐侯之子也。'齐侯怒,与之饮酒。于其出焉,使公子彭生送之。于其乘焉,搚干而杀之。"桓十八年:'春王正月,公会齐侯于泺。公与夫人姜氏遂如齐。夏四月丙子,公薨于齐。'《左氏传》曰:'春,公将有行,遂与姜氏如齐。申繻曰:'女有家,男有室,无相渎也,谓之有礼。易此必败。'公会齐侯于泺,遂及文姜如齐。齐侯通焉。

公谪之，以告。夏四月丙子，享公。使公子彭生乘公，公薨于车。鲁人告于齐曰：'寡君畏君之威，不敢宁居，来修旧好。礼成而不反，无所归咎，恶于诸侯。请以彭生除之。'齐人杀彭生。"

哀姜淫于二弟而鲁国危。

庄二十七年："秋，公子友如陈，葬原仲。"《公羊传》曰："原仲者何？陈大夫也。大夫不书葬，此何以书？通乎季子之私行也。何通乎季子之私行？辟内难也。君子辟内难而不辟外难。内难者何？公子庆父、公子牙、公子友，皆庄公之母弟也。公子庆父、公子牙通乎夫人以胁公。季子起而治之，则不得与于国政；坐而视之，则亲亲因不忍见也。故于是复请至于陈而葬原仲也。'庄三十二年："冬十月乙未，子般卒。"《公羊传》曰："子卒云子卒，此其称子般卒，何？君存称世子，君薨称子某，既葬称子，踰年称公。"闵元年："春王正月。"《公羊传》曰："公何以不言即位？继弑君不言即位。孰继？继子般也。孰弑子般？庆父也。"二年："秋八月辛丑，公薨。"《公羊传》曰："公薨何以不地？隐之也。何隐尔？弑也。孰弑之？庆父也。""冬，齐高子来盟。"《公羊传》曰："庄公死，子般弑，闵公弑，比三君弑，旷年无君。设以齐取鲁，曾不与师，徒以言而已矣。"《春秋繁露·王道》篇曰："鲁庄公好宫室，一年三起台，夫人内淫尔弟，弟兄子父相杀，国绝莫继，为齐所存，夫人淫之过也。妃匹贵妾，可不慎邪！"

陈灵公淫于夏姬而身弑国危。

宣九年："陈杀其大夫泄冶。"《穀梁传》曰："称国以杀其大夫，杀无罪也。泄冶之无罪如何？陈灵公通于夏徵舒之家，公孙宁、仪行父亦通于其家。或衣其衣，或衷其襦，以相戏于朝。泄冶闻之，入谏曰：'使国人闻之则犹可，使仁人闻之则不可。'君愧于泄冶，不能用其言而杀之。"十年："五月癸巳，陈夏徵舒弑其君平国。"十一年："冬十月，楚人杀陈夏徵舒。丁亥，楚子入陈。"

亦《春秋》之大戒也。

正继嗣第二十六

《春秋》正与子，不正与弟。

故宋宣传缪公则讥。

隐三年："十有二月癸未，葬宋缪公。"《公羊传》曰："葬者曷为或日或不日？〔注二〕不及时而日，渴葬也。〔注三〕不及时而不日，慢葬也。过时而日，隐之也。过时而不日，谓之不能葬也。当时而不日，正也。当时而日，危不得葬也。此当时，何危尔？宣公谓缪公曰：'以吾爱与夷，则不若爱女。以为社稷宗庙主，则与夷不若女。盍终为君矣！'宣公死，缪公立。缪公逐其二子庄公冯与左师勃，曰：'尔为吾子，生毋相见，死毋相哭。'与夷复曰：'先君之所为不与臣国而纳国乎君者，以君可以为社稷宗庙主也；今君逐君之二子而将致国乎与夷，此非先君之意也。且使子而可逐，则先君其逐臣矣。'缪公曰：'先君之不尔逐，可知矣。吾立乎此，摄也。'〔注四〕终致国乎与夷。庄公冯弑与夷。故君子大居正，宋之祸，宣公为之也。"《史记·宋世家》赞曰："《春秋》讥宋之乱，自宣公废太子而立弟，国以不宁者十世。"又梁孝王世家："褚先生曰：梁王西入朝，谒窦太后，燕见，与景帝俱侍坐于太后前，语言私说。太后谓帝曰：'吾闻殷道亲亲，周道尊尊，其义一也。安车大驾，用梁孝王为寄。'景帝跪席举身曰：'诺。'罢酒出，帝召袁盎诸大臣通经术者曰：'太后言如是，何谓也？'皆对曰：'太后意欲立梁王为帝太子。'帝问其状，袁盎等曰：'殷道亲亲者，立弟。周道尊尊者，立子。殷道质，质者法天，亲其所亲，故立弟。周道文，文者法地，尊者敬也，敬其本始，故立长子。周道，太子死，立适孙。殷道，太子死，立其弟。'帝曰：'于公何如？'皆对曰：'方今汉家法周，周道不得立弟，当立子。故《春秋》所以非宋宣公。宋宣公死，不立子而与弟。弟受国死，复反之与兄之子。弟之子争之，以为我当代父后，即刺杀兄子；以故国乱，祸不绝。故《春秋》曰："君子大居正，宋之祸宣公为之。"臣请见太后白之。'袁盎等入见太后：'太后言欲立梁王，梁王即终，欲谁立？'太后曰：'吾复立帝子。'袁盎等以宋宣公不立正，生祸，祸乱后五世不绝，小不忍害大义状报太后。太后乃解说，即使梁王归就国。"《后汉书》注引

《东观汉记》:"和帝诏曰:礼重适庶之序,《春秋》之义大居正。太子,国之储嗣,可不重与!"

卫人立晋则讥。

隐四年:"冬十有二月,卫人立晋。"《公羊传》曰:"晋者何?公子晋也。立者,不宜立也。其称人,何?众立之之辞也。然则孰立之?石碏立之。石碏立之,则其称人,何?众之所欲立也。众虽欲立之,其立之非也。"《穀梁传》曰:"卫人者,众辞也。立者,不宜立者也。晋之名,恶也。其称人以立之,何也?得众也。得众则是贤也。贤则其曰不宜立,何也?《春秋》之义,诸侯与正而不与贤也。"范《注》云:"正谓嫡长也。"《史记·卫世家》曰:"州吁收聚卫亡人以袭弑桓公,州吁自立为卫君。卫人皆不爱。石碏与陈侯共谋,弑州吁于濮,而迎桓公弟晋于邢而立之。"《春秋繁露·玉英》篇曰:"《春秋》之法,君立不宜立不书,大夫立则书。书之者,弗予大夫之得立不宜立者也。"

无子而立弟,则先长而后幼。

故齐襄公无子,子纠宜为君。

庄九年:"九月,齐人取子纠,杀之。"《公羊传》曰:"其称子纠,何?贵也。其贵奈何?宜为君者也。"《白虎通·封公侯》篇曰:"君见弑,其子得立,何?所以尊君防篡弑也。《春秋经》曰:齐无知弑其君。贵妾子公子纠当立也。"(按:此以子纠为襄公之子,与《管子》《庄子》《荀子》《史记》以纠为襄公弟者不合，非也。）

桓公目为篡。

庄九年："夏，公伐齐，纳纠。齐小白入于齐。"《公羊传》曰："其言入，何？篡辞也。"《穀梁传》曰："大夫出奔，反，以好曰归，以恶曰入。齐公孙无知弑襄公，公子纠、公子小白不能存，出亡。齐人杀无知而迎公子纠于鲁。公子小白不让公子纠，先入，又弑之于鲁。故曰'齐小白入于齐'，恶之也。"孔氏广森《公羊通义》云："《史记·齐世家》曰：襄公杀诛数不当，群弟恐祸及，故次弟纠奔鲁，次弟小白奔莒。《庄子》曰：小白杀兄入嫂。《荀子》曰：齐桓，五霸之盛者也。前事则杀兄而争国。管子大匡曰：齐僖公生公子诸儿即襄公、公子纠、公子小白。检寻诸文，并是纠长。乃或专据薄昭诡词，以为桓兄纠弟，谬矣。"

而蔡季以贵见称。

桓十七年："六月丁丑，蔡侯封人卒。秋八月，蔡季自陈归于蔡。"《穀梁传》曰："蔡季，蔡之贵者也。自陈，陈有奉焉尔。"《公羊》无传。何《注》云："称字者，蔡侯封人无子，季次当立，封人欲立献舞而疾害季，季辟之陈。封人死，归反奔丧，思慕三年，卒无怨心，故贤而字之。"树达按：《左传》谓季与献舞为一人，何说与彼异。

均之子也，先立贵。

故鲁隐公不宜立。

隐元年："春王正月。"《公羊传》曰："公何以不言即位？成公意也。何成乎公之意？公将平国而反之桓。桓幼而贵，隐长而卑。其为尊卑也微，国人莫知。隐长又贤，诸大夫扳隐而立之。隐于是焉而辞立，则未知桓之将必得立也。且如桓立，则恐诸大夫之不能相幼君也。故凡隐之立，为桓立也。隐长又贤，何以不宜立？立适以长不以贤，立子以贵不以长。桓何以贵？母贵也。母贵则子何以贵？子以母贵，母以子贵。"《白虎通·封公侯》篇曰："曾子问曰：立适以长不以贤，何？以为贤不肖不可知也。《尚书》曰：惟帝其难之。立子以贵不以长，妨爱憎也。《春秋传》曰：立适以长不以贤，立子以贵不以长也。"《史记·鲁世家》曰："惠公卒，长庶子息摄当国，行君事，是为隐公。初，惠公适夫人无子，公贱妾声子生子息。息长，为娶于宋。宋女至而好，惠公夺而自妻之，生子允。登宋女为夫人，以允为太子。为允少故，鲁人共令息摄政，不言即位。"

鲁宣公为篡嫡。

文十八年："冬十月，子卒。"《公羊传》曰："子卒者孰谓？谓子赤也。何以不日？隐之尔。何隐尔？弑也。弑则何以不日？不忍言也。"《穀梁传》曰："不日，故也。〔注五〕"《春秋繁露·楚庄王》篇曰："子赤杀，弗忍言日，痛其祸也。"宣元年："春王正月，公即位。"《公羊传》曰："继弑君不言即位，此其言即位，何？其意也。"《穀梁传》曰："继故而言即位，与闻乎故也。"成十五年："三月乙巳，仲婴齐卒。"《公羊传》曰："叔仲惠伯，传子赤者也。文公死，子幼。公子遂谓叔仲惠伯曰：'君幼，如之何？愿与子虑之。'叔仲惠伯曰：'吾子相之，老夫抱之，何幼君之有！'公子遂知其不可与谋，退而杀叔仲惠伯，弑子赤而立宣公。"《史记·鲁世家》曰："文公十八年二月，文公卒。文公有二妃：长妃齐女哀姜，生子恶及视；（恶，《公羊传》作亦，此与《左传》同。）次妃敬嬴，嬖爱，生子俀。俀私事襄仲，襄仲欲立之，叔仲曰不可。襄仲请齐惠公，惠公新立，欲亲鲁，许之。冬十月，襄仲杀子恶及视而立俀，是为宣公。哀姜归齐，哭而过市，曰：'天乎！襄仲为不道，杀适立庶！'市人皆哭。鲁人谓之哀姜。"

而郑厉公出奔，以夺正称名。

桓十五年："五月，郑伯突出奔蔡。"《公羊传》曰："突何以名？夺正也。"《穀梁传》曰："讥夺正也。"

昭公复归，以复正称世子。

桓十五年："郑世子忽复归于郑。"《公羊传》曰："其称世子，何？复正也。"《穀梁传》曰："反正也。"《史记·郑世家》曰："所谓三公子者，太子忽，其弟突，次弟子亹也。祭仲甚有宠于庄公，庄公使为卿。公使娶邓女，生太子忽，是为昭公。庄公又娶宋雍氏女，生厉公突。"

均之庶子也，先立长。

故邾娄玃且正而接菑为不正。

文十四年："晋人纳接菑于邾娄，弗克纳。"《公羊传》曰：

"纳者何？入辞也。其言弗克纳，何？大其弗克纳也。何大乎其弗克纳？晋郤缺帅师革车八百乘，以纳接菑于邾娄，力沛若有余而纳之。邾娄人言曰：'接菑，晋出也。貜且，齐出也。子以其指，则接菑也四，貜且也六。子以大国压之，则未知齐、晋孰有之也。贵则皆贵矣，虽然，貜且也长。'郤缺曰：'非吾力不能纳也，义实不尔克也。'引师而去之。郤君子大其弗克纳也。"徐《疏》云："地四，地六，皆非天数，喻皆庶子矣。"《穀梁传》曰："未伐而曰弗克，何也？弗克其义也。接菑，晋出也。貜且，齐出也。貜且正也，接菑不正也。"

名分定则觊觎绝，此圣人之用心也。

至如兄有疾而立弟。

昭二十年："秋，盗杀卫侯之兄絷。"《公羊传》曰："母兄称兄，兄何以不立？有疾也。何疾尔？恶疾也。"《穀梁传》曰："盗，贱也。其曰兄，母兄也。目卫侯，卫侯累也。然则何为不为君也？曰：有天疾者不得入宗庙。絷者何也？曰：两足不能相过，齐谓之綦，楚谓之踂，卫谓之絷。"《白虎通·封公侯》篇曰："世子有恶疾废者，以其不可承先祖也。故《春秋传》曰：兄何以不立？有疾也。何疾尔？恶疾也。"

子有罪而立孙。

哀三年："春，齐国夏、卫石曼姑率师围戚。"《公羊传》曰："齐国夏曷为与卫石曼姑率师围戚？伯讨也。此其为伯讨奈何？曼姑受命乎灵公而立辄，以曼姑之义为固可以距之也。

辄者，曷为者也？蒯聩之子也。然则曷为不立蒯聩而立辄？蒯聩为无道，灵公逐蒯聩而立辄。然则辄之义可以立乎？曰：可。其可奈何？不以父命辞王父命。以王父命辞父命，是父之行乎子也。不以家事辞王事。以王事辞家事，是上之行乎下也。"

皆事之变者也。

晋献公杀正而立不正，酿三世之祸。

僖五年："春，晋侯杀其世子申生。"九年："冬，晋里克弑其君之子奚齐。"十年："晋里克弑其君卓子及其大夫荀息。"《公羊传》曰："奚齐卓子者，骊姬之子也，荀息傅焉。骊姬者，国色也献公爱之甚，欲立其子，于是杀世子申生。申生者，里克傅之。献公死，奚齐立。里克谓荀息曰：'君杀正而立不正，废长而立幼，如之何？愿与子虑之。'荀息曰：'君尝讯臣矣，臣封曰：使死者反生，生者不愧乎其言，则可谓信矣。'里克知其不可与谋，退杀奚齐。荀息立卓子，里克弑卓子，荀息死之。"

鲁公子牙一生一及之议，成般闵之弑。

庄三十二年："秋七月癸巳，公子牙卒。"《公羊传》曰："庄公病将死，以病召季子。季子至而授之以国政。曰：'寡人即不起此病，吾将焉致乎鲁国。'季子曰：'般也存，君何忧焉'公曰：'庸得若是乎！牙谓我曰：鲁一生一及，君已知之矣，庆父也存。'季子曰：'夫何敢！是将为乱乎！夫何敢！'冬十月乙未，子般卒。"闵元年："春王正月。"《公羊传》曰：

"公何以不言即位？继弑君不言即位。孰继？继子般也。孰弑子般？庆父也。"二年："秋八月辛丑，公薨。"《公羊传》曰："公薨何以不地？隐之也。何隐尔？弑也。孰弑之？庆父也。"《穀梁传》曰："不地，故也。"

吴之弟兄迭为君，酿阖庐之祸。

襄二十九年："吴子使札来聘。"《公羊传》曰："吴无君，无大夫，此何以有君，有大夫？贤季子也。何贤乎季子？让国也。其让国奈何？谒也，余祭也，夷昧也，与季子同母者四。季子弱而才，兄弟皆爱之，同欲立之以为君。谒曰：'今若是迮而与季子国，季子犹不受也。请无与子而与弟，弟兄迭为君，而致国乎季子。'皆曰：'诺。'故诸为君者皆轻死为勇，饮食必祝，曰：'天苟有吴国，尚速有悔于予身。'故谒也死，余祭也立；余祭也死，夷昧也立；夷昧也死，则国宜之季子者也。季子使而亡焉。僚者，庶长也，即之，季子使而反，至而君之尔。阖庐曰：'先君之所以不与子国而与弟者，凡为季子故也。将从先君之命与？则国宜之季子者也；如不从先君之命与？则我宜立者也。僚恶得为君乎？'于是使专诸刺僚，而致国乎季子。季子不受，曰："尔弑吾君，吾受尔国，是吾与尔为篡也；尔杀吾兄，吾又杀尔，是父子兄弟相杀终身无已也。"去之延陵，终身不入吴国。故君子以其不受为义，以其不杀为仁。"

皆《春秋》所大戒也。

至乎鄫子取后乎莒，《春秋》恶之，书曰莒人灭鄫。

襄五年："叔孙豹、鄫世子巫如晋。"《公羊传》曰："外相如不书，此何以书？为叔孙豹率而与之俱也。叔孙豹则曷为率而与之俱？盖舅出也。〔注六〕莒将灭之，故相与往殆乎晋也。〔注七〕莒将灭之？则曷为相与往殆乎晋？取后乎莒也。其取后乎莒奈何？鄫女有为莒夫人者，（鄫莒二字本互误，兹从王引之说校正。）盖欲立其出也。"六年："莒人灭鄫。"《穀梁传》曰："非灭也。家有既亡，国有既灭。灭而不自知，由别之而不别也。莒人灭鄫，非灭也。非立异姓以莅祭祀，〔注八〕灭亡之道也。"《春秋繁露·玉英》篇曰："夫权虽反经，亦必在可以然之域，故诸侯父子兄弟不宜立而立者，《春秋》视其国与宜立之君无以异也，此皆在可以然之域也。至乎鄫取乎莒，以之为司君，俞樾云：司君与嗣君同。目曰莒人灭鄫，此在不可以然之域也。"

盖宗法之世，于族类之辨特严矣。

讳辞第二十七

《春秋》有讳辞。

有为尊者讳者。

闵元年："冬，齐仲孙来。"《公羊传》曰："《春秋》为尊者讳，为亲者讳，为贤者讳。"晋文致天子，讳致言狩。

僖二十八年:"五月癸丑,公会晋侯、齐侯、宋公、蔡侯、郑伯、卫子、莒子盟于践土。公朝于王所。"《公羊传》曰:"曷为不言公如京师?天子在是也。天子在是,则曷为不言天子在是?不与致天子也。"《穀梁传》曰:"讳会天王也。朝不言所,言所者,非其所也。""天王狩于河阳。"《公羊传》曰:"狩不书,此何以书?不与再致天子也。"《穀梁传》曰:'全天王之行也,为若将狩而遇诸侯之朝也,为天王讳也。"《左氏传》曰:"是会也,晋侯朝王,以诸侯见,且使王狩。仲尼曰:'以臣召君,不可以训。'故书曰:'天王狩于河阳。'言非其地也。"《春秋繁露·玉英》篇曰:"《春秋》之书事,时诡其实,以有避也。故诡晋文得志之实以狩,讳避致王也。"又《王道》篇曰:"晋文再致天子,讳致言狩。"《史记·孔子世家》曰:"践土之会,实召周天子,而《春秋》讳之曰'天王狩于河阳':推此类以绳当世。贬损之义,后有王者举而开之。《春秋》之义行,则天下乱臣贼子惧焉。"又《周本纪》曰:"晋文公召襄王,襄王会之河阳、践土,诸侯毕朝。书讳曰'天王狩于河阳'。"又《晋世家》曰:"冬,晋侯会诸侯于温,欲率之朝周。乃使人言周襄王狩于河阳。壬申,遂率诸侯朝王于践土。孔子读《史记》至文公,曰:'诸侯无召王''王狩河阳'者,《春秋》讳之也。"

晋败王师,齐如自败。

成元年:"秋,王师败绩于贸戎。"《公羊传》曰:"孰败之?盖晋败之,或曰贸戎败之。然则曷为不言晋败之?王者无敌，莫敢当也。"《穀梁传》曰："不言战，莫之敢敌也。为尊者讳敌不讳败，为亲者讳败不讳敌。尊尊亲亲之义也。然则孰败之？晋也。"《盐铁论·世务》篇曰："《春秋》王者无敌。言其仁厚，其德美，天下宾服，莫敢受交也。"《汉书·五行志》下之上曰："《春秋》曰：'王师败绩于贸戎。'不言败之者，以自败为文，尊尊之意也。"

赵穿侵柳，晋人围郊，不系乎周，皆其事也。

宣元年："冬，晋赵穿帅师侵柳。"《公羊传》曰："柳者何？天子之邑也。曷为不系乎周？不与伐天子也。"何《注》云："绝正其义，使若两国自相伐。"昭二十三年："晋人围郊。"《公羊传》曰："郊者何？天子之邑也。曷为不系乎周？不与伐天子也。"

有为贤者讳者。

齐襄能复仇，故取纪邢、鄑、郚，讳取言迁。

庄元年："齐师迁纪邢、鄑、郚。"《公羊传》曰："迁之者何？取之也。取之则曷为不言取之也？为襄公讳也。外取邑不书，此何以书？大之也。何大尔？自是始灭也。"何《注》云："襄公将复仇于纪，故先孤弱取其邑，本不为利举，故为讳。"

灭纪，讳灭言大去。

庄四年："纪侯大去其国。"《公羊传》曰："大去者何？灭也。孰灭之？齐灭之。曷为不言齐灭之？为襄公讳也。《春秋》为贤者讳。何贤乎襄公？复仇也。何仇尔？远祖也。哀公享乎周,纪侯谮之。以襄公之为于此焉者,事祖祢之心尽矣。尽者何?襄公将复仇乎纪,卜之曰:'师丧分焉。''寡人死之,不为不吉也。'远祖者,几世乎?九世矣。九世独可以复仇乎?虽百世可也。家亦可乎?曰:不可,国何以可?国君一体也。先君之耻独今君之耻也,今君之耻犹先君之耻也。国君何以为一体?国君以国为体,诸侯世,故国君为一体也。今纪无罪,此非怒与?曰:非也,古者有明天子,则纪侯必诛,必无纪者。纪侯之不诛,至今有纪者,犹无明天子也。古者诸侯必有会聚之事,相朝聘之道,号辞必称先君以相接。然则齐、纪无说焉,不可以并立乎天下。故将去纪侯者,不得不去纪也。"

齐桓尊王攘夷,存亡继绝,故取鄣讳取言降。

庄三十年:"秋七月,齐人降鄣。"《公羊传》曰:"鄣者何?纪之遗邑也。降之者何?取之也。取之则曷为不言取之?为桓公讳也。"何《注》云:"时霸功足以除恶,故为讳。"

灭项讳不言齐。

僖十七年:"夏,灭项。"《公羊传》曰:"孰灭之?齐灭之。曷为不言齐灭之?为桓公讳也。《春秋》为贤者讳。此灭人之国,何贤尔?君子之恶恶也疾始,善善也乐终。桓公尝有存亡继绝之功,故君子为之讳也。"《穀梁传》曰:"孰灭之?桓公也。何以不书桓公也?为贤者讳也。项,国也,不可灭而灭之乎?桓公知项之可灭也,而不知己之不可以灭也。既灭人之国矣,何贤乎?君子恶恶疾其始,善善乐其终。桓公尝有存亡继绝之功，故君子为之讳也。"《汉书·陈汤传》："刘向上疏讼汤曰：昔齐桓公前有尊周之功，后有灭项之罪，君子以功覆过而为之讳行事。"又《田延年传》曰："丞相议秦延年'主守盗三千万，不道'。御史大夫田广明谓太仆杜延年：'《春秋》之义，以功覆过。当废昌邑王时，非田子宾之言大事不成。今县官出三千万自乞之何哉？愿以愚言白大将军。'"《后汉书·马援传》："朱勃上书曰：臣闻《春秋》之义，罪以功除；圣王之祀，臣有五义。若援，所谓以死勤事者也。愿下公卿平援功罪，宜绝宜续，以厌海内之望。"

狄灭邢不书。

僖元年："齐师、宋师、曹师次于聂北，救邢。"《公羊传》曰："救邢，救不言次，此其言次，何？不及事也。不及事者何？邢已亡矣。孰亡之？盖狄灭之。曷为不言狄灭之？为桓公讳也。曷为为桓公讳？上无天子，下无方伯，天下诸侯有相灭亡者，桓公不能救，则桓公耻之。曷为先言次而后言救？君也。君则其称师，何？不与诸侯专封也。曷为不与？实与而文不与。文曷为不与？诸侯之义不得专封也。诸侯之义不得专封，则其曰实与之，何？上无天子，下无方伯，天下诸侯有相灭亡者，力能救之，则救之可也。"

灭卫不书。

僖二年："春王正月，城楚丘。"《公羊传》曰："孰城？城卫也。曷为不言城卫？灭也。孰灭之？盖狄灭之。曷为不言狄灭之？为桓公讳也。曷为为桓公讳？上无天子，下无方伯，天下诸侯有相灭亡者，桓公不能救，则桓公耻之也。然则孰城之？桓公城之。曷为不言桓公城之？不与诸侯专封也。曷为不与？实与而文不与。文曷为不与？诸侯之义不得专封也。诸侯之义不得专封，则其曰实与之，何？上无天子，下无方伯，天下诸侯有相灭亡者，力能救之，则救之可也。"《春秋繁露·观德》篇曰："邢、卫，鲁之同姓也，狄人灭之。《春秋》为讳，避齐桓也。"

徐、莒灭杞不书。

僖十四年："诸侯城缘陵。"《公羊传》曰："孰城？城杞也。曷为城杞？灭也。孰灭之？盖徐、莒胁之。曷为不言徐、莒胁之？为桓公讳也。曷为为桓公讳？上无天子，下无方伯，天下诸侯有相灭亡者，桓公不能救，则桓公耻之也。然则孰城之？桓公城之。曷为不言桓公城之？不与诸侯专封也。曷为不与？实与而文不与。文曷为不与？诸侯之义不得专封也。诸侯之义不得专封，则其曰实与之，何？上无天子，下无方伯，天下诸侯有相灭亡者，力能救之，则救之可也。"

宋襄能忧中国尊周室，故宋桓公不书葬。

僖九年："春王三月丁丑，宋公御说卒。"《公羊传》曰："何以不书葬？为襄公讳也。"何《注》云："襄公背殡出会宰周公，有不子之恶；后有征齐忧中国尊周室之心，功足以除恶，故讳不书葬，使若非背殡也。"

楚人献捷不言宋。

僖二十一年："楚人使宜申来献捷。"《公羊传》曰："恶乎捷？捷乎宋。曷为不言捷乎宋？为襄公讳也。何《注》云："襄公本会楚，欲行霸忧中国也。不用目夷之言，而见诈执伐宋，几亡其国，故为讳没国文，所以申善志。"孔氏广森《通义》云："高襄公，故不与楚捷乎宋也。"

晋文能尊周室，故晋诸君不书出入。

僖十年："晋杀其大夫里克。"《公羊传》曰："然则曷为不言惠公之入？晋之不言出入者，踊为文公讳也。齐小白入于齐，则曷为不为桓公讳？桓公之享国也长，美见乎天下，故不为之讳本恶也。文公之享国也短，美未见乎天下，故为之讳本恶也。"何《注》云："踊，豫也，齐人语。"树达按：入者篡辞。如惠公书入，则文公与惠公情事相同，亦当书入。《春秋》贤文公，以其功足除恶，故不书其入。因文公不书入，并不书惠公之入。惠公之入先于文公，故云豫为文公讳。何《注》谓文公功足并掩前人之恶，又谓踊犹关西言浑，皆非也。

致天子讳言狩。

僖二十八年："五月癸丑，公会晋侯、齐侯、宋公、蔡侯、郑伯、卫子、莒子盟于践土。公朝于王所。"《公羊传》曰："曷为不言公如京师？天子在是也。天子在是，则曷为不言天子在是？不与致天子也。"何《注》云："时晋文公年老，恐霸功不成，故上白天子曰：'诸侯不可卒致，愿王居践土。'下谓诸侯曰：'天子在是，不可不朝。'迫使正君臣，明王法。虽非正，起时可与，故书朝，因正其义。"《穀梁传》曰："讳会天王也。朝不言所，言所者，非其所也。""冬，公会晋侯、齐侯、宋公、蔡侯、郑伯、陈子、莒子、邾娄子、秦人于温。天王狩于河阳。"《公羊传》曰："狩不书，此何以书？不与再致天子也。"《穀梁传》曰："全天王之行也。为若将狩而遇诸侯之朝也。""壬申，公朝于王所。"《穀梁传》曰："朝于庙，礼也；于外，非礼也。独公朝与？诸侯尽朝也。其日，以其再致天子，故谨而日之。言曰公朝，逆辞也，而尊天子。日系于月，月系于时。壬申，公朝于王所，其不月，失其所系也。以为晋文公之行事为已慎矣。"《春秋繁露·王道》篇曰："晋文再致天子，讳致言狩。"又云："晋文再致天子，皆正不诛。善其牧诸侯，奉献天子而服周室。《春秋》予之为伯，诛意不诛辞之谓也。"按：此事本篇再见，一为天王讳，一为晋文公讳也。

此为贤君讳者也。

曹羁正谏，故曹讳不言灭，不书与戎战。

庄二十四年："冬，戎侵曹、曹羁出奔陈。"《公羊传》曰："曹羁者何？曹大夫也。曹无大夫，此何以书？贤也。何贤乎曹羁？戎将侵曹，曹羁谏曰：'戎众以无义，君请勿自敌也。'曹伯曰：'不可。'三谏，不从，遂去之。故君子以为得君臣之义也。"二十六年："曹杀其大夫。"《公羊传》曰："何以不名？众也。曷为众杀之？不死于曹君者也。君死乎位曰灭，曷为不言其灭？为曹羁讳也。此盖战也，何以不言战？为曹羁讳也。"何《注》云："所谏者战也，故为去战灭之文，所以致其意也。"

鲁季子亲亲，故公子牙讳不书刺。

庄三十二年："秋七月癸巳，公子牙卒。"《公羊传》曰："何以不称弟？杀也。杀则可以不言刺？为季子讳杀也。曷为为季子讳杀？季子之遏恶也，不以为国狱。缘季子之心而为之讳。"陈氏立《义疏》云："推季子亲亲之心，不忍显扬其兄之罪，故为之讳刺言卒，若不以罪见杀然。"

公子庆父讳不言奔。

庄三十二年："公子庆父如齐。"《公羊》无传。何《注》云："如齐者，奔也。不言奔者，起季子不探其情不暴其罪。"《穀梁传》曰："此奔也，其曰如，何也？讳莫如深，深则隐。苟有所见，莫如深也。"

宋公子目夷能存国免君，故讳楚不言围。

僖二十一年："楚人使宜申来献捷。"《公羊传》曰："此楚子也，其称人，何？贬。曷为贬？为执宋公贬。宋公与楚子期以乘车之会。公子目夷谏曰：'楚，夷国也，疆而无义，请君以兵车之会往。'宋公曰：'不可。吾与之约以乘车之会。自我为之，自我堕之。'曰：'不可。'终以乘车之会往。楚人果伏兵车，执宋公以伐宋。宋公谓公子目夷曰：'子归守国矣。国，子之国也，吾不从子之言以至乎此。'公子目夷复曰：'君虽不言国，国固臣之国也。'于是归，设守械而守国。楚人谓宋人曰：'子不与我国，吾将杀子君矣。'宋人应之曰：'吾赖社稷之神灵，吾国已有君矣。'楚人知虽杀宋公犹不得宋国，于是释宋公。宋公释乎执，走之卫。公子目夷复曰：'国为君守之，君曷为不入？'然后逆襄公归。此围辞也，曷为不言其围？为公子目夷讳也。"何《注》云："目夷遭难，设权救君，有解围存国免主之功，故为讳国，起其事，所以彰目夷之贤也。"

卫叔武能让国，故为不书见杀。

僖二十八年："晋人执卫侯，归之于京师。"《公羊传》曰："卫侯之罪何？杀叔武也。何以不书？为叔武讳也。《春秋》为贤者讳。何贤乎叔武？让国也。其让国奈何？文公逐卫侯而立叔武。叔武辞立而他人立，则恐卫侯之不得反也，故于是己立。然后为践土之会，治反卫侯。卫侯得反，曰：'叔武篡我。'元咺争之曰：'叔武无罪。'终杀叔武。元咺走而出。"何《注》云："叔武让国见杀，而为叔武讳杀者，明叔武治反卫侯，欲兄飨国，故为去杀己之罪，所以起其功而重卫侯之无道。'陈氏立《义疏》云："《春秋》之法，许人臣者必使臣，叔武让国，不见谅于君兄，反为所杀。若见书杀己，其罪益著。故缘叔武之心而为之讳，叔武之贤愈明，卫侯之无道愈见，所谓志而显也。"

曹喜时能让国，故公孙会讳不言畔。

昭二十年："夏，曹公孙会自鄸出奔宋。"《公羊传》曰："奔未有言自者，此其言自，何？畔也。畔则曷为不言其畔？为公子喜时之后讳也。《春秋》为贤者讳。何贤乎公子喜时？让国也。其让国奈何？曹伯庐卒于师，则未知公子喜时从与？公子负刍从与？或为主于国，或为主于师。公子喜时见公子负刍之当主也，逡巡而退。贤公子喜时，则曷为为会讳？君子之善善也长，恶恶也短。恶恶止其身，善善及子孙。贤者子孙，故君子为之讳也。"何《注》云："君子不使行善者有后患，故以喜进之让，除会之叛。"《新序·节士》篇曰："曹公子喜时字子臧。子臧让千乘之国，可谓贤矣。故《春秋》贤而褒其后。"《后汉书·卢植传》曰："《春秋》之义，贤者子孙宜有殊礼。"

吴季札不忍父子兄弟相杀，故杀僚讳不书阖庐。

襄二十九年："吴子使札来聘。"《公羊传》曰："吴无君，无大夫，此何以有君，有大夫？贤季子也。何贤乎季子？让国也。其让国奈何？谒也，余祭也，夷昧也，与季子同母者四，季子弱而才，兄弟皆爱之，同欲立之以为君。谒曰：'今若是迮而与季子国，季子犹不受也，请无与子而与弟，弟兄迭为君，而致国乎季子。'皆曰：'诺。'故诸为君者皆轻死为勇，饮食必祝，曰：'天苟有吴国，尚速有悔于予身。'故谒也死，余祭也立；余祭也死，夷昧也立；夷昧也死，则国宜之季子者也。季子使而亡焉。僚者，长庶也，即之。季子使而反，至而君之尔。阖庐曰：'先君之所以不与子国而与弟者，凡为季子故也。将从先君之命与？则国宜之季子者也；如不从先君之命与？则我宜立者也。僚恶得为君乎！'于是使专诸刺僚，而致国乎季子。季子不受,曰:'尔弑吾君,吾受尔国,是吾与尔为篡也;尔杀吾兄,吾又杀尔,是父子兄弟相杀终身无已也。'去之延陵,终身不入吴国。故君子以其不受为义,以其不杀为仁。"昭二十七年:"夏四月,吴弑其君僚。"《公羊》无传。何《注》云:"不书阖庐弑其君者,为季子讳,明季子不忍父子兄弟自相杀,让国阖庐,欲其享之,故为没其罪也。"

此为贤臣讳者也。

有为亲者讳者。

按:《春秋》内其国而外诸夏,内诸夏而外夷狄。内之者,亲之也,故内大恶讳,即内其国也。为中国讳,即内诸夏也。传文于鲁事多言内辞,即为鲁讳之辞也。桓二年《传》云:曷为为隐讳?隐贤而桓贱也。则为鲁隐讳,可视为为亲者讳,亦可视为为贤者讳,颇难分别,兹据一体言之尔。

戎执凡伯,讳不言执。

隐七年:"冬,天王使凡伯来聘,戎伐凡伯于楚丘,以归。"《公羊传》曰:"凡伯者何?天子之大夫也。此聘也,其言伐之,何?执之也。执之则其言伐之,何?大之也。曷为大之?不与夷狄之执中国也。"《穀梁传》曰:"凡伯者,何也?天子之大夫也。国而曰伐,此一人而曰伐,何也?大天子之命也。以归,犹愈乎执也。"范《注》云:"讳执言以归,皆尊尊之正义,《春秋》之微旨。"

荆获蔡侯,讳不言获。

庄十年:"秋九月,荆败蔡师于莘,以蔡侯献舞归。"《公羊传》曰:"蔡侯献舞何以名?绝。曷为绝之?获也。曷为不言其获?不与夷狄之获中国也。"《穀梁传》曰:"中国不言败,此其言败,何也?中国不言败。蔡侯其见获乎!其言败,何也?释蔡侯之获也。以归,犹愈乎执也。"范《注》云:"为中国讳见执,故言以归。"《春秋繁露·精华》篇曰:"《春秋》慎辞,谨于名伦等物者也。是故小夷言伐而不得言战,大夷言战而不得言获,中国言获而不言执,各有辞也。有小夷避大夷而不得言战,大夷避中国而不得言获,中国避天子而不得言执,名伦弗予,嫌于相臣之辞也。是故大小不踰等,贵贱如其伦,义之正也。"

诸侯取虎牢,讳取言城。

襄二年:"六月,庚辰,郑伯睔卒。冬,仲孙蔑会晋荀罃、齐崔杼、宋华元、卫孙林父、曹人、邾娄人、滕人、薛人、小邾娄人于戚,遂城虎牢。"《公羊传》曰:"虎牢何者?郑之邑也。其言城之,何?取之也。取之则曷为不言取之?为国中讳也。曷为为中国讳?讳伐丧也。曷为不系乎郑?为中国讳也。

郑僖见弑,讳弑言卒。

襄七年:"十有二月,公会晋侯、宋公、陈侯、卫侯、曹伯、莒子、邾娄子于鄬。郑伯髡原如会,未见诸侯。丙戌,卒于操。"《公羊传》曰:"操者何?郑之邑也。诸侯卒其封内不地,此何以地?隐之也。何隐尔?弑也。孰弑之?其大夫弑之。曷为不言其大夫弑之？为中国讳也。曷为为中国讳？郑伯将会诸侯于邺，其大夫谏曰：'中国不足归也，则不若与楚。'郑伯曰：'不可。'其大夫曰：'以中国为义，则伐我丧。以中国为强，则不若楚。'于是弑之。"何《注》云："祸由中国无义，故深讳使若自卒。"《榖梁传》曰："郑伯将会中国，其臣欲从楚，不胜，其臣弑而死。其不言弑，何也？不使夷狄之民加乎中国之君也。"《春秋繁露·王道》篇曰："郑伯髡原卒于会，讳弑，痛强臣专君，君不得为善也。"陈氏立《义疏》云："不书弑，盖兼二义：一为中国讳，一为郑伯弃强夷即中国而见弑，故深隐之也。"

故贼不讨而亦书葬。

襄八年："夏，葬郑僖公。"《公羊传》曰："贼未讨何以书葬？为中国讳也。"

蔡景见弑，亦贼不讨而书葬。

襄三十年："夏四月，蔡世子般弑其君固。冬十月，葬蔡景公。"《公羊传》曰："贼未讨，书葬，君子辞也。"何《注》云："君子为中国讳，使若加弑。"树达按：本非弑而以弑罪加之曰加弑，昭十九年许世子止是也。

此为中国讳者也。

鲁君与夫人奔，讳奔谓之孙。

昭二十五年："九月己亥，公孙于齐。"《榖梁传》曰："孙之为言犹逊也，讳奔也。"庄元年："二月，夫人孙于齐。"《公羊传》曰:"孙者何?孙犹孙也。内讳奔谓之孙。"《穀梁传》曰:"孙之为言犹孙也,讳奔也。"

杀大夫,讳弑言刺。

僖二十八年:"公子买戍卫,不卒戍,刺之。"《公羊传》曰:"刺之者何?杀之也。杀之则曷为谓之刺之?内讳杀大夫谓之刺之也。"何《注》云:"有罪无罪,皆不得专杀,故讳杀言刺之。"陈氏立《义疏》云:"《周礼》司刺职掌三刺之法:壹刺曰讯群臣,再刺曰讯群吏,三刺曰讯万民。注:刺,杀也。然则《春秋》于他大国书杀,于内杀大夫书刺,若皆杀当其罪然,故讳之曰刺。杜预注《左传》云:'内杀大夫皆书刺,言用《周礼》三刺之法,示不枉滥也',是也。"

无骇灭极,讳灭言入。

隐二年:"无骇帅师入极。"《公羊传》曰:"无骇者何?展无骇也。何以不氏?贬。曷为贬?疾始灭也。此灭也,其言入,何?内大恶讳也。"

灭鄫,讳灭言取。

昭四年:"九月,取鄫。"《公羊传》曰:"其言取之,何?灭之也。灭之则其言取之,何?内大恶讳也。"

易地,讳易言假。

桓元年:"郑伯以璧假许田。"《公羊传》曰:"其言以璧假之,何?易之也。易之则其言假之,何?为恭也。曷为为恭?有天子存,则诸侯不得专地也。许田者何?鲁朝宿之邑也。诸侯时朝乎天子，天子之郊，诸侯皆有朝宿之邑焉。"《穀梁传》曰："假不言以，言以，非假也。非假而曰假，讳易地也。礼：天子在上，诸侯不得以地相与也。"《春秋繁露·王道》篇曰："郑、鲁易地，讳易言假，止乱之道也，非诸侯所当为也。"

隐公张鱼，讳张言观。

隐五年："春，公观鱼于棠。"《公羊传》曰："何以书？讥。何讥尔？远也。公曷为远而观鱼？登来之也。百金之鱼，公张之。"何《注》云："实讥张鱼，而言观讥远者，耻公去南面之位，下与百姓争利，匹夫无异，故讳使若以远观为讥也。"《春秋繁露·玉英》篇曰："公观鱼于棠，何恶也？凡人之性莫不善义，然而不能义者，利败之也。故君子终日言不及利，欲以勿言愧之而已。愧之，以塞其源也。夫处位动风化者，徒言利之名尔，犹恶之，况求利乎？故天王使人求赙求金，皆为大恶而书。今非直使人也，亲自求之，是为甚恶。讥，何故言观鱼？犹言观社也。皆讳大恶之辞也。"

献八佾，讳八言六。

隐五年："初献六羽。"《公羊传》曰："初者何？始也。六羽者何？舞也。初献六羽何以书？讥。何讥尔？讥始僭诸公也。六羽之为僭奈何？天子八佾，诸公六，诸侯四。始僭诸公昉于此乎？前此矣。前此则曷为始乎此？僭诸公犹可言也，僭天子不可言也。"《春秋繁露·王道》篇曰："献八佾，讳八言六，止乱之道也。非诸侯所当为也。观乎献六羽，知上下之差。"

庄公围盛，讳盛言成。

庄八年："夏，师及齐师围成，成降于齐师。"《公羊传》曰："成者何？盛也。盛则曷为谓之成？讳灭同姓也。曷为不言降吾师？辟之也。"〔注九〕《春秋繁露·王道》篇曰："变盛谓之成，讳大恶也。"

隐、桓、闵三公见弑，讳弑言薨。

隐四年："秋，翚帅师会宋公、陈侯、蔡人、卫人伐郑。"《公羊传》曰："翚者何？公子翚也。何以不称公子？贬。曷为贬？与弑公也。其与弑公奈何？公子翚谄乎隐公，谓隐公曰：'百姓安子，诸侯说子，盍终为君矣？'隐曰：'吾否，吾使修涂裘，吾将老焉。'公子翚恐若其言闻乎桓，于是谓桓曰：'吾为子口隐矣，隐曰：吾不反也。'桓曰：'然则奈何？'曰：'请作难弑隐公。'于钟巫之祭焉弑隐公也。"按：弑隐在十一年，此记后事。十一年："冬十有一月壬辰，公薨。"《公羊传》曰："何以不书葬？隐之也。何隐尔？弑也。"桓十八年："夏四月丙子，公薨于齐。"何《注》云："不书齐诱弑公者，深讳耻也。"庄元年："三月，夫人孙于齐。"《公羊传》曰："夫人何以不称姜氏？贬。曷为贬？与弑公也。其与弑公奈何？夫人谮公于齐侯：'公曰：同非吾子，齐侯之子也。'齐侯怒，与之饮酒。于其出焉，使公子彭生送之。于其乘焉，搚干而杀之。"闵二年："秋八月辛丑，公薨。"《公羊传》曰："公薨何以不地？隐之也。何隐尔？弑也。孰弑之？庆父也。"

子般、子赤见弑，讳弑言卒。

庄三十二年："冬十月乙未，子般卒。"《公羊传》曰："子般卒，何以不书葬？未踰年之君也。闵元年："春王正月。"《公羊传》曰："孰弑子般？庆父也。"文十八年："冬十月子卒。"《公羊传》曰："子卒者孰谓？谓子赤也。何以不日？隐之也。何隐尔？弑也。弑则何以不日？不忍言也。"《春秋繁露·楚庄王》篇曰："子赤杀，弗忍言曰，痛其祸也。"

隐公及莒大夫盟，讳之言莒人。

隐八年："九月辛卯，公及莒人盟于包来。"《公羊传》曰："公曷为与微者盟？称人则从来疑也。"《榖梁传》曰："可言公及人，不可言公及大夫。"范《注》云："不可言公及大夫，如以大夫敌公故也。"树达按：据《榖梁传》，隐公乃与莒大夫盟，以大夫不敌公，故讳之称莒人，其言最为切当。而何休注《公羊》乃云："从者，随从也。实莒子也。言莒子则行微不肖，诸侯不肯随从公盟。而公反随从之，故使称人，则随从公不疑矣。"《春秋繁露·玉英》篇亦云："《春秋》之书事，时诡其实，以有避也。其书人时易其名，以有讳也。诡莒子号谓之人，避隐公也。"考之《公羊传》文，未见讳与莒子盟之义，董、何误会传文，其说非也。

昭公取吴女，讳之言孟子。

哀十二年："夏五月甲辰，孟子卒。"《公羊传》曰："孟子者何？昭公之夫人也其称孟子，何？讳娶同姓，盖吴女也。"

《穀梁传》曰："孟子者何也？昭公夫人也。不言夫人，何也？讳取同姓也。"《左氏传》曰："夏五月，昭夫人孟子卒。昭公娶于吴，故不书姓。"《论语·述而》篇曰："陈司败问：'昭公知礼乎？'孔子曰：'知礼。'孔子退，揖巫马期而进之，曰：'君取于吴，为同姓，谓之吴孟子。君而知礼，孰不知礼！'"《礼记·坊记》篇曰："子云：取妻不取同姓，以厚别也。故买妾不知其姓，则卜之，以此坊民，鲁《春秋》犹书夫人之姓曰吴，其死曰孟子卒。"

桓公易周田，讳而击之许。

桓元年："郑伯以璧假许田。"《公羊传》曰："许田者何？鲁朝宿之邑也。诸侯时朝乎天子，天子之郊，诸侯皆有朝宿之邑焉。此鲁朝宿之邑也，则何为谓之许田？讳取周田也。讳取周田，则曷为谓之许田？击之许也。曷为击之许？近许也。"

鲁仲孙来，讳而击之齐。

闵元年："冬，齐仲孙来。"《公羊传》曰："齐仲孙者何？公子庆父也。公子庆父则曷为谓之齐仲孙？击之齐也。曷为击之齐？外之也。曷为外之？《春秋》为尊者讳，为亲者讳，为贤者讳。子女子曰：'以《春秋》为《春秋》，齐无仲孙，其诸吾仲孙与？'"《穀梁传》曰："其曰齐仲孙？外之也。其不目而曰仲孙，疏之也。其言齐以累桓也。"《春秋繁露·玉英》篇曰："易庆父之名谓之仲孙，讳大恶也。"又《顺命》篇曰："公子庆父罪，不当击国以亲之，故为之讳而谓之齐仲孙，书其公子之亲也。故有大罪不奉其天命者,皆弃其天伦。"

宣公赂齐济西田,讳之言齐取。

宣元年:"齐人取济西田。"《公羊传》曰:"外取邑不书,此何以书?所以赂齐也。曷为赂齐?为弑子赤之赂也。"何《注》云:"子赤,齐外孙。宣公篡弑之,恐为齐所诛,为是赂之。故讳使若齐自取之者。"《榖梁传》曰:"内不言取,言取,授之也。以是为赂齐也。"

哀公赂齐谨及阐,亦讳之言齐取。

哀八年:"夏,齐人取谨及阐。"《公羊传》曰:"外取邑不书,此何以书?所以赂齐也。曷为赂齐?为以邾娄子益来也。"何《注》云:"邾娄,齐与国。畏为齐所怒而赂之,耻甚,故讳使若齐自取。"《榖梁传》曰:"恶内也。"

桃丘之会,桓公不见要,讳之言弗遇。

桓十年:"秋,公会卫侯于桃丘,弗遇。"《公羊传》曰:"会者何?期辞也。其言弗遇,何?公不见要也。"何《注》云:"时实桓公欲要见卫侯,卫侯不肯见公,以非礼动见拒。有耻,故讳使若会而不相遇。言弗遇者,起公要之也。弗者,不之深也。起公见拒深,传言公不见要者,顺经讳文。"

阳谷之盟,文公不见与盟,讳之言齐侯弗及盟。

文十六年:"春,季孙行父会齐侯于阳谷。齐侯弗及盟。"《公羊传》曰:"其言弗及盟,何?不见与盟也。"何《注》云:"与齐期盟,为叔姬故。中见简贱,不见与盟,侮辱有耻,故讳。使若行父会而去，齐侯不及得与盟，故言齐侯弗及，亦所以起齐侯不肯。"《穀梁传》曰："弗及者，内辞也。行父失命矣，齐得内辞也。"

如晋之行，昭公不见纳，讳之言有疾。

昭二十三年："冬，公如晋，至河。公有疾乃复。"《公羊传》曰："何言乎公有疾乃复？杀耻也。"《穀梁传》曰："疾不志，此其志，何也？释不得入乎晋也。"《春秋繁露·随本消息》篇曰："鲁昭公以事楚之故，楚强而得意，伐强吴，为齐诛乱臣，鲁得其威以灭鄫。先晋昭卒一年，楚国内乱，吴大败楚之党六国于鸡父。公如晋而大辱，《春秋》为之讳而言有疾。"又《玉杯》篇曰："问者曰：晋恶而不可亲，公往而不敢至，乃人情耳，君子何耻而称公有疾也？曰：恶无故自来，君子不耻。内省不疚，保忧于志是已。今《春秋》耻之者，昭公有以取之也。臣陵其君，始于文而甚于昭。公受乱陵夷而无惧惕之心，嚣嚣然轻计妄讨，犯大礼而取同姓，接不义而重自轻也。人之言曰：国家治则四邻贺，国家乱则四邻散。是故季孙专其位，而大国莫之正。出走八年，死乃得归，身亡子危，困之至也。君子不耻其困而耻其所以穷。昭公虽逢此时，苟不取同姓，讵至于是！虽取同姓，能用孔子自辅，亦不至于是。时难而治简，行枉而无救，是其所以穷也。"

公子买戍卫，不可使往，则曰不卒戍。

僖二十八年："公子买戍卫，不卒戍，刺之。"《公羊传》曰：

"不卒戍者何？内辞也。不可使往也。不可使往，则其言成卫，何？遂公意也。"何《注》云："使臣子，不可使，耻深，故讳。使若往不卒竟事者，明臣不得壅塞君命。"《说苑·尊贤》篇曰："公子买不可使戍卫，内侵于臣下，外困于兵乱，弱之患也。"

公孙敖如京师，不可使往，则曰不至。

文八年："公孙敖如京师、不至，复。丙戌，奔莒。"《公羊传》曰："不至复者何？不至复者，内辞也。不可使往也。不可使往，则其言如京师，何？遂公意也。"何《注》云："安居不肯行，故讳使若已行，但不至还尔。"《穀梁传》曰："不言所至，未如也。未如则未复也。未如而曰如，不废君命也。未复而曰复，不专君命也。其如，非如也。其复，非复也。唯奔莒之为信，故谨而曰之也。"《春秋繁露·玉杯》篇曰："文公命大夫弗为使，是不臣之效也。出侮于外，入夺于内，无位之君也。孔子曰：'政逮于大夫四世矣。'盖自文公以来之谓也。"

齐胁我杀子纠，则书曰齐取。

庄九年："九月，齐人取子纠，杀之。"《公羊传》曰："其取之何？内辞也。胁我使杀之也。"《穀梁传》曰："外不言取，言取，病内也。取，易辞也。犹曰取其子纠而杀之云尔。十室之邑，可以逃难。百室之邑，可以隐死。以千乘之鲁而不能存子纠，以公为病矣。"

晋胁我归汶阳之田，则书曰来言。

成八年："春，晋侯使韩穿来言汶阳之田归之于齐。"《公羊传》曰:"来言者,何?内辞也。胁我使归之也。"

我胁杞归叔姬之丧,则书曰来逆。

成九年:"春王正月,杞伯来逆叔姬之丧以归。"《公羊传》曰:"杞伯曷为来逆叔姬之丧以归?内辞也。胁而归之也。"何《注》云:"己弃而胁归其丧,悖义,耻深恶重,故使若杞伯自来逆之。"

杞伯姬与其子俱来朝,则曰来朝其子。

僖五年:"杞伯姬来朝其子。"《公羊传》曰:"其言来朝其子,何?内辞也。与其子俱来朝也。"季姬使鄫子来请己,则曰使鄫子来朝。

僖十四年:"夏六月,季姬及鄫子遇于防,使鄫子来朝。"《公羊传》曰:"鄫子曷为使乎季姬来朝?〔注一〇〕内辞也。非使来朝,使其请己也。"《穀梁传》曰:"遇者,同谋也。来朝者,来请己也。朝不言使,言使,非正也。以病鄫子也。"

此变其辞以为讳者也。

庄公淫泆,讳之言纳币。

庄二十二年:"冬,公如齐纳币。"《公羊传》曰:"纳币不书,此何以书,讥?何讥尔?亲纳币,非礼也。"何《注》云:"时庄公实以淫泆,大恶不可言。故因其有事于纳币,以无廉耻为讥。不讥丧娶者,举淫为重也。"

言观社。

庄二十三年:"夏,公如齐观社。"《公羊传》曰:"何以书?

讥，何讥尔？诸侯越竟观社，非礼也。"何《注》云："观社者，观祭社。讳淫言观社者，与亲纳币同义。"《穀梁传》曰："常事曰视，非常曰观。观，无事之辞也。以是为尸女也。无事不出竟。"《春秋繁露·竹林》篇曰："故言观鱼犹言观社也，皆讳大恶之辞也。"

昭公逐季氏，讳之言又雩。

昭二十五年："秋七月上辛，大雩。季辛，又雩。"《公羊传》曰："又雩者何？又雩者，非雩也。聚众以逐季氏也。"何《注》云："昭公依托上雩，生事聚众，欲以逐季氏。不书逐季氏者，讳不能逐，反起下孙及为所败，故因雩起其事也。"《春秋繁露·楚庄王》篇曰："是故逐季氏而言又雩，微其辞也。"

齐侯威我，讳之言献捷。

庄三十一年："六月，齐侯来献戎捷。"《公羊传》曰："齐，大国也。曷为亲来献戎捷？威我也。其威我奈何？旗获而过我也。"何《注》云："旗获，建旗县所获得以过我也。不书威鲁者，耻不能为齐所忌难，见轻侮也。"

此变其事以为讳者也。

战败，讳不言败。

桓十年："冬十有二月丙午，齐侯、卫侯、郑伯来战于郎。"《公羊传》曰："此偏战也，何以不言师败绩？内不言战，言战乃败矣。"《穀梁传》曰："来战者，前定之战也。内不言战，言战则败也。不言其人，以吾败也。不言及者、为内讳也。"

十二年："十有二月，及郑师伐宋。丁未，战于宋。"《公羊传》曰："此偏战也，何以不言师败绩？内不言战，言战乃败矣。"《穀梁传》曰："于是与战，败也。内讳败，与其可道者也。"十七年："夏五月丙午，及齐师战于郎。"《穀梁传》曰："内讳败，举其可道者也。不言其人，以吾败也。不言及之者，为内讳也。"二十二年："秋，八月丁未，及邾人战于升陉。"《穀梁传》曰："内讳败，举其可道者。不言其人，以吾败也。不言及之获者，为内讳也。"

隐公见获，讳不言战。

隐六年："春，郑人来输平。"《公羊传》曰："狐壤之战，隐公获焉。然则何以不言战？讳获也。"

伐卫纳朔，讳不言纳。

庄五年："冬，公会齐人、宋人、陈人、蔡人伐卫。"《公羊传》曰："此伐卫，何？纳朔也，曷为不言纳卫侯朔？辟王也。"

获长狄，讳不言获。

文十一年："冬十月甲午，叔孙得臣败狄于咸。"《穀梁传》曰："长狄也。兄弟三人佚宕中国，瓦石不能害。叔孙得臣，最善射者也。射其目，身横九亩，断其首而载之，眉见于轼。然则何以不言获也？曰：古者不重创，不禽二毛，故不言获，为内讳也。"

获邾子，讳不言获。

哀七年："秋，公伐邾娄，八月己酉，入邾娄，以邾娄子益来。"《公羊传》曰:"邾娄子益何以名?绝。曷为绝之?获也。曷为不言其获?内大恶讳也。"

宋灭曹国,讳不言灭。

哀八年:"春王正月,宋公入曹,以曹伯阳归。"《公羊传》曰:"曹伯阳何以名?绝。曷为绝之?灭也。曷为不言灭?讳同姓之灭也,何讳乎同姓之灭?力能救之而不救也。"

公与大夫盟,则不夫不名。

庄九年:"公及齐大夫盟于暨。"《公羊传》曰:"公曷为与大夫盟?齐无君也。然则何以不名?为其讳与大夫盟。使若众然。"《穀梁传》曰:"公不及大夫,大夫不名,无君也,盟纳子纠也。"文七年:"秋,八月,公会诸侯晋大夫盟于扈。"《公羊传》曰:"诸侯何以不序?大夫何以不名?公失序也。公失序奈何?诸侯不可使与公盟,眣晋大夫使与公盟也。"何《注》云:"文公内则欲久丧而后不能,丧娶逆祀;外则贪利取邑,为诸侯所薄贱。不见序,故深讳为不可知之辞。"

或不氏。

文二年:"三月乙巳,及晋处父盟。"《公羊传》曰:"此晋阳处父也,何以不氏?讳与大夫盟也。"

或没公。

庄二十二年:"秋七月丙申,及齐高傒盟于防。"《公羊传》曰:"齐高傒者何?贵大夫也。曷为就吾微者而盟?公也。公则曷为不言公?讳与大夫盟也。"文二年:"三月乙巳,及晋处父盟。"《榖梁传》曰:"不言公,处父忧也,为公讳之也。"

取济西田,讳不言曹。

僖三十一年:"春,取济西田。"《公羊传》曰:"恶乎取之?取之曹也。曷为不言取之曹?讳取同姓之田也。"

取根牟、取鄟、取诗、取阚,讳不言邾娄。

宣九年:"秋,取根牟。"《公羊传》曰:"根牟者何?邾娄之邑也。曷为不击乎邾娄?讳亟也。"成六年:"取鄟。"《公羊传》曰:"鄟者何?邾娄之邑也。曷为不击乎邾娄?讳亟也。"襄十三年:"夏,取诗。"《公羊传》曰:"诗者何?邾娄之邑也。曷为不击乎邾娄?讳亟也。"昭三十二年:"取阚。"《公羊传》曰:"阚者何?邾娄之邑也。曷为不击乎邾娄?讳亟也。"

归公孙敖之丧,讳不言来。

文十五年:"齐人归公孙敖之丧。"《公羊传》曰:"何以不言来?内辞也。胁我而归之,笋将而来也。"何《注》云:"笋者,竹箯,一名编舆。齐鲁以此名之曰笋。将,送也。取其尸置编舆中,传送而来,胁鲁令受之;故讳不言来,起其来有耻,不可言来也。"

齐人执单伯、子叔姬,讳不言及。

文十四年:"冬,单伯如齐,齐人执单伯。齐人执子叔姬。"《公羊传》曰:"单伯之罪何?道淫也。恶乎淫?淫乎子叔姬。然则曷为不言齐人执单伯及子叔姬?内辞也。使若异罪然。"

此以没其文为讳者也。

先言筑微,后言无麦禾。

庄二十八年:"冬,筑微。大无麦禾。"《公羊传》曰:"冬既见无麦禾矣,曷为先言筑微而后言无麦禾?讳以凶年造邑也。"

此以易其序为讳者也。

此皆为鲁讳者也。

事之不足耻者则不讳。

故沙随之会,书诸侯不见公。

成十六年:"秋,公会晋侯、齐侯、卫侯、宋华元、邾娄人于沙随,不见公,公至自会。"《公羊传》曰:"不见公者,何?公不见见也。公不见见,大夫执,何以致会?不耻也。曷为不耻?公幼也。"《穀梁传》曰:"不见公者,可以见公也。可以见公而不见公,讥在诸侯也。"

平丘之盟,书公不与盟。

昭十三年:"公会刘子、晋侯、齐侯、宋公、卫侯、郑伯、曹伯、莒子、邾娄子、滕子、薛伯、杞伯、小邾娄子于平丘。八月甲戌,同盟于平丘,公不与盟。晋人执季孙隐如以归,公至自会。"《公羊传》曰:"公不与盟者,何?公不见与盟也。公不见与盟,大夫执,何以致会?不耻也。曷为不耻?诸侯遂乱,反陈、蔡,君子不耻不与焉。"

世远则不讳。

稷之会书成宋乱。

桓二年："三月，公会齐侯、陈侯、郑伯于稷，以成宋乱。"《公羊传》曰："内大恶讳，此其目言之，何？远也。所见异辞，所闻异辞，所传闻异辞。隐亦远矣，曷为为隐讳？隐贤而桓贱也。"《穀梁传》曰："以者，内为志焉尔。公为志乎成是乱也。此成矣，取不成事之辞而加之焉，于内之恶，而君子无遗焉尔。"

是其事也。

录内第二十八

《春秋》录内而略外。〔注一一〕

隐十年："六月辛未，取郜。辛巳，取防。"《公羊传》曰："取邑不日，此何以日？一月而再取也。何言乎一月而再取？甚之也。内大恶讳，此其言甚之，何？《春秋》录内而略外。于外，大恶书，小恶不书。于内，大恶讳，小恶书。"定元年："夏六月戊辰，公即位。"《公羊传》曰："即位不日，此何以日？录乎内也。"《春秋繁露·俞序》篇曰："圣人之德莫美于恕，故予先言《春秋》详己而略人，因其国而容天下。"

外相如不书，过我则书。

桓五年："冬，州公如曹。"《公羊传》曰："外相如不书，此何以书？过我也。"《穀梁传》曰："外相如不书，此其书，何也？过我也。"

外大夫不书卒，为我主则书。

隐三年："夏四月辛卯，尹氏卒。"《公羊传》曰："尹氏者何？天子之大夫也。外大夫不卒，此何以卒？诸侯之主也。"《穀梁传》曰："尹氏者何也？天子之大夫也。外大夫不卒，此何以卒之也？于天子之崩为鲁主，故隐而卒之。"定四年："刘卷卒。"《公羊传》曰："刘卷者何？天子之大夫也。外大夫不卒，此何以卒？我主之也。"《穀梁传》曰："宁内诸侯也，非列土诸侯。此何以卒也？天王崩，为诸侯主也。"

新使乎我则书。

文元年："天王使叔服来会葬。"三年："夏五月，王子虎卒。"《公羊传》曰："王子虎者何？天子之大夫也。外大夫不卒，此何以卒？新使乎我也。"何《注》云："王子虎即叔服也。"《穀梁传》曰："叔服也，此不卒者也。何以卒？以其来会葬我，卒之也。"

外大夫不书葬，为我主则书。

定四年："葬刘文公。"《公羊传》曰："外大夫不书葬，此何以书？录我主也。"

外女嫁不书，我主之则书。

庄元年："夏，单伯逆王姬。"《公羊传》曰："逆之者何？使我主之也。曷为使我主之？天子嫁女于诸侯，必使诸侯同姓者主之。诸侯嫁于大夫，必使大夫同姓者主之。""王姬归于齐。"《公羊传》曰：何以书？我主之也。"《穀梁传》曰："为之中者归之也。"

我为媒则书。

桓八年:"祭公来。遂逆王后于纪。"《公羊传》曰:"遂者何?生事也。大夫无遂事,此其言遂,何?成使乎我也。其成使乎我奈何?使我为媒,可则因用是往逆矣。"九年:"春,纪季姜归于京师。"《穀梁传》曰:"为之中者归之也。"

过我则书。

庄十一年:"冬,王姬归于齐。"《公羊传》曰:"何以书?过我也。"何《注》云:"时王者嫁女于齐,涂过鲁,明当有迎送礼。"《穀梁传》曰:"其志,过也。"

外逆女不书,过我则书。

襄十五年:"刘夏逆王后于齐。"《公羊传》曰:"刘夏者何?天子之大夫也。外逆女不书,此何以书?过我也。"《穀梁传》曰:"过我,故志之也。"

外夫人不卒,内女则书。

庄四年:"三月,纪伯姬卒。"《穀梁传》曰:"外夫人不卒,此其言卒,何也?吾女也。适诸侯则尊同,以吾为之变,卒之也。"二十九年:"冬十有二月,纪叔姬卒。"僖十六年:"夏四月丙申,鄫季姬卒。"成八年:"冬十月癸卯,杞叔姬卒。"襄三十年:"五月甲午,宋灾,伯姬卒。"

我主其嫁则书。

庄二年:"秋七月,齐王姬卒。"《公羊传》曰:"外夫人不卒,此何以卒？录焉尔。曷为录尔？我主之也。"《穀梁传》曰："为之主者卒之也。"

外夫人不书葬，隐内女则书。

庄四年："六月乙丑，齐侯葬杞伯姬。"《公羊传》曰："外夫人不书葬，此何以书？隐之也。何隐尔？其国亡矣。徒葬于齐尔。"何《注》云："徒者，无臣子辞也。国灭无臣子，徒为齐侯所葬，故痛而书之。"《穀梁传》曰："外夫人不书葬，此其书葬，何也？吾女也。失国，故隐而葬之。"三十年："八月癸亥，葬杞叔姬。"《公羊传》曰："外夫人不书葬，此何以书？隐之也。何隐尔？其国亡矣，徒葬乎叔尔。"

外灾不书，及我则书。

庄十一年："秋，宋大水。"《公羊传》曰："何以书？记灾也。外灾不书，此何以书？及我也。"二十年："夏，齐大灾。"《公羊传》曰："大灾者何？大瘠也。大瘠者何？痢也。何以书？记灾也。外灾不书，此何以书？及我也。"

不惟录内也，又尊内焉。

诸侯来曰朝。

隐十一年："春，滕侯、薛侯来朝。"《公羊传》曰："其言朝，何？诸侯来曰朝，大夫来曰聘。"何《注》云："内适外言如，外适内言朝聘，所以别外尊内也。"（按：来朝例甚多，今但举首见一二条为例，下聘如卒薨诸条同。）

大夫来曰聘。

隐七年："齐侯使其弟年来聘。冬，天王使凡伯来聘。"

鲁君朝天子言如。

成十三年："三月，公如京师。"

大夫出聘亦言如。

庄二十五年："冬，公子友如陈。"何《注》云："如陈者，聘也。内朝聘言如者，尊内也。外诸侯没言卒。隐三年："八月庚辰，宋公和卒。"何《注》云："贬外言卒，所以褒内也。"

鲁君没则书薨。

隐十一年："冬十有一月壬辰，公薨。"

以尊内也。

凡与内接者皆褒之，故邾仪父称字。

隐元年："三月，公及邾娄仪父盟于眛。"《公羊传》曰："仪父者何？邾娄之君也。何以名？字也。曷为称字？褒之也。曷为褒之？为其与公盟也。

滕君、薛君皆称侯。

隐十一年："春，滕侯、薛侯来朝。"何《注》云："称侯者，《春秋》托隐公以为始受命王，滕、薛先朝隐公，故褒之。"隐七年："滕侯卒。"《公羊传》曰："何以不名？微国也。微国则其称侯，何？不嫌也。《春秋》贵贱不嫌同号，美恶不嫌同辞。"何《注》云："滕，微国。所传闻之世未可卒，所以称侯而卒者，《春秋》王鲁，托隐公以为始受命王。滕子先朝隐公，《春秋》褒之以礼，嗣子得以其礼祭，故《春秋》见其义。"孔氏广森《通义》云:"滕子之父以侯卒者,《春秋》之义,许人子者必使子也。自桓公以后,滕遂称子,历庄、闵、僖、文之篇不复见卒,所以深著此滕侯卒为褒文。"

宿男书卒。

隐八年:"六月辛亥,宿男卒。"何《注》云:"宿本小国,不当卒。所以卒而日之者,《春秋》王鲁,以隐公为始受命王。宿男先与隐公交接,故卒褒之也。"孔氏广森《通义》云:"滕于所闻世恒书卒,须加侯起褒文。宿自后不复见卒,此为加录已显,故从本爵矣。"

齐年、郑御书弟。

隐七年:"齐侯使其弟年来聘。"《穀梁传》曰:"诸侯之尊,弟兄不得以属通。其弟云者,以其来接于我,举其贵者也。"桓十四年:"夏五,(《传注》:不书月,阙文。)郑伯使其弟御来盟。"《穀梁传》曰:"诸侯之尊,弟兄不得以属通。其弟云者,以其来我举其贵也。"

荆来聘则称人。

庄二十三年:"荆人来聘。"《公羊传》曰:"荆何以称人?始能聘也。"何《注》云:"《春秋》王鲁,因其始来聘,明夷狄能慕王化,修聘礼,受正朔者,当进之。故使称人也。"《穀梁传》曰:"善累而后进之,其曰人,何也?举道不待再。"《春秋繁露·观德》篇曰:"吴楚先聘我者见贤。"又《王道》篇曰:"诸侯来朝者得褒,邾娄仪父称字,滕薛称侯,荆称人,介葛庐得名,内出言如,诸侯来曰朝,大夫来曰聘,王道之意也。"

萩来聘则与大夫。

文九年:"冬,楚子使萩来聘。"《穀梁传》曰:"楚无大夫,其曰萩,何也?以其来我,褒之也。"

忧内者则进之,故曹忧内则与大夫。

成二年:"六月癸酉,季孙行父、臧孙许、叔孙侨如、公孙婴齐帅师会晋郤克、卫孙良夫、曹公子手及齐侯战于鞌,齐师败绩。"《公羊传》曰:"曹无大夫,公子手何以书?忧内也。"

宋元公忧内则卒书地。

昭二十五年:"十有一月己亥,宋公佐卒于曲棘。"《公羊传》曰:"曲棘者何?宋之邑也。诸侯卒其封内不地,此何以地?忧内也。"何《注》云:"时宋公闻昭公见逐,欲忧纳之,至曲棘而卒,故恩录之。"《穀梁传》曰:"邡公也。"范《注》云:"邡当为访,谋也,言宋公所以卒于曲棘者欲谋纳公。"《左氏传》曰:"十一月,宋元公将为公故如晋。己亥,卒于曲棘。"《春秋繁露·观德》篇曰:"曲棘与鞌之战,先忧我者见贤。"

皆其事也。

言序第二十九

《春秋》之立言也有序。

先王命,则微者先于诸侯。

僖八年:"春王正月,公会王人、齐侯、宋公、卫侯、许男、曹伯、陈世子款、郑世子华盟于洮。"《公羊传》曰:"王人者何?微者也。曷为序乎诸侯之上?先王命也。"《穀梁传》曰:"王人之先诸侯,何也?贵王命也。朝服虽敝,必加于上;弁冕虽旧,必加于首;周室虽微,必先诸侯。"《汉书·翟方进传》:"涓勋奏曰:'《春秋》之义,王人微者序乎诸侯之上,尊王命也。'"《周礼·内司服》注曰:"《春秋》之义,王人虽微者,犹序于诸侯之上,所以尊尊也。"

疾首恶,则微国先乎大国。

僖二年:"虞师、晋师灭夏阳。"《公羊传》曰:"虞,微国也。曷为序乎大国之上?使虞首恶也。"《穀梁传》曰:"虞无师,其曰师,何也?以其先晋,不可以不言师也。其先晋,何也?为主乎灭夏阳也。"《春秋繁露·精华》篇曰:"《春秋》之听狱也,必本其事而原其志。志邪者不待成,首恶者罪特重,本直者其论轻。"《汉书·孙宝传》曰:"《春秋》之义,诛首恶而已。"《后汉书·梁商传》曰:"《春秋》之义,功在元帅,罪止首恶。"

外夷狄,则晋国先乎主会。

哀十三年:"公会晋侯及吴子于黄池。"《公羊传》曰:"吴何以称子?吴主会也。吴主会则曷为先言晋侯?不与夷狄之主中国也。"

辨大小,则雉门先乎主灾。

定二年:"夏五月壬辰,雉门及两观灾。"《公羊传》曰:

"其言雉门及两观灾,何?两观微也。然则曷为不言雉门灾及两观?主灾者两观也。主灾者两观,则曷为后言之?不以微及大也。"《穀梁传》曰:"其不曰雉门灾及两观,何也?灾自两观始也。不以尊者亲灾也,先言雉门,尊尊也。"

重民食,则无麦先乎无苗。

庄七年:"秋,大水,无麦苗。"《公羊传》曰:"无苗则曷为先言无麦而后言无苗?一灾不书,待无麦然后书无苗。"

讳内恶,则筑微先乎无麦。

庄二十八年:"冬,筑微。大无麦禾。"《公羊传》曰:"冬既则无麦禾矣,曷为先言筑微而后言无麦禾?讳以凶年造邑也。"

君行则先次而后救。

僖元年:"齐师、宋师、曹师次于聂北,救邢。"《公羊传》曰:"曷为先言次,而后言救?君也。"

臣行则先救而后次。

襄二十三年:"秋,齐侯伐卫,遂伐晋。八月,叔孙豹帅师救晋,次于雍渝。"《公羊传》曰:"曷为先言救而后言次?先通君命也。"

记闻则先霣而后石,记见则先六而后鹢。

僖十六年:"春王正月戊申,朔,霣石于宋五。是月,六鹢退飞过宋都。"《公羊传》曰:"曷为先言霣而后言石?霣石记闻。闻其磌然,视之则石,察之则五。曷为先言六而后言鹢？六鹢退飞，记见也。视之则六，察之则鹢，徐而察之则退飞。"《穀梁传》曰："先霣而后石，何也？陨而后石也。于宋四竟之内曰宋，后数，散辞也，耳治也。六鹢退飞过宋都，先数，聚辞也，目治也。子曰：石，无知之物；鹢，微有知之物。石无知，故日之。鹢微有知之物，故月之。君子之于物，无所苟而已。石、鹢且犹尽其辞，而况于人乎！故五石六鹢之辞不设，则王道不亢矣。"《春秋繁露·观德》篇曰："陨石于宋五，六鹢退飞。耳闻而记，目见而书。或徐或察，皆以其先接于我者序之。"又《深察名号》篇曰："《春秋》辨物之理以正其名，名物如其真，不失秋毫之末。故名霣石则后其五，言退鹢则先其六，圣人之谨于正名如此。君子于其言，无所苟而已。五石六鹢之辞是也。"又《实性》篇曰："名霣石则后其五，退飞则先言其六，此皆其真也，圣人于言，无所苟而已矣。"

君子于其言，无所苟而已矣。

〔注一〕自余外如则讥。如，往也。

〔注二〕葬者曷为或日或不日？日谓书其日子，如葬宋缪公书癸未是也。

〔注三〕渴葬也。渴葬，谓急于葬。

〔注四〕吾立乎此，摄也。权时替代为摄。

〔注五〕不日，故也。故，谓变故。

〔注六〕盖舅出也。出，今言外侄。

〔注七〕故相与往殆乎晋也。殆与治同。往治乎晋,谓往请晋解决其事。

〔注八〕非立异姓以莅祭祀。非,犹言贬。

〔注九〕曷为不言降吾师?辟之也。辟与避同。谓避讳不言。

〔注一〇〕鄑子曷为使乎季姬来朝?使,谓被使。

〔注一一〕《春秋》录内而略外。内为鲁国,录,谓祥录其事。

图书在版编目（CIP）数据

春秋大义述 / 杨树达著 . —济南：山东文艺出版社，2018.7
（齐鲁文化研究文库）
ISBN 978-7-5329-5648-7

Ⅰ.①春… Ⅱ.①杨… Ⅲ.①中国历史—春秋时代—编年体 ②《春秋》—研究 Ⅳ.① K225.04

中国版本图书馆 CIP 数据核字（2018）第 098301 号

责任编辑：冯　晖　房洪民
装帧设计：刘小军

春秋大义述

杨树达　著

主管单位	山东出版传媒股份有限公司
出版发行	山东文艺出版社
社　　址	山东省济南市英雄山路 189 号
邮　　编	250002
网　　址	www.sdwypress.com
读者服务	0531-82098776（总编室） 0531-82098775（市场营销部）
电子邮箱	sdwy@sdpress.com.cn
印　　刷	山东临沂新华印刷物流集团有限责任公司
开　　本	890 毫米 ×1240 毫米　1/32
印　　张	9.25
字　　数	222 千
版　　次	2018 年 7 月第 1 版
印　　次	2018 年 7 月第 1 次印刷
书　　号	ISBN 978-7-5329-5648-7
定　　价	58.00 元

版权专有，侵权必究。如有图书质量问题，请与出版社联系调换。